Jolandas Reise in die Vergangenheit

Der Schatten im Mond

Barbara Herrmann

Das Buch

Nach dem Tod ihrer Mutter findet Jolanda in deren Nachlass eine Schatulle mit Briefen und Fotos.

Ihre vermeintlichheile Welt stürzt ein, als sie erfährt, dass ihre verstorbenen Eltern gar nicht ihre leiblichen Eltern waren. Sie begibt sie sich auf die Reise in den Schwarzwald und nach Sizilien, um die Familiengeheimnisse ihrer Adoptivmutter zu lüften und ihre richtigen Eltern zu finden.

Bei ihrer Suche tun sich ungeahnte menschliche Abgründe auf, die sich noch über Jahrzehnte bis in die Gegenwart auswirken.

Eine Familie, die den strengen und althergebrachten Werten sowie den Vorurteilen gegenüber den italienischen Gastarbeitern zu Beginn der Sechzigerjahre Tribut zollen muss, auf diese Weise ihren inneren Zusammenhalt verliert und letztendlich daran zerbricht.

Ein bewegender und spannender Roman, mit viel Emotionen und einer Prise Amore.

Über die Autorin

Barbara Herrmann ist in Karlsruhe geboren und in Kraichtal-Oberöwisheim aufgewachsen. Ihre Liebe zu Büchern und zum Schreiben begleitete sie während ihres ganzen Berufslebens als Kauffrau. Nach ihrem Eintritt in den Ruhestand sind mehrere Bücher (Romane, Reiseberichte, humorvolles Mundart-Wörterbuch) von ihr erschienen. Heute lebt die Mutter zweier Söhne mit ihrer Familie in Berlin.

Barbara Herrmann

Jolandas Reise in die Vergangenheit

Der Schatten im Mond

Roman

Bibliografische Information der Deutschen Nationalbibliothek: Die Deutsche Nationalbibliothek verzeichnet diese Publikation in der Deutschen Nationalbibliografie; detaillierte bibliografische Daten sind im Internet über dnb.d-nb.de abrufbar.

© 2021 Barbara Herrmann
Kontakt über: heidezimmermann.de

Redaktion: friedericke - Magazin

Herstellung und Verlag: BoD – Books on Demand, Norderstedt
ISBN: 9783753416892

Coverfoto: shutterstock_1340085608-Masson
shutterstock_735229432-cge2010

Der Anruf

Jolanda fuhr ihren Wagen in die Tiefgarage des Apartmenthauses, in dem sie das Dachgeschoss voller Stolz ihr Eigen nannte.

Nachdem sie eingeparkt hatte, stieg sie aus, hängte sich ihre Handtasche über die Schulter und griff im Kofferraum nach den zwei Einkaufstüten und ihrer Laptoptasche. Dann lief sie rasch zum Fahrstuhl, der sie mit einem eigens dafür vorgesehenen Schlüssel direkt in ihre Wohnung brachte.

Nach alter Gewohnheit und einem bis aufs i-Tüpfelchen festgelegten Ritual streifte sie noch auf dem Flur die Pumps von den Füßen, stellte die Handtasche auf der Kommode ab, zog die Kostümjacke aus und hängte sie sorgfältig auf einen Kleiderbügel an der Garderobe.

Dann brachte sie die Einkaufstüten in die Küche und verstaute die Frischwaren im Kühlschrank. Mit einem Glas Wein ließ sie sich auf das Sofa fallen und schloss müde die Augen.

Was für ein Tag! Sie hatte heute einen riesigen Deal an Land gezogen, einen Deal, der sie so gut wie sicher in ihrer beruflichen Karriere ganz nach oben katapultieren würde.

Der Gedanke, eine Unternehmensberaterin zu sein, der man in der Branche zukünftig großen Respekt zollen und die bei ihrem Arbeitgeber sicher bald eine Partnerschaft eingehen würde, entlockte ihr ein zufriedenes Lächeln.

»Geschafft, meine Gute! Du hast es tatsächlich geschafft«, flüsterte sie voller Selbstsicherheit und klopfte sich anerkennend auf die linke Schulter.

Allerdings hatte die Tatsache, so erfolgreich zu sein, ihren Preis, überlegte sie, und der war neben dem Verzicht auf Freizeit und enge Freundschaften eben auch, dass sie bewusst und rational – um nicht zu sagen geschäftsmäßig – vor zwei Jahren eine Beziehung mit ihrem Kollegen Elias eingegangen war.

Er war so etwas wie der Steigbügelhalter ihrer Karriere, und sie war sehr dankbar für seine Unterstützung.

Sogar das Zwischenmenschliche war ihrer Ansicht nach vollkommen in Ordnung und gestaltete sich nicht ganz so berechnend, wie man es bei einer rationalen Verbindung vermuten könnte.

Sie passten ganz gut zusammen, konnten sich aufeinander verlassen, hatten dieselben beruflichen Ansichten und Vorstellungen und bedienten sich dabei der gleichen Härte.

Beide liebten den Luxus, mochten edles Essen und legten großen Wert auf Designerklamotten und eine saubere, aufgeräumte Wohnung. Und was ganz wichtig war, sie verstanden sich auch im Bett. Zumindest glaubte Jolanda das.

Doch wenn sie ehrlich zu sich war, dann musste sie zugeben, dass sie keinen Vergleich und keinerlei Erfahrung in diesen Dingen hatte. Elias war ihr erster Mann und Liebhaber, sie fand das Zusammensein mit ihm nicht unangenehm, wusste aber auch nicht, ob es anders oder schöner sein könnte.

Das, was manchmal in Liebesfilmen im Fernsehen gezeigt wurde, von großen Gefühlen, Herzklopfen, Sehnsucht und Schmetterlingen im Bauch, war ihr alles fremd. Sie fühlte eher Zufriedenheit, Vertrauen und Verständnis sowie eine große Portion Sympathie für Elias – alles Attribute, die nach ihrem Dafürhalten von großer Wertschätzung und gegenseitigem Respekt zollten.

Mit dem Zusammenleben hielten sie sich bislang zurück. Jeder von ihnen hatte noch seine eigene Wohnung, weil keiner sein Zuhause aufgeben wollte und sie auch immer wieder ihre Auszeiten brauchten, besonders dann, wenn der jeweils andere gerade um die Welt flog, um Firmen zu retten oder auch zu vernichten, wobei Letzteres in der Regel überwog.

Die Gegensprechanlage summte. Jolanda stöhnte und erhob sich. Eigentlich erwartete sie niemanden.

»Ja, wer ist da?«

»Ich bin es, Gabriela«, rief ihr die immer gut gelaunte Nachbarin entgegen.

»Hast du keinen Schlüssel?«

»Doch, habe ich, aber ich habe die Hände voll. Mach endlich auf, ich möchte mit dir anstoßen.«

Jolanda seufzte und drückte den Türöffner. Wenige Minuten später stand Gabriela mit zwei Styroporbehältern vom Sushi-Restaurant in der rechten und einer Flasche Wein in der linken Hand vor ihr.

»Was gibt es denn zu feiern?«, wollte Jolanda wissen.

Gabriela strahlte sie an und schob sich an ihr vorbei ins Wohnzimmer.

»Ich bin heute befördert worden, ganz einfach.«

Jolanda nickte ihr zu und nahm ihr das Essen ab, um es am Tisch zu öffnen.

»Das passt, dann feiern wir zusammen. Ich habe heute einen Knaller-Abschluss hinbekommen. Meine Beförderung kommt bestimmt auch bald.«

»Oh, wie schön. Da hatte ich ja den richtigen Riecher.«

Sie ließen sich das Essen schmecken und genossen den guten Tropfen. Dabei arbeiteten sie die typischen Frauenthemen um Mode und Aussehen sowie die Pegelstände ihrer momentanen Beziehungen durch – bis Gabrielas Handy die lustige Zweisamkeit störte.

Ihr Freund kam etwas früher zurück als gedacht, und deshalb musste sie sich verabschieden.

Als Gabriela gegangen war, kam Jolanda wieder auf die Gedanken zurück, die sie zuvor schon beschäftigt hatten. Ihre Beziehung zu Elias, ob man Schmetterlinge spüren musste oder nicht.

Diesmal unterbrach das Telefon ihre Gedanken.

»Ja bitte.«

»Hallo Jolanda, hier ist Emilia.«

»Ist was mit Mutti?«, rief sie statt einer Begrüßung. Sofort begann ihr Herz, heftig zu klopfen.

Ihre Mutter beauftragte Emilia, die Haushälterin, sonst nie, bei ihr anzurufen.

»Stimmt. Deine Mutter ist im Krankenhaus.«

»Und, ist es schlimm?«

»Ja, sehr schlimm.«

»Wie schlimm? So rede doch endlich!«

Emilia atmete kurz durch, bevor sie antwortete.

»Hm, sie hatte heute Nachmittag einen Herzinfarkt und liegt auf der Intensivstation. Die Ärzte empfehlen dir, zu kommen, denn es steht schlecht um sie.«

»Nein, das kann doch nicht sein! Sie war doch nicht krank.«

»Das stimmt nicht. Sie war sehr krank. Schon länger hätte sie sich einer Bypass-Operation unterziehen sollen, aber sie hat sich strikt geweigert.«

»Warum hast du mich dann nicht angerufen und informiert? Ich hätte meine Mutter zu einer Operation bewegen können!«, schrie Jolanda.

Ihre Stimme überschlug sich nun, und die Tränen liefen ihr über die Wangen, während die Hand, die den Telefonhörer festhielt, mächtig zitterte und ihn auf dem Ohr tanzen ließ.

»Nein, du hättest gar nichts erreichen können. Abgesehen davon hatte sie mir verboten, mit irgendjemandem über ihre Erkrankung zu sprechen. Und ich bin loyal.«

Emilia schwieg einen Moment und wunderte sich, dass kein weiterer Protest kam.

»Was ist jetzt, wann kommst du?«

Jolanda holte tief Luft und schniefte durch die Nase, die mittlerweile vom Weinen ganz verstopft war.

»Ich muss nur schnell telefonieren und fahre dann gleich los. In etwa einer Stunde bin ich in Wiesbaden.«

»Bis später, und fahre vorsichtig.«

»Ja.«

Jolanda legte auf. Ihr schlotterten die Knie, und ihre Hände waren von kaltem Schweiß überzogen. Mit so etwas hätte sie nie und nimmer gerechnet.

Warum nur hatte ihre Mutter ihr nichts davon erzählt? Eine Herzerkrankung war doch kein Pappenstiel.

So etwas Ernstes konnte sie doch nicht einfach verschweigen. Was hatte sie sich nur dabei gedacht?

Jolanda stöhnte laut auf, wählte die Nummer ihres Chefs Alexander und bat ihn um ein paar Tage Urlaub.

Anschließend schickte sie noch eine kurze SMS an Elias.

Er war ohnehin in Asien und würde sich schon melden, wenn es zeitlich passte. Dann packte sie einen kleinen Koffer und fuhr auf die Autobahn.

Zum Glück war es keine große Strecke, die sie zu bewältigen hatte, und sie war froh, dass sie bald am Ziel sein würde, da während der gesamten Fahrt ihre Gedanken unaufhörlich um ihre Mutter kreisten, die sie eigentlich nur kerngesund, aktiv und voller Energie kannte.

Bislang hatte Jolanda immer gedacht, dass ihre Mutter ihr Leben noch lange genießen könnte.

Und jetzt? Jetzt lag sie auf der Intensivstation, und man musste beten, dass sie es überstand.

Kurze Zeit später nahm sie die Ausfahrt und brauste die letzten wenigen Kilometer bis zu ihrem Elternhaus.

Der Abschied

Emilia hörte Jolanda kommen.

Sie beobachtete durch das Küchenfenster, wie sie ihr Auto in der Einfahrt abstellte, ausstieg und ihren Koffer aus dem Wagen nahm.

Schnell öffnete sie die Eingangstür und half Jolanda, das Gepäck auf ihr früheres Kinderzimmer zu tragen.

Alles war, wie immer.

Selbst Jolandas Malblöcke lagen noch auf dem Schreibtisch, und im Schrank fand sie Kleidung und Nachtwäsche, die ihr ganz sicher heute noch passte. Sie hatte immer noch die gleiche Figur.

Nun musste Jolanda lächeln.

Sie hatte vor Kurzem ihren achtunddreißigsten Geburtstag gefeiert, und es kam ihr vor, als wäre sie erst gestern von zu Hause ausgezogen, dabei waren seitdem schon neunzehn Jahre vergangen.

Jolanda legte sich auf ihr Bett und sah sich um. In all den Jahren hatte sich hier im Haus nichts verändert, die Zeit schien stehen geblieben zu sein, aber dennoch war so viel geschehen.

Ihr Vater Lorenz starb bereits vor neun Jahren an Krebs, er war gerade einmal siebzig geworden. Jolanda brauchte danach lange, um einigermaßen darüber hinwegzukommen.

Damals stand sie noch am Anfang ihrer beruflichen Karriere, und sie war ohnehin ein ausgesprochenes Papakind.

Nach ihrem Auszug von zu Hause rief er sie jeden Tag an, kümmerte sich um sie und räumte ihr alle Steine aus dem Weg. Eigentlich hatte sie es ihm zu verdanken, dass sie so entspannt ihre Berufswahl treffen konnte.

Und ihre Mutter Florentine? Na ja, teilweise durchwachsen.

Sie war seinerzeit zwar zähneknirschend damit einverstanden gewesen, dass Jolanda Betriebswirtschaft studierte, aber dann sollte sie – wie es sich ihrer Meinung nach für eine junge Frau gehörte – eine eher kleine Karriere anstreben, was auch immer Florentine darunter verstand.

Jolanda hatte damals das Gefühl, dass ihre Mutter irrwitzige oder besser gesagt gar keine Vorstellungen davon hatte, was eine junge Frau beruflich anstreben sollte.

Florentine war eine Vollzeit-Hausfrau, wie es für ihre Generation durchaus üblich war. Doch Jolandas Vater setzte sich durch, und die Entscheidung wurde zum Glück der Tochter selbst überlassen.

Da war es nur allzu verständlich, dass sich nach seinem Tod Jolandas Verhältnis zu ihrer Mutter reichlich unterkühlt gestaltete.

Jolanda setzte sich auf und blickte aus dem Fenster. Ihre Telefonate und Kontakte waren eher spärlich, und oft stritten sie um Kleinigkeiten.

Manchmal hatte Jolanda den Eindruck, als wären Florentines Gefühle nicht die einer liebenden und sorgenden Mutter, sondern eher abweisend, ablehnend und barsch.

Doch nach längerem Nachdenken schüttelte Jolanda den Kopf.

Nein, das bildete sie sich nur ein, ihre Mutter liebte sie, es konnte keinen Zweifel geben. Und doch schien es ihr gelegentlich, als stünde irgendetwas Unausgesprochenes zwischen ihnen, für das Jolanda keine Erklärung fand.

Das war vermutlich auch der Grund, dass sie beide sich nicht sehr oft sahen. Es war wohl ihre ganz eigene Art und Weise, möglichen Konflikten aus dem Weg zu gehen.

Außerdem war Jolanda viel zu sehr mit ihrer Arbeit und ihrem Beruf beschäftigt, sodass sie sich gar nicht so viele Gedanken darüber machte, ob und wie oft sie sich sahen. Sie hatte ja einen tollen Arbeitsplatz gefunden und strebte eine erfolgreiche Karriere an.

Ihre Mutter hingegen war nach dem Tod ihres Mannes ständig unterwegs. Sie reiste viel durch die Welt und war ganz oft in Indien, einem Land, das sie sehr liebte.

Manchmal dachte Jolanda, dass Florentine vor der Einsamkeit des Hauses flüchtete oder zu sehr mit dem Tod ihres Mannes beschäftigt war und sie sich deshalb mit den Reisen abzulenken versuchte.

Aber wissen konnte Jolanda das nicht. Über ihr Seelenleben sprach ihre Mutter so gut wie nie.

Im letzten Jahr besuchte Florentine dann zum allerersten Mal ihre Tochter in Frankfurt. Sie staunte nicht schlecht, als sie die Wohnung im Dachgeschoss sah, und nachdem Jolanda sie mit ins Büro genommen und sie in die besten Restaurants der Stadt ausgeführt hatte, wich die vermeintliche Kälte langsam einer verhaltenen Freude.

Ihre Mutter nahm sie spontan in die Arme.

»Ich bin hocherfreut, mein Kind. Dein Vater hatte ja während deines Studiums so recht. Er berichtete mir andauernd, was du gerade machst, wie du vorankommst und welchen Job du anstrebst. Aber ich wollte es eigentlich nicht hören, schon gar nicht wollte ich, dass aus dir so eine harte und kalte Geschäftsfrau wird, die Existenzen vernichtet.«

»Ach Mutti, das ist so viele Jahre her und doch heute nicht mehr wichtig. Ich mache meine Arbeit und bin glücklich. Lass uns das Missverständnis vergessen und öfter mal, was zusammen unternehmen. Das Leben kann so schön sein, wir hatten schließlich mit Vaters Krankheit genug Sorgen.«

Florentine schob sie leicht von sich, strich ihr über die Wange und schaute sie sehr ernst an.

»Ja, das machen wir, meine Große. Aber versprich mir, dass du sehr genau hinschaust, ob du eine Firma wirklich zerschlagen musst oder nicht.«

»Mutti, warum sagst du das so bestimmt? Gab es

denn in unserer Familie mal so einen Fall?«

»Nein, einfach nur so. Man liest ja so viel in den Zeitungen.«

Dann trat sie an das große Wohnzimmerfenster und blickte schweigend über die Dächer von Frankfurt.

»Und warum hast du dich so sehr dagegen gesträubt, dass ich gerade diesen Beruf ergreife?«

Florentine drehte sich um und sah ihre Tochter mit abwesendem Blick an.

»Es gibt keinen besonderen Grund, wirklich nicht. Nach deinem Abitur habe ich eben in dir ein zartes junges Mädchen gesehen, das irgendwann einmal einen eigenen kleinen Betrieb haben sollte. Ich bin heute lediglich etwas sentimental, weil ich gesehen habe, wie glücklich und zufrieden du bist und wie explizit du dein Leben aufgebaut hast.«

»Dann ist ja gut. Komm, setz dich und lass uns ein Glas Wein trinken. Heute ist unser letzter Abend in Frankfurt. Aber wir können das gerne jederzeit wiederholen.«

In diesem Moment erinnerte sich Jolanda an jedes Wort und an jede Geste dieses denkwürdigen Abends mit ihrer Mutter. Warum gerade heute? Und was war mit diesem komischen Versprechen, das sie ihr geben sollte?

War da doch ein Familienschicksal oder irgendwo eine Firma, die sie übernehmen sollte?

»Jolanda«, hörte sie Emilia rufen.

»Ich habe uns was zu essen gemacht.«

»Ja, ich komme.«

Schnell lief sie ins Bad, machte sich etwas frisch, ging ins Esszimmer und setzte sich an den gedeckten Tisch.

Als sie das liebevoll hergerichtete Abendbrot sah, merkte sie erst, wie hungrig sie war, und griff beherzt zu.

»Ich werde nachher noch einmal im Krankenhaus anrufen«, sagte sie zwischen zwei Bissen Brot.

Emilia nickte.

»Ja, mach das. Hoffentlich geht es ihr bald wieder besser.«

»Das wünsche ich ihr und mir auch. Ich muss gerade so viel nachdenken, was mich ziemlich aufwühlt. Eigentlich kenne ich meine Mutter gar nicht so richtig, obwohl sie mich großgezogen hat und immer für mich da war.«

Jolanda biss in eine Gewürzgurke.

»Und warum kennst du deine Mutter nicht richtig?«

Jolanda dachte kurz nach.

»Ich weiß nicht, das ist so ein Gefühl, das mich heute beschleicht. Sie hat mir nie etwas von sich, von ihrer Zeit als Teenager, irgendwelchen Berufswünschen oder der Zeit vor meinem Vater erzählt. Und sie hielt mich auch gefühlsmäßig immer auf Abstand. Ich glaube, solange mein Vater da war, hat er das kompensiert. Und danach habe ich mich in meine Karriere gestürzt. Erst heute in meinem Kinderzimmer habe ich angefangen, darüber nachzudenken.«

Emilia schaute sie kopfschüttelnd an und strich ihr über den Arm.

»Ach, hör auf damit. Das ist doch sentimentaler Quark. Lass es dir lieber schmecken.«

»Das Essen ist so lecker. Ich weiß gar nicht, wann ich zum letzten Mal eine Gewürzgurke gegessen habe, geschweige denn ein Abendbrot, das den Namen Vesper verdient hat.«

Emilia musste lachen.

»Da bist du aber selbst schuld. Du hast keine Stunde Fahrtzeit und könntest das so oft haben, wie du möchtest.«

»Danke für den Hinweis. Du weißt doch, dass Mutti und ich nicht so häufig aufeinandersitzen wie vielleicht andere.«

»Ja, dann musst du dir dein Vesper wohl selbst herrichten.«

Jolanda tupfte sich den Mund mit der Serviette ab und erhob sich.

»Ich gehe dann mal telefonieren.«

Sie wartete keine Antwort ab, lief in die Bibliothek und rief im Krankenhaus an.

»Jolanda Mayer hier. Ich möchte mich nach dem Zustand meiner Mutter erkundigen. Können Sie mich bitte mit der Intensivstation verbinden?«

Während sie auf einen Gesprächspartner wartete, stand sie neben dem Stuhl und trommelte mit den Fingern ungeduldig auf die Schreibtischplatte.

»Ja, ich höre«, antwortete sie auf das »Hallo« am anderen Ende der Leitung. Sie lauschte der Stimme und wurde ganz blass. Ihre Hände begannen zu zittern, und dann schoss ihr das Wasser aus den Augen.

»Nein!«, schrie sie. »Nein! Warum haben Sie nicht angerufen, als Sie erkannten, dass es zu Ende geht?«

Sie nahm die Antwort auf ihre Frage unter Tränen entgegen, bedankte sich kurz und legte auf. Dann sackte sie in den Schreibtischsessel und legte den Kopf auf die Unterarme, um ihren Tränen freien Lauf zu lassen.

***

Einige Zeit später kam sie noch immer weinend zurück ins Wohnzimmer.

»Mutti ist vorhin gestorben. Das ging so schnell, dass es leider nicht möglich war, uns in die Klinik zu rufen.«

Sie schlug die Hände vors Gesicht und schluchzte laut.

Auch Emilia liefen die Tränen über die Wangen, während sie den Arm um Jolandas Schultern legte und sie tröstete.

Nach einer Weile sprang Jolanda auf und lief im Wohnzimmer hin und her.

»Ich konnte gar nicht mehr mit ihr reden. Vielleicht wäre es für sie wichtig gewesen, mich noch einmal zu sehen. Warum bin ich heute Abend, als ich ankam, nicht gleich zu ihr ans Krankenbett gefahren?«, rief sie mit gehetztem Blick.

»Emilia, ich mache mir solche Vorwürfe! Warum bin ich nicht mehr zu meiner Mutter gegangen?«

Emilia trat auf sie zu und umarmte sie.

»Das konntest du doch nicht wissen. Deine Mutter hätte auf dich gewartet, wäre ihr das so wichtig gewesen. Man hört doch öfter davon, dass Menschen erst gehen, wenn sie mit sich im Reinen sind. Ich weiß zum Beispiel von einer Nachbarin, die sich am Schluss noch mit ihrem Sohn versöhnen wollte und so lange nicht loslassen konnte, bis er an ihrem Bett saß. Also beruhige dich doch.«

»Nein, nein, ich werde mir nie verzeihen, dass sie alleine gestorben ist. Ich bin ihre Tochter und hätte bei ihr sein müssen.«

Jolanda zitterte wie Espenlaub und weinte bittere Tränen, während sie mit schweren Schritten zum Fenster schlurfte und die Stirn an die Scheibe presste.

»Wie konnte ich nur?«

Emilia merkte, dass es jetzt keinen Sinn mehr machte, auf Jolanda einzuwirken oder gar zu versuchen, ihr Trost zu spenden. So drehte sie sich ganz leise um, schlich zur Tür und zog diese vorsichtig hinter sich zu.

Auch für sie war das heute ein ganz schwieriger Tag. Zunächst einmal war Florentine nicht irgendeine Chefin für sie gewesen, nein, sie war eine Vertraute und auch eine Freundin. Sie hatten alles Alltägliche und manchmal auch etwas mehr miteinander besprochen, und Florentine hatte sie nicht wie eine Angestellte, sondern wie ein Familienmitglied behandelt.

Emilia ging auf ihr Zimmer und setzte sich aufs Bett. Jetzt hatte auch sie Zeit zum Trauern und zum Weinen.

»Was wohl aus mir wird? Ich bin gerade mal etwas über fünfzig. Zu jung, um auf der faulen Haut zu liegen, doch zu alt, um einen neuen Job zu finden«, flüsterte sie zu sich selbst, dann griff sie nach einem Taschentuch und putzte sich die Nase.

Jolanda hingegen schleppte sich einige Zeit später auf ihr Zimmer, zog sich aus, schminkte sich ab, kühlte ihre Augen und legte sich aufs Bett. Emotional konnte sie sich dagegen lange Zeit überhaupt nicht beruhigen.

Erst als sie vor Erschöpfung nicht mehr weinen konnte, war es ihr möglich, die Gedanken erneut durch ihre Kindheit und ihr Leben mit den Eltern wandern zu lassen. Erst waren es verschwommene und bruchstückhafte Bilder, die vor ihrem geistigen Auge vorbeiliefen.

Bilder aus der Zeit, als sie noch ein kleines Mädchen war, das viel mit dem Vater unternahm, der mit ihr spielte, sie beim Ballettunterricht anmeldete, der ihr vorlas und sie immer herzte und drückte.

Aber auch Bilder der spärlichen Gemeinsamkeiten mit der Mutter, die auf Jolandas Manieren achtete, ihre Kleidung bestimmte, die Schularbeiten kontrollierte, auf Pünktlichkeit Wert legte und auch mal schimpfte, wenn etwas nicht so war, wie es sein sollte.

Später dann, als sie in die Oberstufe kam, begannen die täglichen Konflikte mit ihrer Mutter. Natürlich spielte auch die Pubertät eine beachtliche Rolle, und so potenzierten sich die ohnehin spärlichen Gefühle zueinander durch die Bockigkeit eines heranwachsenden Mädchens an der Schwelle zur Frau, was oftmals so starke Spannungen erzeugte, als befänden sie sich unter Starkstrom.

Ihr Vater versuchte immer, zwischen ihnen beiden zu vermitteln, und ganz oft bemerkte Jolanda, wie er einen fast bösen Blick in Florentines Richtung warf und ihr eigentlich etwas entgegenschleudern wollte, dann aber nur resigniert den Kopf schüttelte.

Wenn es um einen Streit zwischen Mutter und Tochter ging, schien immer etwas Unausgesprochenes zwischen den Eltern zu stehen.

Jolanda setzte sich wieder auf. Zu sehr belastete sie die Auseinandersetzung mit der Vergangenheit. Zu sehr wühlte sie das alles auf, und zu heftig waren die Gefühle, die auf dieser Gedankenreise ihren Körper durchströmten und an die Oberfläche stießen.

Damals zermürbte sie es, wenn es Diskussionen über ihre Kleidung gab, wenn sie keine Schminke benutzen durfte und wenn sie Einladungen zu Partys absagen sollte.

Mit zunehmendem Alter nahm natürlich das Konfliktpotenzial stetig zu, es breitete sich zwischen Mutter und Tochter zunehmend Kälte aus, und die beiden entfernten sich gefühlsmäßig immer mehr voneinander.

Seinen Höhepunkt fand das Ganze dann mit Jolandas

Berufswahl und ihrem Auszug in ein Studentenzimmer in Frankfurt, den ihr Vater veranlasste. Er hatte gesehen, dass er seine beiden Frauen nicht mehr zusammenwohnen lassen konnte.

Erst vor ungefähr einem Jahr war das Verhältnis zwischen ihnen beiden durch Florentines Besuch in Frankfurt und die entspannten Tage, die sie zusammen verbrachten, besser geworden. Aber eben nur besser, denn den Abstand, der sich über viele Jahre hinweg beständig gehalten hatte, vermochten sie nicht gänzlich abzubauen.

Dagegen war Jolandas Beziehung zu ihrem Vater von Anfang an sehr innig und liebevoll gewesen. Lorenz war ihr Ein und Alles und las ihr jeden Wunsch von den Augen ab.

Aber er wusste auch, sie zu erziehen und zu lenken. So verband er die Erfüllung von Wünschen immer auch mit hübsch verpackten Forderungen.

Als Jolanda zum Beispiel einen neuen Computer wollte, meinte er, sie müsse dafür einen Zusatzkurs in Betriebswirtschaft belegen, um sich so an der Anschaffung beteiligen zu können.

Auf diese gefühlvolle Art stachelte er sie zum Lernen an und gab ihr auch die Nähe, die sie als junges Mädchen brauchte.

Als es um ihre Ausbildung ging und die Mutter dazwischen grätschen wollte, stellte sich Lorenz offen auf Jolandas Seite, woraufhin Florentine sich ernüchtert und enttäuscht zurückzog.

Jolanda wischte sich die Tränen aus den Augenwinkeln, als sie an ihren Vater dachte. Sie hatte viel Zeit gebraucht, um mit diesem Verlust fertig zu werden, und jetzt war auch die Mutter schon nicht mehr da.

Die Familie Mayer gab es nun nicht mehr, mit Ausnahme des Bruders ihres Vaters, mit dem sie in losem, aber nicht allzu engem Kontakt stand.

Onkel Helmut war sehr nett, sie wusste, dass sie ihn immer ansprechen konnte und er auch immer helfen würde, falls sie ihn brauchte. Dennoch, irgendwie war sie jetzt alleine.

Im Gegensatz zu anderen Familien gab es keine Tanten und Onkel, keine Großeltern und Cousinen. Es gab niemanden. Merkwürdig nur, dass ihr das nie aufgefallen war. Sie hätte doch ihre Mutter fragen können, doch sie war immer zu viel mit sich selbst beschäftigt gewesen.

Jolanda stand auf, trat zum Fenster und schaute in die Nacht hinaus.

Das Gefühl, wichtige Dinge in der Beziehung zu ihren Eltern versäumt zu haben, breitete sich in ihr aus wie ein Virus und ließ sie nicht mehr zur Ruhe kommen. Sie stöhnte auf.

Es war wohl immer so, dass man erst mit dem Verlust eines Menschen merkte, was man hätte anders und besser machen können und was man überhaupt hätte tun müssen.

Und was sie noch mehr bedrückte, war die Erkenntnis, dass die Familie, jetzt im Nachhinein betrachtet, nicht die eng verschweißte Einheit war, die ohne Wenn und Aber zueinanderstand und sich bedingungslos liebte.

An nächsten Morgen stand Jolanda mit dunklen Augenringen und verschwollenen Augen vor dem Spiegel.

Sie erschrak, als sie sich so sah. Normalerweise war sie eine attraktive junge Frau von achtunddreißig Jahren mit pechschwarzen langen Haaren, die sie meist zu einem modernen Knoten verschlang.

Jolanda war mittelgroß und wohl proportioniert, und ihr sicherer Kleidungsstil, egal ob sportlich oder elegant, ließ sie zu jeder Gelegenheit gut aussehen. Heute allerdings nicht. Heute wirkte sie derangiert und krank.

Emilia hatte ihr ein Frühstück hingestellt und sich dann in sinnlose Hausarbeit gestürzt. Als Jolanda das Esszimmer betrat, war sie gerade dabei, zu putzen, Staub zu wischen und zu saugen. Jolanda verstand sie.

Auch Emilia war bestimmt emotional angegriffen und verunsichert.

Sie zwang sich deshalb, alleine am Tisch sitzend ein Brötchen zu essen, und trank dazu reichlich Kaffee, um der Erschöpfung etwas entgegenzusetzen.

Dann ging sie in die Bibliothek und begann, die notwendigen Telefonate zu führen.

Sie bat einen Bestatter, vorbeizukommen, informierte die Klinik, rief beim Anwalt der Familie an und telefonierte eine Liste von Bekannten und Freunden der Mutter ab, die sie alle persönlich über deren Tod informieren wollte.

Schneller als gedacht war der Vormittag vorbei, und das, ohne zu grübeln und Fragen beantworten zu wollen, die ohnehin offenbleiben würden.

Beim Mittagessen saßen sich Emilia und Jolanda eine

ganze Weile schweigend gegenüber und löffelten ihren Eintopf.

»Was wird jetzt aus mir, Jolanda?«, fragte Emilia nach einer Weile unvermittelt.

»Wie meinst du das?«

»Na, ich muss doch wenigstens wissen, ob du mich noch für die Auflösung des Hauses brauchst oder ob ich mir gleich was Neues suchen muss. Das wird ja für mich auch nicht gerade einfach.«

»Ja, entschuldige bitte. Ich habe mich damit noch gar nicht beschäftigt. Du bist für mich so etwas wie das lebende Inventar und irgendwie selbstverständlich dabei.«

»Das ist aber jetzt nicht mehr so. Ich brauche einen Zeitplan.«

Emilia hatte Tränen in den Augen stehen, die sie nur mit Mühe zurückhalten konnte.

»Das verstehe ich doch.«

Jolanda erhob sich, nahm sie in die Arme und strich ihr beruhigend über den Rücken.

»Ich bin heute Mittag bei unserem Anwalt. Er wollte, dass ich umgehend komme, weil er Anweisungen für mich hat. Bitte warte, bis ich wieder zurück bin, vielleicht hat meine Mutter auch für dich eine Information hinterlassen. Ansonsten brauche ich natürlich deine Hilfe bei der Auflösung des Haushalts. Ich bin auch gerne für dich da, wenn du dir eine neue Arbeit suchst, versprochen.«

Jolanda lächelte sie aufmunternd an.

Emilias Gesicht entspannte sich zusehends.

»Danke. Selbstverständlich warte ich und helfe dir. Ich kann aber schon zum neuen Jahr nach einer Arbeit suchen?«

»Ja, zum ersten Januar. Das ist ein guter Zeitpunkt, denn bis dahin sind wir hier ganz bestimmt fertig.«

Jolanda überlegte kurz.

»Würdest du auch jeden Tag nach Frankfurt fahren, wenn ich da was für dich hätte? Ich meine, das ist nur eine gute halbe Stunde mit der Bahn. Und es wäre keine Hausarbeit.«

Emilia verspürte eine leichte Freude, als sie das hörte.

»Ja, das ist kein Thema. Was ist das für eine Tätigkeit?«

»Ich möchte später erst einmal telefonieren. Wenn die Stelle noch da ist, besprechen wird das. Einverstanden?«

»Gut.«

Emilia atmete auf. Vielleicht fand sie ja relativ schnell wieder Anschluss, dann würde ihr Leben in geordneten Bahnen weitergehen.

Nach dem Essen machte sich Jolanda zurecht und fuhr in die Stadt. Der Anwalt der Familie hatte seine Kanzlei in der Fußgängerzone, deshalb parkte sie im nahe gelegenen Parkhaus eines Einkaufscenters.

Er erwartete sie schon.

»Guten Tag, Jolanda. Noch mal mein herzliches Beileid. Komm rein und nimm bitte Platz.«

Er durfte sie duzen, denn er kannte sie schon als kleines Mädchen und war im Hause ihrer Eltern ein und aus gegangen.

Jolanda duzte ihn natürlich auch.

»Danke dir. Es kam jetzt ganz schnell und auch überraschend für mich.«

»Ja, aber für mich nicht ganz. Ich habe mit Engelszungen auf sie eingeredet, sich doch am Herzen operieren zu lassen. Leider wollte sie das nicht. Sie sagte immer, ich solle es gut sein lassen, sie habe genug gestrampelt und brauche ihre Ruhe. Was kommt, das kommt, meinte sie.«

»Ich verstehe das nicht. Emilia hat mir auch davon erzählt. Man könnte meinen, sie war des Daseins überdrüssig, dabei hatte sie doch ein schönes Leben und einen guten Mann.«

»Ich weiß auch nicht. Vielleicht haben uns die beiden die heile Welt auch nur vorgespielt«, überlegte er und strich mit der Hand über den Aktenordner.

Jolanda dachte kurz nach.

»Ja, ganz so heil war ihre Beziehung glaube ich nicht. Aber wo ist das schon so? Es war wie bei vielen anderen Menschen auch, mal so und dann mal wieder nicht so – es sei denn, wir waren alle blind, oder die beiden waren die besten Schauspieler, die es gibt«, meinte sie mit einem Lächeln, als ihr das so spontan durch den Kopf ging.

»Wie dem auch sei, mögen sie in Frieden ruhen«, beendete er die laut ausgesprochenen Gedanken.

»Ja, da gebe ich dir recht. Weshalb hast du mich hergebeten?«

»Ich habe hier das Testament und einen Brief für dich. Das machen wir aber nach der Beisetzung, wenn ich den Erbschein habe. Heute geht es um direkte Anweisungen, die nicht warten können«, erklärte er, während er aus dem Safe ein paar Unterlagen holte.

»Gut. Dann kläre mich bitte auf.«

Er reichte Jolanda eine Mappe.

»Hier ist der ganze Ablauf ihrer Beerdigung festgelegt. Bitte gib das dem Bestatter und weiche nicht davon ab. Es ist verpflichtend und mit deinem Erbe verknüpft.«

»Puh, was dachte sie sich nur dabei? Ich widersetze mich doch nicht ihrem letzten Willen!«

Sie spürte einen Anflug von Enttäuschung und Wut in sich aufsteigen.

»Und die Drohung mit dem Erbe ist überflüssig. Ich verdiene selbst genug. Von mir aus können wir das Erbe auch spenden.«

»Sei nicht ungerecht, Jolanda. Sie hat eben präzise Angaben gemacht. Es geht auch noch um Emilia. Sie soll dir bei der Auflösung des Hauses helfen, und dann bekommt sie das kleine Häuschen am anderen Ende der Stadt, das Elternhaus von Lorenz. Es steht leer, und wenn sie dort einzieht, muss sie keine Miete mehr bezahlen. Dazu erhält sie mit dem Erbschein eine bestimmte Summe, die ihr das Leben bis zur Rente absichern soll.«

Jolanda nickte zufrieden und lächelte ihn an.

»Das freut mich für Emilia. Ich hätte ihr auch einen Teil abgegeben, wenn das nicht geregelt gewesen wäre. Ist doch prima so. Dann vermittle ich ihr noch einen guten Job, damit sie sich nicht nutzlos vorkommt.«

»Sehr gut. Du bist ein Schatz, Jolanda. Den Rest machen wir nach der Beisetzung.«

»In Ordnung.«

Jolanda erhob sich und reichte ihm zum Abschied die Hand.

»Wegen des Beerdigungstermins rufe ich dich an.«

»Mach das. Bis bald, Jolanda.«

***

Jolanda und Emilia fuhren gleich morgens um neun in die Kanzlei des Anwalts zur Testamentseröffnung.

Emilia bekam also das Häuschen und ein Sparbuch, das ihr ermöglichte, im kleinen Rahmen ohne Not zu leben. Und da ihr Jolanda einen Job in der Cafeteria eines Unternehmens in Frankfurt besorgt hatte, würde es für sie ohne Probleme weitergehen. Dankbar reichte sie erst dem Anwalt die Hand, dann umarmte sie Jolanda.

Jolanda erbte das Haus und das gesamte Vermögen der Eltern. Dazu übergab ihr der Anwalt noch einen persönlichen Brief der Mutter. Anschließend verabschiedeten sich die beiden Frauen und fuhren zurück zum Anwesen der Eltern.

Am frühen Nachmittag öffnete Jolanda den Brief ihrer Mutter. Zu ihrem Erstaunen entpuppte sich dieser als gar nicht so persönlich, wie sie gedacht hatte.

Er war für sie eher eine große Enttäuschung, denn er bestand lediglich aus der kühlen Anweisung, an einer bestimmten Stelle im Wohnzimmer nach einer Schatulle zu suchen und den Inhalt genau durchzusehen. Ihre Mutter wünschte ihr noch alles Gute auf ihrem weiteren Lebensweg, und das war es dann auch schon.

Jolanda schüttelte den Kopf und musste in Anbetracht dieses Briefes gleich wieder weinen.

»Was soll das?«, flüsterte sie. Kein liebes Wort, nur die Suchanleitung für eine Schatulle. Und die guten Wünsche waren nicht mehr als das, was jeder Fremde mit solch einer Höflichkeitsfloskel ausdrücken würde.

Was für ein denkwürdiger Abschied ihrer Mutter.

Blieb nur noch die Auflösung des Hausstands, die wahrscheinlich eine hochemotionale Angelegenheit werden würde.

Danach würde alles ausgelöscht sein – bis auf die Erinnerungen.

Jolanda mochte es sich gar nicht vorstellen.

In Kürze wurden alle Gegenstände, die sie nicht zur Seite geräumt hatte, versteigert, auch das Haus. Sie würde sich nur wenige Erinnerungsstücke aufbewahren und Emilia die Dinge geben, die sie haben wollte. Wenn das erledigt war, war hier definitiv nach einer weiteren Woche Schluss.

Heute kümmerte sie sich aber ganz speziell um die Schatulle.

Das Vermächtnis

Seit Stunden saß Jolanda nun schon am Wohnzimmertisch im Haus ihrer Mutter.

Sie fühlte sich inzwischen wie gelähmt. Neben ihr auf dem Sofa stand eine große Holzschatulle, die sie im Arbeitszimmer der Eltern aus dem untersten Fach des großen Schrankes herausgeholt hatte.

Sie hatte das Versteck heute zum ersten Mal wahrgenommen, von alleine hätte sie es auf keinen Fall entdeckt, wenn ihre Mutter Florentine nicht den Brief mit Hinweisen für sie hinterlassen hätte.

Ihr brummte der Schädel von den vielen neuen Eindrücken und Informationen, die sie gezwungenermaßen aufnehmen musste.

Genau genommen war ihr speiübel.

Das konnte doch alles nicht wahr sein! Blitzartig raste sie aus dem Stuhl hoch und tigerte ununterbrochen um den Tisch herum.

Ohne anzuhalten, presste sie sich die Hände an die Ohren, um sich selbst zu signalisieren, dass sie eigentlich nichts mehr hören wollte von dem, was in dieser Kiste lag.

Dann blieb sie ruckartig stehen und legte die Hände von den Ohren auf die Augen.

»Ich möchte nichts mehr hören und nichts mehr sehen!«, rief sie laut durch den Raum.

Als sie nämlich vorhin die vielen Unterlagen aus der Kiste genommen hatte, lagen zuunterst Adoptionspapiere, die ihren Namen trugen.

Mit offenem Mund blickte sie auf die Buchstaben, die vor ihren Augen anfingen zu tanzen.

Blitzschnell warf sie die Hülle mit den Papieren ungelesen auf den Tisch, als ob sie sich die Finger daran verbrannt hätte.

»Mein Gott, wo und wie habe ich achtunddreißig Jahre lang gelebt? Wer bin ich überhaupt?«

Die letzten Worte brachte sie nur noch flüsternd über die Lippen.

Gleich danach ließ sie sich wieder auf ihren Stuhl fallen, um den bitteren Tränen freien Lauf zu lassen.

Sie durchlebte in diesen Minuten eine innere Zerrissenheit in einer Heftigkeit, von der sie nie gedacht hätte, dass man sie je würde erleben können.

Dann griff sie mit zitternden Fingern wieder in die Schatulle und tauchte erneut für lange Zeit in die Vergangenheit ihrer Mutter ein.

Als sie wieder aufsah, war es schon duster, und Jolanda erhob sich, um das Licht einzuschalten.

Auf dem Weg zum Lichtschalter blieb sie am Panoramafenster des Bungalows im Stile der Sechzigerjahre stehen und schaute hinaus in den Garten, der an diesem Novemberabend mit seinen kahlen Bäumen und der gerade eintretenden Dunkelheit ihre gefühlte Einsamkeit und Verlassenheit optisch noch verstärkte.

Sie dehnte die verspannten und müden Glieder, indem sie sich streckte und mit wenigen Kniebeugen versuchte, ihren Bewegungsapparat nach dem langen Sitzen wieder geschmeidig zu bekommen.

Jolanda seufzte und versuchte, die erneut aufsteigenden Tränen zu unterdrücken, was ihr körperlich sehr wehtat.

Der innere Schmerz presste sich durch ihren Brustkorb und drückte gegen den Magen, als hätte sie schweres, fettiges Essen zu sich genommen.

Es war auch eine verdammt schwere Kost, die sie zu verdauen hatte.

Sie weinte jetzt erneut, die Tränen rannen ihr wie Wasserfälle die Wangen hinunter, und ihr Schluchzen war bestimmt bis zu den Nachbarn zu hören, obwohl der weitläufige Garten dazwischenlag.

Als sie sich nach einiger Zeit wieder etwas beruhigt hatte, schleppte sie sich ins Bad und kühlte ihre brennenden Augen mit kaltem Wasser, das sie sich auch über die Handgelenke laufen ließ. Anschließend schlurfte sie mit schweren Beinen in die Küche, richtete ein kleines Abendbrot her und kochte frischen Tee.

Sie war so froh, dass Emilia heute nicht mehr kommen würde. Diese besuchte ihre Schwester.

Mit dem Tablett in den Händen war sie gerade auf dem Weg zurück ins Wohnzimmer, als ihr Handy klingelte. Schnell stellte sie das Essen ab und griff zum Telefon.

»Jolanda Mayer.«

»Hey Jolanda. Du wolltest doch nach einigen Tagen wieder zurück sein. Warum meldest du dich denn nicht, wenn es länger dauert?«, hörte sie ihren Freund Elias fragen.

»Elias«, stöhnte sie.

»Was willst du denn? Habe ich dir nicht gesagt, was hier los ist?«

»Ja, doch. Du wolltest die Formalitäten erledigen, das Haus verkaufen und nach zwei Wochen wieder zu Hause sein.«

Jolanda merkte, wie der Zorn in ihr hochstieg und wie sie plötzlich anfing zu zittern.

Elias war natürlich nicht zur Beerdigung gekommen, auch nicht davor, um ihr bei der Organisation zu helfen. Und schon gar nicht heute, um ihr beizustehen, das Gelesene besser zu verkraften. Von einem liebevollen Partner, der sie tröstete, war er so weit entfernt wie der nächste Reisebus vom Mond.

Ihr ganzes bisheriges Leben war ein einziger Scherbenhaufen geworden. Sie war gar nicht die, für die sie sich bisher gehalten hatte. Ihre ganze Identität war plötzlich weg. Wer war sie wirklich?

»Jolanda, bist du noch da?«

Sie schaute das Telefon an, als ob darin ein Geist seine Stimme erhoben hätte.

»Ja, Elias, ich bin noch da. Aber du bist ab sofort nicht mehr da, mein Freund. Pack deinen Kram, der noch bei mir in der Wohnung ist, und leg den Schlüssel auf den Tisch. Verschwinde aus meinem Leben!«

»Was soll das denn?«

»Hau ab, aber schnell!«

Nach diesen Worten legte Jolanda einfach auf.

Es war höchste Zeit, diese Farce zu beenden. Während dieses Gesprächs war in ihr die schlichte Erkenntnis gereift, dass es nicht reichte, nicht reichen konnte, mit einem Menschen das Leben zu teilen, den man zwar schätzt, aber vermutlich nicht liebt.

Es war definitiv zu wenig.

Sie ließ ihr Essen erst einmal stehen und huschte durch die Terrassentür in den Garten. Tief sog sie die kalte Luft ein und spürte Erleichterung und Befreiung, was die beendete Geschichte mit Elias betraf.

Nun galt es, so gut es ging, einen klaren Kopf zu bekommen, um systematisch die Schatulle durchzuarbeiten und herauszufinden, was das Geheimnis ihrer Familie und vor allem wer sie selbst war.

Mit neuem Elan machte sie sich deshalb einige Minuten später wieder über die Kiste her.

Sie musste chronologisch vorgehen, beschloss sie und griff zu einem Stapel mit verschiedenen Unterlagen und Fotos, die bis in die Jugend ihrer Mutter zurückreichten.

Sie betrafen ihre Großeltern mütterlicherseits, Franz und Katarina Abele aus Hertenbach, einem kleinen Schwarzwalddorf. Das konnte der Anfang dessen sein, wonach sie suchen musste.

Auf ein paar Fotos, deren Rückseiten mit den Namen Florentine und Helene Abele beschriftet waren, entdeckte sie zwei kleine Mädchen. Dann fand sie noch ein Fotoalbum mit weiteren Bildern, die die beiden während der Schulzeit und später zeigten.

Die beiden jungen Frauen waren so hübsch in ihren Kleidern mit einem weiten Glockenrock und einem breiten Gürtel um die schmale Taille. Dazu trugen sie Riemchenpumps oder auch spitze Ballerina, glänzend aussehend und vorne mit einer Schleife aus Spitze.

»Das ist doch bizarr. Wieso hat meine Mutter diese Menschen nie erwähnt?«, murmelte sie.

Jolanda betrachtete die Bilder eingehend.

Dann fiel ihr ein Foto mit den Großeltern vor deren Haus in die Hände. Ein freundlich dreinschauendes Ehepaar. Warum hatte Florentine nie über ihre Eltern gesprochen und warum niemals gesagt, dass sie aus dem Schwarzwald, aus einem ländlich anmutenden Haus stammte?

Wo war ihre Schwester Helene? Und weshalb sah oder hörte man in all den Jahren nie etwas von ihr? Weshalb verschwieg ihre Mutter die Existenz der Schwester? War sie vielleicht tot?

Der nächste Stapel enthielt Briefe, die ihre Mutter als junge Frau von einem gewissen Franco bekommen haben musste. Er stammte aus Taormina auf Sizilien.

Es war auch ein Bild dabei, das vermutlich diesen Franco zusammen mit Florentine in einer innigen Umarmung zeigte.

Als Jolanda alle Briefe gewissenhaft durchgelesen hatte, verstand sie die Welt nicht mehr. Es waren zärtliche Briefe voller Liebe, Zuneigung und der Aufforderung an Florentine, endlich nach Sizilien zu kommen.

Dem Datum nach zu schließen, deckten diese aber nur eine relativ kurze Zeit ab, und der Kontakt musste danach abrupt abgebrochen sein.

Wer war der Mann?

War er Florentines große Liebe – und warum waren sie dann nicht zusammengeblieben?

Und konnte es sein, dass dieser Franco vielleicht so-gar ihr, Jolandas, Vater war?

War sie womöglich Halbitalienerin? Sofort musste sie an ihre schönen schwarzen Haare denken.

Dann lag eine kleine Schallplatte dabei. Das Cover zeigte eine Frau, deren Namen sie nicht kannte. Catarina Valente.

Sie erhob sich und machte den Plattenspieler an.

Und dann sang diese Frau: *Komm ein bisschen mit nach Italien, komm ein bisschen mit ans blaue Meer...*

Völlig fremde Musik, die zugegeben altmodisch klang, sie aber mit den Worten melancholisch voll abholte.

Das blaue Meer, Palmen, das Gefühl von Italien, das sie ja auch ein bisschen kannte, geisterte an ihrem inne-ren Auge vorbei und entführte sie für einen kleinen Moment in das Land der Sonne, der Pasta und des guten Weines.

Jolanda stöhnte.

Das nächste Häufchen Briefe stammte von Florentines Schwester Helene.

Sie waren voller Hilferufe und Bitten und enthielten Sätze wie »hilf mir bitte, ich brauche dich«, aber ohne einen wahren Grund dafür zu nennen.

Komischerweise wurden die Briefe auch auf Sizilien abgeschickt, aber in Palermo.

Dann griff Jolanda mit spitzen Fingern zu der Hülle mit den Adoptionspapieren, die sie vorhin auf den Tisch geworfen hatte, und es folgte das, was ihr endgültig den Boden unter den Füßen wegriss: Papiere, aus denen ein-deutig hervorging, dass sie von Florentine und Lorenz adoptiert worden war.

Das konnte, nein, das durfte gar nicht sein! Sie musste erst ein paarmal tief Luft holen, bevor sie mit verschwommenem Blick wieder und wieder die Dokumente überflog, die keine Angaben zu ihren leiblichen Eltern enthielten.

Schließlich legte sie sie mit zitternden Händen beiseite. Zum Schluss ging es in einigen Zeitungsausschnitten um eine Fabrik, genauer gesagt um ein italienisches Familienunternehmen, das in Berlin in den Siebzigerjahren einen langsamen, aber großen Aufstieg erlebt hatte und erst vor einigen Monaten in Schieflage geraten war.

Jetzt sollte diese alteingesessene Firma durch einen Insolvenzverwalter gerettet oder, wenn das nicht gelang, zerschlagen werden.

Als Jolanda fertig war, blieb sie lange Zeit regungslos sitzen.

Sie musste sich erst beruhigen, bevor sie das Gelesene verarbeiten konnte. Zu viele Fragen, auf die sie keine Antwort wusste, tanzten in ihrem Kopf.

Wie und wann hatte Florentine ihren späteren Mann Lorenz kennengelernt, wieso lebten sie in Wiesbaden, und wie kam es dazu, dass die beiden ausgerechnet sie, Jolanda, adoptierten? Und wie kamen diese Verbindungen nach Italien zustande?

Die Großeltern

Das Navigationsgerät gab Jolanda ununterbrochen Anweisungen, als sich ihr Wagen vorsichtig die kurvenreiche Straße hochschlängelte.

»Abbiegung rechts vor Ihnen«, ertönte die sonore männliche Stimme.

»Biegen Sie in zweihundert Metern rechts ab… Biegen Sie jetzt rechts ab.«

»Ja, ja, ist ja schon gut, mein Freund. Ich biege ja schon ab.«

Jolanda musste angestrengt auf die Wegbegrenzungen achten, denn die Straßen lagen unter einer Schneedecke, waren glatt und schlecht geräumt.

Die Landschaft insgesamt zeigte sich mit reichlich Schnee gepudert. Büsche und Sträucher gaben mit ihren von einer Eisschicht eingehüllten Ästen ein bizarres Bild ab.

Mittlerweile war es bereits dunkel, obwohl sie ihrer Meinung nach zeitig in Wiesbaden losgefahren war, um noch bei Tag anzukommen.

Aus der Ferne erkannte sie schon die Lichter des Dorfes, und so musste sie jetzt konzentriert ihrem Navi bis zu dem Gasthof folgen, in dem sie sich ein Zimmer reserviert hatte.

Die Fahrt erforderte so viel Aufmerksamkeit, dass

sie nicht eine einzige Sekunde ihre Gedanken an die vermeintlichen Großeltern und auch nicht an ihre Mutter – oder jetzt vielmehr Adoptivmutter – verschwenden konnte.

Ein paar Minuten später stellte der nette Herr aus dem Navi endlich fest: »Ziel auf der linken Seite. Sie haben Ihr Ziel erreicht.«

Jolanda stellte ihren Wagen auf einem der drei Gästeparkplätze vor dem Gasthof ab, griff nach ihrer Handtasche, nahm den Koffer aus dem Kofferraum und zog ihn die vier Stufen bis zum beleuchteten Eingang hoch. Dann öffnete sie die schwere Eingangstür.

Im Flur sah es beinahe wie in einer privaten Wohnung aus, mit einer Kommode, einem Spiegel, einem großen Schirmständer, bunten Teppichen auf den Fliesen und Kunstblumen in dekorativen Vasen.

Auf der linken Seite führte eine Tür in den Gastraum, und rechts befanden sich zwei Türen mit der Aufschrift *Privat* und *Toilette*. Geradeaus ging es wahrscheinlich auf den Hinterhof, und hinten rechts führte eine Treppe nach oben, wohl zu den Fremdenzimmern.

Es gab keine Rezeption, und es war auch kein Personal zu sehen, also öffnete sie die Tür zum Gastraum, wo sofort das laute Stimmengewirr verstummte.

Suchend schaute sie sich um, wer ihr wohl den Schlüssel zu ihrem Zimmer geben könnte, und die nächsten Minuten erschienen ihr wie gefühlte Stunden, denn die Frau hinter dem Tresen, die gerade Gläser befüllte, reagierte überhaupt nicht.

Stattdessen musterten sie vom Stammtisch aus mindestens zehn männliche Augenpaare mit unverhohlener Neugier.

Unangenehm berührt stand Jolanda mitten im Raum, dann ging sie zwei, drei Schritte auf den Tresen zu.

»Guten Abend, ich habe ein Zimmer reservieren lassen.«

»Moment, ich bin gleich fertig«, antwortete die Frau kurz und knapp, ohne aufzublicken.

Meine Güte, ist die unfreundlich, dachte Jolanda, schwieg aber, weil die Männer sie noch immer anstarrten.

Die Frau brachte das Bier an den Stammtisch, sammelte die leeren Gläser ein und nahm einen Schlüssel mit der Nummer sechs von einem Brett.

Während sie ihn Jolanda entgegenhielt, erklärte sie ihr mit knappen Worten: »Über den Flur, die Treppe hoch, im ersten Stock links. Frühstück von sieben bis zehn.«

»Danke. Kann ich bitte noch zwei belegte Brötchen bekommen und mit auf mein Zimmer nehmen?«

Jolanda hatte sich ganz schnell entschieden, nicht wie ursprünglich beabsichtigt noch einmal für ein warmes Essen herunterzukommen. Die Frau strapazierte ihre Nerven, sie hatte deren Unfreundlichkeit bereits mehr als satt.

»Moment!«, antwortete diese schmallippig und rief den Wunsch durch eine offene Durchreiche in die Küche.

Jolanda reichte es jetzt. Als Unternehmensberaterin

ging ihr das gehörig gegen den Strich. Und sie war durchaus in der Lage, ebenso zu reagieren.

»Sie haben die Höflichkeit wohl auch nicht mit dem Löffel gegessen, was? Ich bin eine zahlende Kundin und erwarte eigentlich, dass Sie sich mir gegenüber ein wenig aufmerksamer benehmen.«

Die Frau tat so, als hätte sie überhaupt nichts gehört, und Jolanda wurde ganz schön zornig. Ihre Augenlider flatterten, und ihre Lippen bebten, ein Zeichen, dass sie kurz davor war, die Frau heftig zurechtzuweisen. Doch sie hielt sich mit aller Kraft zurück, weil sie heute Abend keine Lust mehr hatte, sich eine neue Unterkunft zu suchen.

Endlich waren die belegten Brötchen fertig, und die Frau reichte sie über den Tresen. Jolanda nahm den Teller, drehte sich um und hastete aus der Gaststube.

Sie schleppte ihren Rollkoffer hinter sich her, der auf den Treppenstufen ein klapperndes Geräusch verursachte, weil sie ihn nicht anheben wollte.

Oben angekommen schloss sie heftig schnaufend ihr Zimmer auf.

»Oje, was ist das denn?«, rief sie spontan, hielt sich aber gleich den Mund zu. Es war ihr peinlich, so laut gewesen zu sein. Ein Zimmer des Grauens, wie sie feststellte, und sie machte zunächst einen Rundgang, um sich die Bestätigung für ihre Vermutung zu holen.

Erst hob sie die Bettdecke hoch und prüfte die Matratze. Diese war zwar akzeptabel, was die Sauberkeit anging, doch extrem durchgelegen. Wie konnte man so etwas seinen Gästen zumuten?

Noch schwieriger wurde es im Bad. Da tropfte der Wasserhahn an der Dusche, die Toilettenspülung gab ihre Dauergeräusche ab und hatte unansehnliche gelbe Kalkränder hinterlassen.

»Angenehm ist anders«, raunte Jolanda und setzte sich auf das Bett.

»Soll ich wieder gehen?«, fragte sie sich laut und seufzte vor Frust.

Dass sie hier nicht ihren gewohnten Luxus finden würde, war ja von vorneherein klar gewesen, aber etwas gepflegter dürfte es schon sein.

Aber wohin? Sie hatte sich vorher natürlich informiert. In den größeren Orten ringsherum gab es zwar Hotels, Kurhotels und Gasthöfe mit entsprechender Qualität, aber hier in diesem Ort war dies die einzige Übernachtungsmöglichkeit, und es war ihr äußerst wichtig, genau hier zu sein, um möglichst viel zu erfahren und die Atmosphäre des Dorfes in sich aufzunehmen.

Sie musste Kontakte knüpfen und nach Verwandten suchen, hören, was die Spatzen von den Dächern pfiffen, und deswegen konnte sie unmöglich ein paar Kilometer weiter weg wohnen.

Nein, sie würde bleiben. Das war alles kein Problem, sie konnte damit umgehen, entschied sie und packte zur Bestätigung stöhnend ihren Koffer aus. Sie hoffte nur, dass sie Weihnachten nicht auch noch hier verbringen musste.

Nachdem sie im Bad ihren Kosmetikbeutel abgestellt hatte, wusch sie sich die Hände und setzte sich in den wackeligen Sessel, um ihre Brötchen zu essen.

Nebenbei schaltete sie den uralten Fernseher ein und tat etwas, das in ihrem ganzen bisherigen Leben ein No-Go für sie gewesen war, nämlich beim Essen in den Fernseher zu starren.

Anschließend versuchte sie, ihr Laptop und ihr Handy mit dem angeblich vorhandenen Netz zu verbinden. Natürlich ging da nicht viel.

Sie hatte schon vorhin, als sie angekommen war, die ganzen Unzulänglichkeiten dieses Zimmers gesehen, und jetzt musste sie auch noch feststellen, dass sie sich mitten in einem Funkloch befand.

Schlimmer ging es ja eigentlich nimmer. Mit dem Handy in der Hand lief sie das ganze Zimmer ab, hielt den Arm nach oben und unten, nach rechts und nach links, sogar im Bad versuchte sie ihr Glück.

Als alles nichts half, öffnete sie das Fenster und streckte den Arm weit hinaus – und siehe da, sie hatte jetzt einen Funkkontakt, der zumindest nicht ganz miserabel war. Nun musste es ihr eigentlich nur noch gelingen, den Arm wieder hereinzuholen, ohne das Funksignal zu verlieren.

Sie konnte ja schließlich nicht beim Telefonieren durch das offene Fenster hinunter auf die Dorfstraße brüllen. Und was sollte sie tun, wenn sie jemand anrufen wollte? Sie war ja hier drin gar nicht erreichbar.

Langsam zog sie die Hand zurück und schaffte es tatsächlich, im Zimmer direkt vor dem geschlossenen Fenster zu telefonieren.

Das gleiche Theater hatte sie mit dem Laptop.

Das hausinterne Netz war anscheinend defekt, und ein öffentliches Netz schien auch nicht dauerhaft vorhanden zu sein. So war auf jeden Fall die Funkverbindung nicht ohne Weiteres vom Zimmer aus aufrechtzuerhalten.

Nach längerem Probieren musste sie einsehen, dass die Internetverbindung des Laptops nur dann einigermaßen funktionierte, wenn sie sich auf den Toilettendeckel setzte.

»Ach wie nett, jetzt arbeite ich auch noch auf dem Klo. Das ist ja mal ganz was ganz Neues!«

Die Situation mutete sie so unwirklich an, dass sie laut losprusten musste.

So primitiv war sie noch nie in ihrem Leben unterwegs gewesen. Aber wenn es half, dann machte sie auch das mit. Es war eine völlig neue Erfahrung, und wenn der Anlass nicht so ernst gewesen wäre, hätte man das ganze Unternehmen schon mal als Abenteuer bezeichnen können.

***

Am nächsten Morgen stand Jolanda voller Elan auf und stellte die Dusche an. Zuerst kam gar kein Wasser, dann nur kaltes, anschließend nur heißes, und nach zig Drehungen am Wasserhahn mal nach rechts und dann nach links schaffte sie wenigstens eine lauwarme Dusche.

»Guten Morgen, Jolanda«, sprach sie zu sich selbst, als sie anschließend vor dem beschlagenen Badezimmerspiegel stand.

»Was für ein schöner Tag. Ich gratuliere dir, denn wenn das hier so weitergeht, bleibst du für alle Zeit Jolanda, das unbekannte Wesen.«

Zur Bestätigung streckte sie sich selbst die Zunge heraus.

Nachdem sie dann doch noch einigermaßen friedlich ihre Morgentoilette erledigt hatte, lief sie die Treppe hinunter zum Gastraum. Ihre Erwartungshaltung für das Frühstück war weniger als wenig.

Und so ähnlich kam es dann auch. Die nicht gerade nette Dame von gestern Abend war natürlich auch heute Morgen da. Kaum ein freundlicher Gruß kam über ihre Lippen, als sie Jolanda zu einem kleinen Tisch am Fenster führte.

»Kaffee oder Tee?«

»Kaffee bitte.«

Die Frau war wirklich so was von maulfaul. Das ging in einem Gasthaus doch gar nicht, schoss es Jolanda durch den Kopf.

Zwei Minuten später brachte ihr die Wirtin einen Teller mit einer kleinen Auswahl an Wurst, Käse, Marmelade und Butter. Dazu zwei Brötchen und ein Kännchen Kaffee auf einem ovalen kleinen Silbertablett mit einem weißen Plastik-Spitzendeckchen. Eine Kaffeetasse mit Unterteller, ein kleines Kännchen mit Milch sowie zwei Würfelzucker auf einem Mini-Tellerchen rundeten das Arrangement ab, bei dem es sich um ein gängiges Gastronomie-Gedeck handeln musste.

Jolanda meinte, so etwas schon einmal in einem Wiener Kaffeehaus gesehen zu haben.

Nun musste sie aber erst einmal grinsen. Das war ja für einen Dorfgasthof ein Witz, ein betriebswirtschaftliches Unding. Da mussten für ein einziges Frühstück so viele kleine Geschirrteile gespült werden, dass sich das bei dem hohen Energie- und Personalbedarf gar nicht rechnen konnte.

Wie viele Teile waren es eigentlich? Tablett, Deckchen, Tasse, Untertasse, Milchkännchen, Zuckertellerchen, Kaffeekännchen und das Deckelchen des Kännchens. Wow! Acht Einzelteile für einen einzigen Pott Kaffee.

Vorsichtig biss Jolanda in ihr Brötchen. Zu ihrer Überraschung war alles frisch und schmeckte vorzüglich.

»Brauchen Sie noch etwas?«, hörte sie die bekannt unfreundliche Stimme nun fragen.

Jolanda hatte übrigens nachgeschaut, wie die Frau hieß, schließlich wollte wenigstens sie die Höflichkeit wahren. Und ihr neues Wissen konnte sie auch sogleich anwenden.

»Nein danke, Frau Engert. Es ist alles ausreichend. Aber ich habe noch eine Frage: In der Hauptmannsgasse Nummer vierzehn wohnten einmal meine Großeltern Franz und Katarina Abele. Kannten Sie diese und wissen Sie, ob ich hier noch jemanden aus der Familie finden kann?«

Binnen einer Sekunde erstarrte das ohnehin schon sauertöpfische Gesicht der Wirtin zu einer Maske.

»Wer kennt die Mischpoke nicht? Ich will nichts damit zu tun haben. Fragen Sie andere Dörfler.«

Sie machte auf dem Absatz kehrt und verschwand hinter ihrem Tresen.

Na, das konnte ja heiter werden. Was war denn das für eine Familie, wenn man sie Mischpoke nannte?

Jolanda erhob sich und machte sich auf den Weg.

Als Erstes würde sie sich einmal das Haus ansehen.

Mithilfe ihres Handys fand sie relativ schnell die Hauptmannsgasse, doch sie hätte sich hier wohl auch ohne technische Hilfsmittel schnell orientieren können. Anscheinend lebten ja nur um die vierhundert Einwohner hier, da konnte es gar nicht so viele Straßen und Häuser geben.

Während sie noch darüber nachdachte, tauchte bereits das Haus mit der Nummer zehn vor ihr auf. Zwei Häuser weiter also noch – und dann sah sie es vor sich.

Ja, das war das große Haus auf dem Foto, vor dem ihre Großeltern posiert hatten.

Das Gebäude schien irgendwann einen anderen Anstrich bekommen zu haben, oder es war so verwittert, dass die Farbe ausgebleicht war.

Jolanda rechnete nach: Sie selbst war achtunddreißig Jahre alt und musste damals als wenige Monate altes Baby zu Florentine gekommen sein, die jetzt mit neunundsechzig gestorben war.

Wenn das Foto mit den Großeltern zu dem Zeitpunkt gemacht wurde, als ihre Mutter eine junge Frau war, dann war es mindestens fünfzig Jahre alt.

Jolandas Augen wanderten mit einschätzendem Blick

das Gebäude entlang. Bei genauerer Betrachtung wirkte die Bausubstanz stark vernachlässigt.

Das Grundstück war auf der Straßenseite mit einem kleinen verwitterten, ungepflegten Holzzaun umsäumt.

Ganz langsam schlich Jolanda zu dem kleinen Vorgarten, in dem mehr Unkraut als Blumen wuchs.

Sie wollte einen Blick auf den Briefkasten erhaschen, um zu erkennen, welcher Name darauf stand.

Und tatsächlich, auf dem weißen Schild stand in verblasster Schrift der Name Abele. Also musste hier noch jemand von der Familie wohnen. Sollte sie vielleicht gleich Glück haben mit ihrer Suche?

Jolandas Herz klopfte ihr bis zum Hals.

Was würde sie hier antreffen? Und was war geschehen, dass ihre Mutter ihre Familie verschwiegen hatte?

Aber Florentine war ja gar nicht ihre Mutter. Dieser Gedanke, mit dem sie sich erst anfreunden musste, schmerzte sie ganz besonders.

Sie hatte eine Frau als Mutter geliebt, die eigentlich gar nichts mit ihr zu tun hatte. Oder doch irgendwie?

Wer war ihre leibliche Mutter, und warum hatte sie sie weggegeben?

Plötzlich stand ein ungepflegter Mann mittleren Alters vor ihr.

»Suchen Sie jemanden?«, fragte er unwirsch. Er musste wohl aus dem Haus herausgekommen sein.

Jolanda hatte es gar nicht bemerkt, so sehr war sie in ihre Gedanken verstrickt gewesen.

Spontan streckte sie ihm die Hand hin.

»Ich bin Jolanda Mayer, guten Tag. Gehören Sie zur Familie Abele?«

»Ich kenne keine Leute namens Mayer. Was wollen Sie von uns?«

Ohne darauf einzugehen, stellte sie eine Gegenfrage: »Wissen Sie, wer Florentine ist?«

Der Typ hatte so eine negative Ausstrahlung, dass sie Mühe hatte, ihre Abneigung zu verbergen.

»Unser Vater hat uns einmal erzählt, dass er zwei Schwestern hat, er weiß aber nicht, wo sie abgeblieben sind. Mein Opa hat sie irgendwann aus dem Haus gejagt.«

»Ihr Opa hat seine Töchter verjagt?«

»Na und! Wird wohl seine Gründe gehabt haben. Sie können deshalb auch gleich wieder verschwinden.«

Der Mann machte kehrt und wollte wieder ins Haus zurück, doch Jolanda rief ihm hinterher:

»So warten Sie doch. Ich bin extra hierhergekommen, um etwas über die Familie zu erfahren. Florentine ist vor Kurzem gestorben.«

Sie fasste sich vor Wut an die Stirn. Dieser ungehobelte Kerl wusste tatsächlich, wie die beiden Schwestern seines Vaters hießen, wusste eventuell auch, was geschehen war, und schickte sie einfach mit wenigen lapidaren Worten weg.

Er kam ein paar Schritte zurück und lachte zynisch.

»Ich kann Ihnen nicht helfen. Wenn sie tot ist, dann lassen Sie doch die Geister ruhen. Mein Vater ist alt und krank, den müssen Sie wegen so etwas nicht aufregen.«

Jolanda trat auf ihn zu und wollte ein letztes Mal versuchen, ihn zu erweichen. Krampfhaft kämpfte sie deshalb dagegen an, nicht versehentlich die harte Geschäftsfrau herauszuhängen, die in der Lage war, bockigen Widerstand zu brechen. In diesem speziellen Fall war das vermutlich nicht der richtige Weg.

»Ich möchte Ihren Vater wirklich nicht aufregen, sondern würde mich freuen, den Bruder meiner Mutter kennenzulernen und vielleicht etwas über ihre gemeinsame Jugend oder die andere Schwester zu erfahren. Bitte!«

Jolandas Augen bettelten ihn an, und am liebsten hätte sie ihn am Arm gefasst, aber das wagte sie nun doch nicht. Der Mann stank nämlich aus allen Poren, selbst auf drei Meter Entfernung.

Sie redete einfach weiter.

»Ich wusste bis vor Kurzem gar nicht, dass meine Mutter eine Schwester hatte, und von einem Bruder ahnte ich bis heute nichts. Das ist doch eigentlich etwas Schönes, wenn man seine Familie findet. Bitte helfen Sie mir.«

Jolanda hielt inne, denn eigentlich war diese Bettelei um Anstand überhaupt nicht ihr Ding. Aber sie musste alle Register ziehen.

»Wie heißen Sie denn eigentlich, und was fehlt Ihrem Vater?«, versuchte sie ihn abzulenken.

Innerhalb einer Sekunde veränderte sich plötzlich sein Verhalten, und sein Gesicht verzog sich zu einer hässlichen, jähzornigen Fratze, während er mit erhobener Faust auf sie zukam.

Als er vor ihr stand, schnappte er ihre Jacke unterhalb des Kragens und drehte mit der Hand am Stoff, bis das Gewebe eng wurde und Jolanda die Luft zum Atmen nahm.

Dann kam er ihr mit seinem Kopf und somit auch mit seinem penetranten Mundgeruch ganz nahe, sodass der Gestank und die Atemnot Panik und Angst in ihr aufsteigen ließen. Seine hervorstechenden, kalten Augen taten ihr Übriges.

»Hier auftauchen und auf heile Familie machen wollen, das ist nicht, Lady. Eher bring ich euch um. Lasst uns in Ruhe, uns haben ohnehin alle beschissen. Verschwinden Sie, aber flott!«, schrie er.

Dann ließ er sie los, stieß sie mit einer kraftvollen Bewegung weg, drehte sich um und lief zurück zum Haus.

Das war es dann wohl. Noch immer benommen durch den Stoß stolperte Jolanda den unebenen Weg entlang und kämpfte mit aller Kraft um ihr Gleichgewicht.

Sie war voller Angst, enttäuscht und traurig. Um nichts in der Welt wollte sie hier vor seinem Haus hinfallen und sich der Lächerlichkeit preisgeben.

Als sie sicheren Boden unter den Füßen spürte, stellte sie fest, dass sie für ihre Suche keinen einzigen Ansatzpunkt mehr in diesem Dorf hatte. Das konnte und durfte nicht wahr sein.

Ihr blieb nur, zurück auf ihr Zimmer zu gehen und die Briefe zu durchforsten. Über die Existenz eines Bruders hatte sie nichts gelesen, und so ohne Weiteres würde sie von hier nicht abreisen, auch wenn der Typ gedroht hatte, sie umzubringen.

Den Mann konnte und brauchte man nicht ernst nehmen, aber man durfte ihn auch nicht unterschätzen, und sie gehörte nicht zu den Leuten, die gleich die Flinte ins Korn warfen.

Hier im Dorf hatte alles angefangen, und hier musste sie auch ein paar Antworten finden. Vielleicht konnte sie einfach auch ehemalige Nachbarn befragen.

Also straffte sie die Schultern, warf noch einen letzten bösen Blick auf das Haus und trottete die Straße entlang zurück zum Gasthof.

Zwei Ecken weiter entdeckte sie einen kleinen Friseurladen, der ihr vorhin gar nicht aufgefallen war.

Einen Moment zögerte sie noch, aber war es nicht so, dass beim Friseur gequakt und getratscht wurde?

Tauschten dort nicht die Frauen die Neuigkeiten des Dorfes aus, und wurde nicht da traditionell am meisten gelästert?

Ja doch, das war zumindest ein gängiges Klischee.

Jolanda trat auf den Laden zu und öffnete die Tür.

»Guten Morgen. Entschuldigen Sie, dass ich unangemeldet hereinschneie, aber ich bin für ein paar Tage hier im Gasthof abgestiegen und müsste meine Haare waschen und frisieren lassen. Können Sie mich annehmen?«

Die Friseuse, die etwa in Jolandas Alter war, hatte eine Kundin unter der Haube sitzen, und bei einer anderen schnitt sie gerade die Haare.

Sie hielt inne und musterte Jolanda von oben bis unten.

»Selbstverständlich«, sagte sie freundlich, »setzen Sie sich bitte noch einen Moment. Ich bin gleich für Sie da.«

»Dankeschön, das ist aber sehr nett.«

Jolanda setzte sich auf einen der Stühle in der Ecke, die um einen runden Tisch gruppiert waren, griff nach einer Zeitschrift, tat so, als würde sie darin lesen, und beobachtete dabei mit halbem Auge das Geschehen.

Nach kurzer Zeit machte sich bei ihr Enttäuschung breit, denn leider war das, was sie zu hören bekam, nicht sehr viel, und das bisschen verstand sie nicht, weil ihr die Zusammenhänge fehlten.

»Bitte nehmen Sie doch hier Platz«, sagte die Friseuse nach einer ganzen Weile, während sie der älteren Dame, die unter der Haube gesessen hatte, die Lockenwickler aus dem Haar drehte.

Kurz nachdem Jolanda auf dem Frisiersessel Platz genommen hatte, öffnete sich die Tür, und eine weitere Frau betrat den Salon. Nach einem kurzen Gruß schob sie sich auf den Stuhl, den Jolanda gerade frei gemacht hatte.

Jolanda sah der Friseuse im Spiegel zu, wie sie arbeitete. Währenddessen redete die Kundin mit den Lockenwicklern wie ein Wasserfall und vergaß sogar zwischendurch ab und zu, Luft zu holen.

»Machen Sie Urlaub hier?«, fragte die Frau plötzlich Jolanda.

»Ja, ein bisschen Urlaub, ein bisschen Arbeit. Ich

möchte sehen, wo meine Mutter herkommt und wo sie gelebt hat. Sie ist vor Kurzem gestorben, und ich habe ein paar Fotos gefunden«, erklärte Jolanda lächelnd.

»Ach.«

Die Friseuse hielt mitten in der Arbeit inne und hob die Haarsträhne in die Luft, die sie gerade aus dem Wickler herausgerollt hatte. Die Neugier sprühte nur so aus ihren Augen.

Auch die Kundin rutschte unruhig auf ihrem Sessel nach vorne.

»Wie heißt denn Ihre Mutter?«

»Florentine Abele.«

»Ach du lieber Gott, die Florentine ist Ihre Mutter?«

»Meine Adoptivmutter besser gesagt. Ich habe erst nach ihrem Tod erfahren, dass ich adoptiert wurde.«

»Oje, oje, ausgerechnet die Abeles«, mischte sich nun die Friseuse in das Gespräch ein.

Jolanda beugte sich zu den Frauen hinüber.

»So langsam wird mir aber ganz anders. Was ist denn nur los mit dieser Familie? Die Wirtin im Gasthof sprach von einer Mischpoke und wollte mir nichts sagen, und bei der alten Adresse, da hat man mich bedroht und verjagt. Da soll auch noch ein Bruder meiner Mutter leben, aber krank sein. Können Sie mir denn ein bisschen was über die Familie erzählen?«

»Erna, da weißt du mehr als ich. Ich bin zu jung für die alten Abeles«, meinte die Friseuse und blickte die ältere Kundin aufmunternd an, während sie letzte Hand an deren Frisur legte und diese mit einer Menge Haarspray fixierte.

»Ja, Karin, du hast recht.«

Erna blieb einfach sitzen und wartete, bis Jolandas Haare gewaschen waren.

»Wo fang ich bloß an?«, überlegte sie laut.

»Ganz am Anfang bitte«, antwortete Jolanda und drehte sich kurz zu Karin um, die in aller Ruhe ihre Haare trocken rubbelte.

»Können Sie mir noch ein paar kleine, schmale rote Strähnen reinmachen? Aber sehr dezent bitte. Ach, und könnten Sie auch den Pony schneiden?«

Eigentlich mochte sie das nicht so sehr, aber sie musste verhindern, dass die Friseuse gleich mit dem Föhn anrückte und damit jedes Gespräch zunichtemachte.

»Klar, mach ich.«

»Wollt ihr jetzt was wissen, oder soll ich gehen?«, meckerte Erna.

»Aber ja, ist doch klar, dass wir was hören wollen. Leg los.«

Karin zwinkerte Erna zu und begann, die Haarfarbe zu mischen.

»Also gut. Franz war Bauer und der Sohn einer angesehenen Familie, die schon lange im Dorf lebte. Er hatte den Hof stetig vergrößert und fand gleich nach dem Krieg in der Nachbarstochter Katarina eine brave Frau, die auch noch eine große Mitgift in Form von Äckern, Weinbergen und anderen Besitztümern in die Ehe einbrachte. Also ein reicher Bauer.

Auf dem Hof lebten auch seine Eltern, die zunächst

mithalfen und später gepflegt wurden.

Franz und Katarina bekamen nacheinander vier Kinder. Zuerst einen Jungen, dem sie den Namen Friedrich gaben, dann Florentine, als drittes Kind kam Helene, und das Nesthäkchen war der Jakob.

In den ersten Jahren war alles gut und ohne nennenswerte familiäre Sorgen.«

Erna rutschte weiter nach vorne, damit sie Jolanda in die Augen sehen konnte.

»In den Fünfzigerjahren begann das Wirtschaftswunder, und dann kamen zuhauf die Gastarbeiter aus Italien und der Türkei. Auch bei uns sind in einer Baracke am Ortsrand so ungefähr zwanzig Mann aus Italien eingezogen, die fast alle nur einen Pappkoffer mit ein bisschen Wäsche bei sich hatten und jeden Tag von hier aus mit dem Bus nach Stuttgart in die Autofabrik gefahren wurden. «

Erna schaute kurz in den Spiegel und rückte sich eine Locke zurecht.

»Ihr Leben bei uns war mehr als nur ärmlich, sie hatten lediglich ein armseliges Bett und viel Arbeit, außerdem waren sie unsere kalten Winter nicht gewohnt und taten sich schwer. Eine Wohnung zu finden, war für die Männer ein abenteuerliches Unterfangen, und Deutsch verstanden sie nicht.

Von Unterstützung und Eingliederung war keine Rede, das Wort Integration kannte keiner, zumindest nicht bei der arbeitenden Bevölkerung in den Fabrikhallen oder draußen auf den Äckern.

Sie nahm ein Schluck Wasser, ehe sie weitersprach.

»Auch hatten die Männer in der Regel keinerlei Ausbildung für Industriearbeiten, denn bei sich zu Hause, in den ärmeren Gegenden Italiens, waren sie einfache Landarbeiter gewesen. Es war für beide Seiten ein ziemlicher Kulturschock.«

»Daran kann ich mich auch noch erinnern«, rief die Frau dazwischen, die hinten im Wartebereich saß.

»Unsere Dörfler waren voreingenommen, und das wahrscheinlich viel mehr als die Städter, denn sie gaben den Italienern kaum eine Chance, in Kontakt mit uns Deutschen zu treten. Sie unterstellten ihnen sogar, gemeingefährlich zu sein, ja, immer ein Messer in der Tasche zu haben, und irgendwann nannte man sie eher abfällig Spaghettifresser oder auch Itaker.«

»Da hast du Recht, Elsa«, stimmte Erna zu und übernahm wieder das Wort.

»Und es kam, wie es kommen musste. Die Männer saßen in ihrer knappen Freizeit ziemlich isoliert am Ende des Dorfes auf einer Bank.

Immer öfter schauten die Mädels neugierig zu ihnen hin, während sie kichernd an ihnen vorbeiflanierten.

Nicht nur das exotische Aussehen der dunkelhaarigen Männer faszinierte sie, sondern auch deren südländischer Charme, den sie trotz der harten Arbeit versprühten – ein krasser Gegensatz zu den kühlen deutschen Jungs.

Das alles zusammen war eine willkommene Abwechslung für die Mädels vom Dorf.«

Erna zupfte sich die Bluse zurecht und legte die Stirn in Falten. So konnte sie besser nachdenken.

»Unter den Italienern war auch ein junger Mann namens Franco, der besonders gut aussah. Eines Tages erwischte Bauer Franz seine Tochter Florentine mit Franco auf dem Heuboden in einer eindeutigen Situation. Er drehte völlig durch und rannte mit dem Beil hinter Franco her, schaffte es aber nicht, ihn einzuholen. «

Elsas Augen blitzten, denn die Erinnerungen waren wieder da und sie mischte sich erneut in die Erzählung ein.

»Und hier beginnen die Spekulationen, was mit Florentine wirklich passiert ist, denn die Familie Abele schwieg wie ein Grab. Kurz danach war das Mädchen einfach verschwunden. Aber nicht nur sie. Einige Zeit später muss auch etwas mit Helene gewesen sein. Denn es dauerte nur wenige Monate, dann war auch sie nicht mehr da, und niemand aus der Familie verlor jemals wieder ein Wort über die beiden jungen Frauen.«

»Genau«, rief Erna. »Ab diesem Zeitpunkt war Bauer Franz ein gebrochener Mann, und auch seine Katarina fand nicht mehr richtig ins Leben zurück. Der Hof wurde langsam vernachlässigt, weil Franz sich nicht mehr darum kümmerte und sein ältester Sohn Friedrich total überfordert war. Drei Jahre später fanden sie Franz erhängt auf dem Dachboden. Katarina konnte den Tod ihres Mannes nicht verwinden und starb nur ein paar Monate später. Stimmt's, Elsa?«

Die Kundin im Wartebereich nickte.

»Ja, stimmt, Erna. Ich habe genau im Haus daneben

gewohnt und alles hautnah mitbekommen. Friedrich war damals noch relativ jung, er hatte eine liebe Frau und zwei kleine Jungs. Er begann zu trinken, unendlich viel, und wurde schließlich zum Alkoholiker. Seine Familie litt von Anfang an unter der Sauferei und versuchte lange, das Beste aus ihrem mickrigen Leben zu machen und ihn zur Vernunft zu bringen. Es gelangt leider nur spärlich, weil kein Geld da war und sie keine Ahnung von der Landwirtschaft hatten.«

»Was für ein trauriges Schicksal«, rief Karin.

Elsa erzählte weiter.

»So kam es, dass seine Frau Greta irgendwann auch trank, um das alles zu ertragen. Die beiden Jungs waren sich selbst überlassen, gingen nicht mehr regelmäßig zur Schule, rauchten und tranken bereits als Jugendliche. Sie pöbelten durch das Dorf und trieben sich rum, haben nichts Vernünftiges gelernt und gehen auch heute nicht arbeiten. So leben sie inzwischen zu viert vom Staat. Alle hier im Dorf machen einen großen Bogen um die Abeles, erst recht um die aggressiven Söhne.«

Elsa erhob sich, sie wollte endlich auch drankommen und stelle sich neben den Stuhl, der noch von Erna besetzt war.

»Von dem einst so stolzen Hof sind heute nur noch schäbige, kaputte Gebäude, die keinen Wert mehr haben, und ein ungepflegtes Grundstück übriggeblieben.

Die Äcker sind natürlich alle verkauft – oder besser gesagt versoffen. Und jetzt erzähl du den Rest, Erna.«

»Ja, ich habe schon gedacht, du lässt mich überhaupt

nicht mehr zu Wort kommen.«

Erna lachte und übernahm wieder.

»Wir haben euch fast alles erzählt, was wir wissen. Eine Kleinigkeit habe ich allerdings für unseren Gast noch: Der kleine Jakob, der Jüngste der vier Geschwister, war erst zehn Jahre alt, als sein Vater sich erhängte, und glücklicherweise hat die Schwester vom Franz den zarten Jungen zu sich genommen und großgezogen.

Er wohnt heute im Nachbardorf, ist verheiratet und hat eine Frau, zwei Kinder und eine eigene Firma.«

Erna machte eine kleine Pause und erhob sich langsam.

Regungslos und mit offenem Mund saß Jolanda in ihrem Stuhl und fasste sich vor Entsetzen an die Brust.

Von ihren Strähnen war noch nicht einmal die Farbe ausgewaschen, so sehr hatten Ernas und Elsas Erzählungen nicht nur sie, sondern auch Karin gefesselt.

Erna legte Jolanda zum Trost die Hand auf die rechte Schulter.

»Die Schwester vom Franz ist zwar steinalt, aber sie ist bei klarem Verstand, und der Jakob hat sie bei sich aufgenommen.

Besser gesagt, sie hat Jakob ihr Haus gegeben. Die beiden sind die einzigen Menschen hier, die das Geheimnis um die beiden Schwestern vielleicht für dich lüften können.«

Sie war einfach zum Du übergegangen, als wäre das die normalste Sache der Welt. Dann lächelte sie Jolanda aufmunternd zu und legte ihr zum Abschied einen Zettel in den Schoß, auf dem sie gerade Jakobs Adresse notiert hatte.

Jolanda fand langsam ihre Sprache wieder.

»Vielen lieben Dank. So komme ich bestimmt weiter. Danke nochmals.«

»Gern geschehen. Viel Glück.«

Erna nickte ihr noch einmal zu und verließ den Laden.

Karin hatte die ganze Zeit nur danebengestanden und fasziniert zugehört.

Immer wieder redete man im Dorf über die Abeles, aber nur über den versoffenen Friedrich, seine Frau Greta und die Kinder. Über die Schicksale der anderen Familienmitglieder sprach kein Mensch.

Erst als Erna gegangen war, fiel ihr ein, weshalb Jolanda eigentlich hier war.

»Ich muss deine Haare noch ordentlich waschen, damit ich sie föhnen kann.«

Jolanda nickte.

»Ja, klar.«

Eine halbe Stunde später betrachtete sie sich von allen Seiten im Spiegel. Sie hatte ja anfangs gedacht, dass hier in einem so kleinen Dorf keine anständige Frisur herauskommen würde. Aber weit gefehlt.

»Das hast du richtig klasse gemacht. Meine Haare sahen wirklich noch nie so gut aus. Danke!«

Jolanda strich sich mit der Hand über ihre neue Frisur und drehte den Kopf ein paarmal nach rechts und links. »Jetzt muss ich ja echt überlegen, ob ich nicht immer hierherkomme, wenn mein Kopf eine Verschönerung braucht.«

Karin lächelte. Das Lob tat ihr gut.

»Komm jederzeit wieder, wenn du Lust hast.«

Auch für die beiden jungen Frauen war das Du selbstverständlich geworden.

Jolanda bezahlte und spazierte zurück zum Gasthof.

Sie bestellte bei Frau Engert eine Suppe und bat, diese auf ihrem Zimmer essen zu dürfen. Heute würde sie sich einfach ins Bett legen und nur noch nachdenken.

Sie war sehr glücklich darüber, dass es ihr gelungen war, einen ersten Schritt zu machen. Dafür, dass sie am Haus ihrer Großeltern gar nichts erreichen konnte, hatte sie noch ganz schön viel erfahren.

Gleich morgen würde sie ins Nachbardorf fahren und mit diesem Jakob Kontakt aufnehmen. Hoffentlich war er nett und offen, damit sie nicht mit leeren Händen abreisen musste.

Schnell stellte sie nach dem Essen das Geschirr zusammen und brachte es auf einen Geschirrwagen im Flur. Es hatte richtig lecker geschmeckt.

Frau Engert hatte ihr noch kommentarlos einen Teller mit frischem Bauernbrot und Schinken dazugestellt, und Jolanda hatte alles voller Heißhunger aufgegessen.

Zurück im Zimmer zog sie sich aus, schminkte sich ab und stellte sich nur halb unter die Dusche, damit ihre Haare nicht nass wurden. Dann schlüpfte sie in eine bequeme Sporthose und legte sich aufs Bett.

Über Frau Engert wunderte sie sich heute ein bisschen. Eigentlich waren ihre Zusammentreffen bisher nicht gerade das gewesen, was man als höflich bezeichnen konnte. Und nun behandelte sie sie ganz freundlich, ja sogar schon fürsorglich. Was war denn da geschehen, dass sie es sich anders überlegt hatte?

Es klopfte an ihre Zimmertür.

»Ja bitte!«

Die Tür öffnete sich, und Frau Engert betrat mit einer Thermoskanne und einer Tasse den Raum. Sie ging gezielt zum Tisch und stellte beides dort ab.

»Es ist sehr kalt heute, und die Heizung ist manchmal ein bisschen bockig, deshalb habe ich Ihnen hier eine Kanne Tee gemacht.«

»Dankeschön, da freue ich mich aber. Das ist wirklich sehr nett von Ihnen.«

»Nichts zu danken. Gute Nacht, schlafen Sie gut.«

Und schon war sie wieder weg.

»Wow. Das ist aber mal ein Service«, flüsterte Jolanda und schüttelte ungläubig den Kopf.

Sie erhob sich und goss das heiße Getränk in die Tasse. Dann griff sie nach ihrem Handy und ging damit zum Fenster.

Sie wählte Alexanders Nummer, erzählte ihm ihre Geschichte und was geschehen war und bat um eine Auszeit von mindestens vier unbezahlten Monaten.

Sie hatte heute erkennen müssen, dass ihre Suche nach der Vergangenheit sicher nicht in ein paar Tagen bewältigt sein würde.

Er war zwar etwas enttäuscht, glaubte sie herauszuhören, aber er war gleichzeitig auch ein sehr verständnisvoller Mensch und wusste, was er an ihr hatte, das dachte sie zumindest.

Zum Schluss dankte sie ihm herzlich und bat ihn, Elias nicht zu erzählen, warum sie eine Auszeit nehmen musste. Er versprach ihr, nichts zu sagen. Sie solle sich bei ihm melden, falls sie Hilfe brauche.

Danach legte sie sich wieder hin. Was sie heute erfahren hatte, war ganz schön heftig.

Wie sehr mussten die Großeltern Franz und Katarina gelitten haben.

Was war geschehen, dass sie ihre Mädchen weggeschickt oder verstoßen haben?

Und ihre Mutter Florentine – was war anschließend mit ihr passiert? Wie konnte sie damit umgehen, dass die Eltern sich von ihr abgewandt hatten?

Wusste sie, dass ihr Vater sich erhängt hatte?

Wie kam sie nach Wiesbaden?

Was war mit Italien, und welchen Zusammenhang gab es mit Berlin?

Ob sie jemals Licht in das Dunkel der Familie bringen konnte?

Und würde sie ihre Herkunftsfamilie finden?

Es konnte zwar passieren, dass sich jetzt diese ganze Geschichte rund um die Abeles auflösen ließ, aber das hieß noch lange nicht, dass ihre Adoption aufgeklärt werden konnte.

Dann würde sie monatelang herumgereist sein für eine Familie, die nicht ihre war. Fragen über Fragen und keine Antworten.

Irgendwann gegen Mitternacht fiel sie in den verdienten Schlaf.

***

Jolanda wachte kurz vor neun Uhr auf. Sie hatte trotz der vielen Gedanken, die ihr durch den Kopf wanderten, tief und fest geschlafen und sich absichtlich keinen Wecker gestellt. Trotzdem musste sie sich jetzt etwas sputen, wenn sie noch in Ruhe frühstücken wollte.

Als sie nach unten kam, war die Gaststube auch schon leer. Sie war wohl die Letzte, die den Frühstücksraum aufsuchte.

»Guten Morgen, Frau Engert.«

»Morgen! Kaffee?«

»Ja bitte.«

Wie immer kurz und knapp, dachte Jolanda.

Heute lag neben den zwei Brötchen noch eine duftende Zimtschnecke im Körbchen. Jolanda genoss die Ruhe, das Essen und den aromatischen Kaffee aus dem netten Kännchen. Ein Schmunzeln überzog ihr Gesicht, als sie daran dachte, wie sie dieses gestern betriebswirtschaftlich von allen Seiten beleuchtet hatte.

Anschließend verabschiedete sie sich höflich und stieg in ihr Auto, mit dem sie bereits nach wenigen Minuten das nächste Dorf erreichte. Ihr Navi führte sie problemlos zu der Straße, in der Jakob wohnte.

Sie stieg aus und ging durch den schönen Vorgarten. Hoffentlich ist das jetzt eine angenehme Begegnung, dachte sie, während sie klingelte.

Als sich die Tür öffnete, blickte ihr eine sehr gepflegte Frau um die fünfzig entgegen.

»Was kann ich für Sie tun?«, fragte sie höflich.

»Guten Tag, mein Name ist Jolanda Mayer. Entschuldigen Sie bitte die Störung. Ich habe gestern erfahren, dass Jakob Abele ein Bruder meiner verstorbenen Mutter Florentine ist, und ich würde ihn gerne kennenlernen.«

Die Augen der Frau begannen zu leuchten.

»Ach, das ist aber mal eine Überraschung. Ich bin seine Frau Edith. Bitte kommen Sie doch herein, er freut sich bestimmt sehr. Er hat immer gesagt, dass er gerne wissen möchte, was aus seinen Schwestern geworden ist.

Gesucht hat er sie allerdings nie, weil er Angst hatte vor schlimmen Nachrichten.«

»Da bin ich aber froh, dass Sie mich empfangen. Vielen Dank.«

Erleichtert, endlich auf jemanden zu treffen, der sie nicht angiftete, folgte Jolanda der Frau ins Haus.

Edith führte sie in ein sehr geschmackvoll im englischen Stil eingerichtetes Wohnzimmer, dem man ansah, dass die Möbel sehr wertvoll waren.

»Bitte nehmen Sie Platz, ich rufe meinen Mann, und ich glaube, Ihr Besuch ist auch für unsere Tante Ida von Interesse. Sie ist die Schwester von Schwiegervater Franz, müssen Sie wissen.«

Sie lächelte Jolanda freundlich an.

»Ida ist schon zweiundneunzig, aber noch gut beisammen. Ich bin gleich wieder da.«

Jolanda nickte und setzte sich aufs Sofa. In ihrer Anspannung hatte sie sich noch gar keine Worte zurechtgelegt, mit denen sie das Gespräch beginnen wollte.

Auf jeden Fall war Edith eine sehr höfliche, augenscheinlich auch gebildete Frau – das völlige Gegenstück zu dem, was sie von dieser Familie bisher gesehen hatte.

In ihrem Benehmen ähnelte sie viel mehr Florentine als dem Mann aus dem Haus ihrer Großeltern, bei dem etwas völlig aus dem Ruder gelaufen sein musste.

Es machte sich aber auch ein etwas flaues Gefühl in ihrem Magen breit, weil sie sich davor fürchtete, in Kürze Wahrheiten über das Schicksal der Schwestern zu hören, die ihr vielleicht wehtaten.

Während sie noch nachdachte, betrat ein sehr attraktiver Mann in einem blauen Businessanzug den Raum und erfüllte ihn sofort mit seiner Aura.

Jolanda hatte ein Gespür für erfolgreiche Männer, und er war ganz sicher einer von ihnen.

Er stand da in seinem dunkelblauen Maßanzug und glich in hohem Maße seiner Schwester Florentine, zumindest was die Mundpartie und die Augen anbelangte.

Aber auch seine Körperhaltung erinnerte sehr an sie, und er hatte die gleichen dunkelbraunen Haare, die allerdings an vielen Stellen bereits grau schimmerten.

»Ich habe gehört, dass meine Schwester Florentine eine Tochter hat, die uns heute besucht. Ein herzliches Willkommen bei uns.«

Hocherfreut trat er auf Jolanda zu und umfasste ihre Hände.

»Hallo Jakob – ich darf doch Jakob sagen? Ich bin Jolanda.«

»Natürlich, Jolanda. Komm, setz dich wieder, meine Frau kocht uns Kaffee und bringt meine Tante Ida mit. Na, die wird Augen machen.«

Jakob strahlte über das ganze Gesicht und setzte sich Jolanda gegenüber.

Dann öffnete sich die Tür erneut, und eine alte Dame kam mit langsamen Schritten herein. Sie stützte sich auf einem Stock ab, aber brauchte sonst keine Hilfe.

Ihre schlohweißen Haare waren perfekt in kleine Löckchen gelegt und umrahmten ihr faltiges, aber immer noch schönes Gesicht, das mehr Klugheit ausstrahlte als bei manchen Dreißigjährigen. Ihre braunen Augen blickten Jolanda hellwach an. Was für eine tolle Frau.

Jolanda erhob sich.

»Ich freue mich sehr, Sie kennenzulernen. Ich bin Jolanda.«

»Papperlapapp, ich bin Tante Ida, und sag bitte Du zu mir.«

Ida deutete mit der freien Hand auf Jolandas Stuhl.

Sie selbst ließ sich elegant in einen Sessel gleiten. »Jetzt setz dich wieder hin. Ich habe schon so lange nicht mehr damit gerechnet, dass ich was von den Mädchen höre. Umso schöner, dass du gekommen bist.«

Mittlerweile war Edith wieder hereingekommen und deckte den Tisch. Sie hatte Kaffee und Kuchen dabei und setzte sich neben ihren Mann.

Während sie servierte, wandte sich Jakob lächelnd an Jolanda.

»Ich schlage vor, du berichtest uns erst einmal von dir und Florentine, und dann erzählen wir und fügen das Puzzle zusammen.«

»Ja, das ist eine gute Idee. Also, ich kann euch wahrscheinlich nur kleine Puzzleteilchen liefern, weil ich bis vor ein paar Wochen von völlig anderen Konstellationen in meiner Familie ausgegangen bin.«

Jolanda sah alle der Reihe nach an und holte tief Luft.

»Florentine lebte mit ihrem Mann Lorenz Mayer in Wiesbaden. Er war der traditionelle Hausarzt mit eigener Praxis, und als er dann nach Jahrzehnten keine Lust mehr entwickeln konnte, verkaufte er sie und genoss seine neu gewonnene Freizeit. Knapp zwei Jahre später aber starb er nach einer langen, schweren Krankheit.«

Sie schaute in aufmerksame Gesichter und nahm einen Schluck Kaffee, ehe sie weiterredete.

»Florentine verkörperte die typische Hausfrau und Mutter. Sie ging nie arbeiten, war für Haus, Kind und die Repräsentationstermine eines Arzthauses zuständig, was in diesen Jahren ja Usus war.«

Alle nickten.

»Meines Erachtens hatte sie also ein angenehmes Leben, mit einem schönen Haus, ausreichend Geld und dem gesellschaftlichen Ansehen der Oberschicht. Vor ein paar Wochen starb sie an einem Herzinfarkt und hinterließ mir eine Schatulle, in der Adoptionspapiere lagen. Ich weiß also nicht, wer meine leiblichen Eltern sind.«

Jolanda musste kurz schlucken. Jetzt, als sie darüber sprach, kam alles, was ihr in den letzten Tagen durch den Kopf gegangen war, erneut in ihr hoch.

Sie räusperte sich und fuhr fort: »Außerdem habe ich Bilder von ihrem Dorf, also von Hertenbach, und von ihren Eltern gefunden. Dazu Briefe aus Italien von einem gewissen Franco. Und was mich sehr wunderte: Von ihrer Schwester Helene kamen mehrmals Bittschreiben und Hilferufe, komischerweise auch aus Italien, allerdings wurden sie in Palermo abgeschickt.«

Jakob schüttelte unentwegt den Kopf.

»Und schließlich gibt es auch Zeitungsausschnitte über eine Firma in Berlin mit italienischen Inhabern, die im Moment große wirtschaftliche Probleme haben sollen.«

Jolanda machte wieder eine kleine Pause und rieb sich vor Aufregung die Hände.

»Versteht ihr? Ich möchte wissen, was geschehen ist, dass Florentine so einen Schritt ging und ihre Herkunft, ihre Eltern und ihre Geschwister verschwiegen hat. Ich möchte wissen, warum sie diese ganzen Unterlagen gesammelt. Und vor allem möchte ich wissen, wer ich bin und von wem ich abstamme.«

Ida wischte sich ein paar Tränen aus den Augenwinkeln.

»Ich hatte gehofft, dass Florentine noch lebt und ich sie noch einmal sehen kann«, flüsterte sie und schüttelte den Kopf.

Jakob stand auf und umarmte seine Tante.

»Ja, Tante Ida, das wäre schön gewesen, sei aber bitte nicht so traurig. Jolanda kann dir bestimmt viel von

Florentine berichten. Jetzt solltest aber du uns den ersten Teil der Familiengeschichte erzählen. Ich war ja damals noch sehr klein.«

Dann setzte er sich wieder auf seinen Platz.

»Ja, das mache ich.«

Ida putzte sich noch einmal die Nase und nahm einen Schluck Kaffee.

»Ich hatte ja zwei Jahre nach meinem Bruder Franz geheiratet, war als glückliche Ehefrau ausgezogen und daher seit vielen Jahren mit meinem Leben beschäftigt.

Bei meinen Besuchen war meine Mutter, die ja auch noch ein wenig auf dem Hof mitarbeitete, ständig nur am Jammern: Die Mädchen, ihre beiden Enkelinnen, wollen nicht hören, die sind bei den Spaghettifressern, die arbeiten nichts, und der Franz dreht durch.

Ich aber interessierte mich überhaupt nicht für die Probleme meines Bruders. Und die Beschwerden meiner Mutter habe ich auch gar nicht als schlimm eingeschätzt.

Immerhin handelte es sich um einen der größten und reichsten Höfe hier in der Gegend, und sie erzählte von Mädchen, die etwas kompliziert waren.

Wahrscheinlich, so dachte ich, waren es nur einfache Zankereien. Ich selbst war so stolz auf mein eigenes Leben und blickte immer nur auf uns und nicht über den Tellerrand hinaus.«

Ida strich unruhig mit den Fingern über die Tischdecke.

»Die Familie meines Mannes hatte ein Sägewerk im Nachbardorf, und er übernahm gleich nach unserer Hochzeit die Geschäftsführung. Wir bewohnten von Anfang an dieses Haus hier, wo wir noch heute leben.«

Sie zeigte mit dem Arm ausladend auf das Zimmer.

»Ich hätte meines Erachtens genauer hinhören müssen, dann hätte ich gemerkt, dass der Kessel mit den Italienern kochte. Habe ich aber nicht. Und wenn du so willst, dann trage ich hier eine Mitschuld.«

»Mach mal eine kleine Pause, Tante Ida.«

Edith trat zu ihr, nahm ihre Hand und fühlte den Puls. Dann gab sie ihr ein Glas Wasser.

Jolanda machte sich gleich Sorgen, als sie sah, wie sehr das alles die alte Dame anstrengte.

»Du darfst dir keine Vorwürfe machen, das kann man nicht immer erkennen, wenn man so nah dran ist und vieles wie Gewohnheit ausschaut. Wir können auch gerne jetzt aufhören und morgen weitererzählen. Nur nicht überanstrengen«, sagte Jolanda, blickte sie eindringlich an und strich ihr über die Hand, die immer noch auf der Tischdecke hin und her fuhr.

»Nein, nein«, protestierte Ida.

»Ich geistere gerne durch die Vergangenheit, auch wenn sie manchmal schmerzt.«

Jakob lächelte ihr zu.

»Also gut, dann erzähle weiter.«

»Was zwischen den Mädchen und ihren Eltern passiert ist, kann ich jetzt nur aus der Sicht meiner Mutter, die als Oma dabei war und aus der Erzählung meiner Schwägerin Katarina weitergeben.«

Ida musste tiefer in ihre Gedanken eintauchen und dauerte einen Moment.

»Florentine traf sich trotz des Verbots mit diesem Franco, und das ganze Dorf lästerte schon.

Katarina berichtete mir, dass sie sich kaum noch traute, zum Bäcker zu gehen. Die Blicke der Frauen dort sprachen Bände, und das Getuschel hörte sofort auf, wenn sie die Ladentür öffnete.

Es dauerte dann auch nicht lange, bis man Florentine hinter vorgehaltener Hand als Hure bezeichnete.

Das war eine ausgewachsene Katastrophe für die stolze Bauernfamilie in diesem winzigen Dorf.«

Ida wischte sich eine Träne von der Wange.

»Eines Tages bemerkte Katarina, dass Florentine immer öfter zur Toilette lief und sich dabei mit der Hand den Mund zuhielt, weil sie würgen oder sich übergeben musste. Als erfahrene Frau und Mutter erkannte sie schnell, dass ihre Tochter schwanger war, und sie versuchte in endlosen Diskussionen, Florentine zu überreden, zu einer Kurpfuscherin zu gehen und das Kind wegmachen zu lassen.«

Idas Stimme wurde lauter.

»Ja, sie flehte sie geradezu an, weil sie glaubte, dass die Familie im ganzen Dorf geächtet werden würde.«

Die alte Dame wischte sich über die Augen und brauchte einen Moment, um die Fassung zu bewahren. Dann sprach sie jedoch gleich weiter: »Aber Florentine weigerte sich. Sie sagte, dass sie Franco liebe und dass das überhaupt nicht infrage komme.

Jolanda musste nun auch die aufsteigenden Tränen wegblinzeln, während Ida weitersprach.

»Bei einer dieser unzähligen Diskussionen ging es zwischen den beiden Frauen hoch her. Sie waren so laut, dass Franz, der gerade unbemerkt das Haus betrat, es mitbekam und Florentine mit ihren zarten neunzehn Jahren einfach von einer Minute zur nächsten aus dem Haus jagte.«

Jolanda saß wie versteinert da. Was für ein Drama.

»Aber was hat Florentine dann in ihrer unendlichen Not gemacht? In dieser Zeit schwanger, minderjährig, aus einem kleinen Dorf stammend, ohne Dach über dem Kopf? Wo konnte sie hingegangen sein?«

Jolanda schauderte bei dieser Vorstellung.

Jakob, der das alles ja schon kannte, war froh, dieses Wissen nun mit einer Person teilen zu können, die Florentine in ihrem späteren Leben nahestand. Trotzdem zuckte auch er aus Unwissenheit die Schultern.

»Jolanda, hast du jemanden, der uns sagen kann, wie es mit Florentine damals weiterging?«

»Da muss ich überlegen, mein Vater ist ja tot.«

Jolanda erhob sich und trat zum Fenster, das war etwas, das sie zu Hause auch immer machte, wenn sie nach Lösungen suchte. Nach einer Weile drehte sie sich um.

»Sie muss das Kind auf jeden Fall verloren oder dann doch weggegeben haben. Ich bin ja nicht ihre leibliche Tochter.«

Edith spürte, wie sehr Jolanda das alles mitnahm. Sie stellte sich neben sie und legte ihr den Arm um die Schultern.

Dankbar lächelte Jolanda sie an.

»Ich denke, dass ich den Bruder meines Vaters anrufe und ihn frage, ob er wenigstens in Teilen Bescheid weiß.

Wenn ja, soll er herkommen. Ich werde ihm dann ein Hotelzimmer suchen, mein Gasthof ist etwas zu… zu einfach.«

Sie musste lächeln, als sie ihr Zimmer vor sich sah. »Auch wenn in Kürze Weihnachten vor der Tür steht, will ich das möglichst bald wissen. Er lebt ja auch alleine und hat keine Familie. Also, wenn er nicht verreist ist und etwas weiß, dann könnte uns das sehr helfen.«

Ein wenig gelassener nickte sie jetzt den anderen zu.

Mitten in diese Ruhe hinein klingelte es an der Tür. Jakob schaute seine Frau fragend an.

»Ich erwarte keinen Besuch«, erklärte sie und stand auf, um nachzusehen.

Jakob erhob sich ebenfalls und blickte aus dem Fenster.

»Hm, das ist mein Bruder Friedrich. Das passt mir gar nicht.«

»Was ist mit ihm? Ich denke, er ist krank, das hat mir sein Sohn gesagt, als ich ihn vor seinem Haus traf.«

Jakob lachte laut auf.

»Krank kann man das Problem ganz sicher auch nennen. Er hat nämlich die chronische Geldnot – neben seiner Alkoholkrankheit.«

Edith führte Friedrich ins Wohnzimmer.

»Er will dich was fragen, Jakob.«

»Was wird er schon fragen wollen?«

Jakob ging seinem Bruder entgegen.

»Was ist los, Friedrich, wie viel brauchst du heute?«

Der Gegensatz zwischen den beiden Brüdern hätte kaum größer sein können. Auf der einen Seite der attraktive, gepflegte und gut gekleidete Jakob und ihm gegen-über Friedrich mit seinem vom Alkohol ausgemergelten Körper, in zerschlissenen Hosen und einem Hemd, dessen beste Zeiten längst vorbei waren. Die Kanten der Ärmel und des Kragens waren völlig durchgescheuert, Knöpfe fehlten, und der Gilb hatte sich so stark ins Gewebe eingenistet, dass es kein Entrinnen mehr gab.

Seine derben Schuhe waren abgewetzt und die Schnürsenkel gebrochen, sodass er mit den offenstehenden Quadratlatschen nur noch schlürfen konnte. Aus seinem ohnehin schon geröteten Gesicht stach die Nase krebsrot und geschwollen hervor – die umgangssprachliche Schnapsnase war nicht zu übersehen.

»Ne, ne, ich will kein Geld, zumindest kein geliehenes.«

Seine Augen stachen hervor und schossen Blitze. Jeder konnte sehen, dass er etwas im Schilde führte.

Tante Ida zog sich aus ihrem Sessel hoch, stützte sich auf ihren Stock und trippelte zu ihm hin. Als sie unmittelbar vor ihm stand, hätte sie sich übergeben können, so sehr stank er nach einer Mischung aus Schweiß, Schmutz, Urin, Alkohol und anderen unangenehmen und undefinierbaren Körpergerüchen.

»Was willst du wirklich, Friedrich?«

»Och, ich habe bemerkt, dass ich damals, als unsere Eltern tot waren, ganz schön von euch beschissen wurde. Ich weiß, dass noch Sparbücher von den Mädchen da waren, die nicht aufgeteilt wurden, und ich glaube zu wissen, dass Vater noch zwei Äcker hier in eurem Dorf hatte, die zu Bauland wurden.«

Er trat noch ein wenig näher auf Ida zu.

»Und was soll ich sagen? Die Äcker waren ausgerechnet hinter eurem Haus, genauer gesagt hinter eurem Garten. Jetzt muss man nur noch wissen, dass du, mein lieber Bruder, im Gemeinderat sitzt und ganz bestimmt gezwungen wurdest, der Umwandlung zum Bauland zuzustimmen.«

Friedrich fuhr sich mit der Hand über den Mund, um den Speichel abzuwischen, ehe er weitersprach.

»Man weiß doch, was das für eine Vetternwirtschaft ist, zumal du dir die Grundstücke für einen Appel und ein Ei unter den Nagel gerissen hast. Ihr Schmarotzer habt wohl gedacht, dass ich euch nicht auf die Schliche komme!«, lallte er.

Jakob schüttelte den Kopf und lachte hart auf.

»Du willst uns nach Jahrzehnten mit deinen Fantasien erpressen, die du dir in deinem Kopf zusammengereimt hast?«

»So würde ich das nicht nennen. Ich will Gerechtigkeit, ich will meinen korrekten Anteil.«

»Verschwinde aus meinem Haus!«, rief Ida aufgebracht und wedelte mit ihrem Stock.

»Das gibt es doch gar nicht! Was habe ich dir nicht alles an Hilfe angeboten, du undankbarer Säufer.«

Sie hatte inzwischen vor lauter Aufregung kleine rote Flecken im Gesicht. Gerade wollte sie erneut mit dem nächsten Redeschwall loslegen, da hielt Jakob sie am Arm zurück.

»Lass, Tante Ida. Das lohnt sich nicht wirklich. Mein Bruder kennt das Wort Anstand nicht, das hat er bestimmt irgendwann vor langer Zeit die Toilette runtergespült.«

Er ging auf seinen Bruder zu.

»Jetzt hast du den letzten Funken Mitleid von uns auch noch verspielt. Ich helfe dir nicht mehr. Geh nach Hause, und wenn du uns mit Lügen erpressen willst, dann lasse ich dich einsperren.«

Jakob öffnete die Tür und wies Friedrich, der mittlerweile zu weinen begonnen hatte, den Weg hinaus.

Beinahe wäre Jakob wieder einmal schwach geworden. Aber er musste sich dieses Mal zusammenreißen.

»Friedrich, du hast alle Menschen, die es gut mit dir meinten, vor den Kopf gestoßen und beleidigt. Schau deine Frau und deine Söhne an. Was ist aus ihnen geworden? Komm erst wieder, wenn ihr euch alle vier gemeinsam entschieden habt, in eine Klinik zu gehen, denn ihr müsst vom Alkohol weg, um wieder leben zu können. Erst wenn ihr alle wieder trocken seid, dann helfe ich euch bei einem Neustart. Aber vorher nicht.«

»Ja«, antwortete Friedrich kleinlaut.

»Nix für ungut.«

Dann schwankte er davon.

Als Jakob zurück ins Wohnzimmer kam, saßen alle stumm da, und jeder Einzelne kämpfte mit seinen persönlichen Emotionen.

Er ließ sich erschöpft in den Sessel fallen und bedeckte sein Gesicht mit den Händen. Edith beugte sich zu ihm und drückte ihn am Arm.

Ida erhob sich und griff nach ihrem Stock.

»Entschuldigt bitte, ich möchte mich zurückziehen. Lasst uns morgen Nachmittag weitersprechen, ich muss das alles erst einmal verarbeiten.«

Sie nickte allen zu und verließ das Wohnzimmer.

Jolanda war bestürzt. Sie verstand die ganzen Vorwürfe nicht, das musste sie aber auch nicht. Die Einzelheiten gingen sie nichts an. Was sie so schockierte, war die körperliche Verfassung und der Zustand von Friedrich. Sie hatte noch nie einen Menschen gesehen, der so vom Alkohol gezeichnet war wie er.

Sie blickte zwischen Edith und Jakob hin und her. »Euch geht es ja gerade auch nicht so gut, daher denke ich, ich sollte jetzt in meinen Gasthof fahren und noch mit Wiesbaden telefonieren. Wenn es euch recht ist, komme ich dann morgen Nachmittag wieder.«

Edith stand ebenfalls auf.

»Ja, das ist wohl besser. Ein Gespräch macht heute keinen Sinn mehr. Ich bringe dich noch zur Tür.«

Jakob hielt Jolanda am Arm zurück.

»Ich möchte nur noch einen Satz verlieren. Es war nicht so, wie er das denkt. Die Sparbücher der Mädchen sind im Safe. Die Äcker waren schon immer im Besitz meines Schwiegervaters und davor seines Vaters.

Dass sie zu Bauplätzen wurden, liegt daran, dass hinter uns ein Neubaugebiet entstand und junge Familien billige Grundstücke bekamen. Das alles war reiner Zufall, und die Grundstücke gehören immer noch Ida und nicht mir, also hat das gar nichts mit seinem Erbe zu tun.«

Jakob zog die Luft ein.

»Ich habe schon Tausende von Euro für meinen Bruder ausgegeben, um ihm wieder auf die Beine zu helfen. Leider nützte es bisher nichts. Und wenn man es genau nimmt, hat er unser aller Erbe, den schönen Hof unserer Eltern, nach unserem Vater weiter ruiniert.«

Jolanda legte ihre Hand auf seine.

»Du musst dich doch nicht erklären. Ich habe mir schon gedacht, dass es bei dir korrekt zugeht. Jetzt ruht euch erst mal aus, und ich versuche, den Bruder meines Vaters herzubekommen.«

Jolanda drückte beide herzlich und verabschiedete sich.

Im Gasthof angekommen betrat sie zuerst die Gaststube. Es war bereits früher Abend, so schnell war die Zeit bei Jakob vergangen.

»Frau Engert, ich hätte gerne wieder so eine gute Suppe mit Bauernbrot und Tee. Ich komme nachher herunter und hole es mir ab.«

»Ne, ne, lassen Sie mal. Ich bringe Ihnen das Essen hoch.«

»Dankeschön für die Mühe.«

Jolanda schenkte ihr ein dankbares Lächeln und strich ihr über den Arm.

Oben in ihrem Zimmer warf sie sich die Schuhe von den Füßen und hängte ihre Jacke auf. Es war draußen lausig kalt, und selbst der kurze Weg im Auto zwischen den beiden Dörfern hatte sie frösteln lassen. Rasch ging sie ins Bad, um sich die Hände zu waschen und ihre bequeme Hose sowie ein Shirt überzustreifen.

Dann kuschelte sie sich in den alten Sessel und legte

sich eine Decke über die Beine.

Seit sie hier war, überschlugen sich die Ereignisse, und die Neuigkeiten über die Familie ihrer Mutter flossen mittlerweile in einer Geschwindigkeit wie das Wasser einer geöffneten Schleuse.

Schnell griff sie zum Telefon und stellte sich damit an die Fensterscheibe.

»Hallo Onkel Helmut, hier ist Jolanda. Schön, dass ich dich erreiche. Bist du verreist oder zu Hause in Wiesbaden?«

»Hallo, Jolanda«, rief er fröhlich, als er ihre Stimme hörte.

»Ich bin in Wiesbaden. Und wo steckst du so kurz vor Weihnachten?«

»Ich bin in Hertenbach.«

»Wo um Himmels willen ist denn Hertenbach? Das klingt ja nicht gerade nach einem Ort für Unternehmensberater.«

Helmut lachte, und mit seiner warmen, tiefen Stimme steckte er Jolanda an.

»Nein, das ist es wirklich nicht. Es ist ein kleines Dorf im Nordschwarzwald.«

»Und was machst du da?«

»Ich suche nach der Familie meiner Mutter.«

In ihrer Aufregung nahm Jolanda das Telefon ans andere Ohr.

»Aha, und bist du fündig geworden?«

»Ja, ich habe zwei sehr unterschiedliche Brüder vorgefunden.«

»Das macht mich neugierig.«

»Warum hast du mir nach dem Tod meiner Mutter

nicht erzählt, dass ich adoptiert bin?«

»Ich wusste, dass sie dir einen Brief hinterlassen würde, und wollte mich da nicht dazwischendrängen. Wenn du mich brauchst, bin ich ja da.«

Jolanda reichte diese Erklärung erst einmal.

»Sag mal, Onkel Helmut, kannst du mir erzählen, wie meine Mutter nach Wiesbaden kam? Vielleicht auch, wie sie Papa und dich kennengelernt hat? Und vielleicht weißt du sogar ein bisschen was über mich?«

»Hm, äh, ja…«

»Was denn? Warum druckst du denn so herum?«, fragte Jolanda mit ein wenig Verärgerung in der Stimme.

»Du solltest jetzt nicht mehr mit deinem Wissen hinter dem Berg halten, lieber Onkel Helmut. Die beiden Menschen, die ich als meine Eltern geliebt habe, sind tot, und hier tun sich Abgründe auf, was die Herkunft und die Vergangenheit meiner Mutter betrifft.«

»Ja, du hast Recht, Jolanda. Wann kommst du zurück?«

»Ich möchte dich eigentlich bitten, hierherzukommen, und würde dir auch ein Zimmer suchen. Ein Bruder und eine Tante von Florentine würden sich freuen zu hören, wie es Mutter nach ihrem Weggang von hier ergangen ist.«

»Das kann ich verstehen. Also gut, ich komme. Wo wohnst du da?«

»Das willst du nicht wirklich wissen. Es ist ein einfacher Gasthof mit einer Dusche, die nicht so will wie ich, und etwas veralteten Möbeln. Ich suche in der Umgebung nach einem Zimmer für dich.«

»Nein, nein, lass nur. Das ist doch prima so. Ich möchte in diesem Gasthof wohnen und bin morgen Abend da.«

»Danke. Bis morgen.«

Jolanda setzte sich wieder in ihren Sessel. Sie war so froh, dass sich Helmut bereit erklärt hatte, zu kommen und zu berichten.

Es klopfte, und Frau Engert kam mit einem Tablett herein.

»Hier, Ihr Essen.« Wieder stellte sie es auf dem Tisch ab.

»Dankeschön. Ich habe noch eine Frage, Frau Engert. Ein Onkel von mir würde mich gerne für ein paar Tage besuchen. Hätten Sie noch ein Zimmer für ihn?«

»Ja, habe ich. Wann kommt er?«

»Morgen, so gegen Abend.«

»Gut. Ich bereite alles vor.«

»Danke für Ihre Mühe und gute Nacht.«

Genüsslich ließ sich Jolanda ihr Abendbrot schmecken.

Eines musste man der Wirtin lassen: Kochen konnte sie – oder derjenige, der in der Küche die Arbeit machte. Wenn sie jetzt noch ihre Zimmer und ihre Laune auf Vordermann brachte, dann könnte der Gasthof aufblühen.

Als sie fertig war, packte sie zum ersten Mal ihr mitgebrachtes Buch aus dem Koffer, legte sich rundum zufrieden auf ihr Bett und genoss den Luxus, zu ihren Protagonisten in eine fremde Welt abtauchen zu dürfen.

***

Gleich nach dem Frühstück rief sie Jakob an und erzählte ihm, dass Onkel Helmut am Abend anreisen und sicher auch ein paar Puzzleteile beitragen werde.

Sie schlug vor, deshalb heute einen Ruhetag einzulegen, damit sich auch Ida etwas erholen konnte. Jakob stimmte zu, und sie verabredeten sich für den darauffolgenden Nachmittag.

Anschließend zog sie ihre Jacke an und fuhr in die nächste Kreisstadt, um sich ein paar warme Pullis und Hosen, gefütterte Stiefel, eine Mütze und Handschuhe zu kaufen. Sie hatte entschieden, über die Weihnachtstage und den Jahreswechsel hier im Schnee zu bleiben, und dafür war ihr Koffer nicht ausreichend bestückt.

Auf dem Weg dorthin nahm sie zum ersten Mal in diesen Tagen bewusst die Landschaft wahr, die Tannen, die ein weißes Kleid trugen, die Sträucher, die von Eiskristallen überzogen waren, und im Hintergrund die schneebedeckten Berge, wann immer sich eine Lichtung auftat. Die niedrigstehende Sonne ließ das Eis auf den Zweigen funkeln, sodass Jolanda ihre Sonnenbrille aufsetzen musste.

Sie holte tief Luft und sog diese wundervollen Bilder in sich auf. Das war ja richtig schön hier, wenn man den Blick für die Landschaft frei hatte und nicht über Alkoholkrankheiten und Intrigen nachdenken oder darüber diskutieren musste.

Spontan setzte Jolanda den Blinker nach rechts, als

sie die Einfahrt zu einem Parkplatz entdeckte.

Am Rande des Platzes stand eine Hütte, die als Kiosk genutzt wurde und sogar geöffnet hatte. Ein schmaler Weg neben den parkenden Autos führte zum Rand der Lichtung, die mit einem Holzgeländer begrenzt war. Dahinter lauerte der direkte Abgrund, dicht bewachsen von dunkelgrünen Tannen, von denen viele weiß gepudert waren.

Der Blick in die Weite des Landes war phänomenal. Berge und Täler wechselten sich ab, und in der Ferne konnte Jolanda ein kleines Dorf mit einer Kirchturmspitze erkennen.

Von dem tiefblauen Himmel strahlte die Sonne herunter. Jolanda konnte sich gar nicht sattsehen. Hier wollte sie noch eine Weile bleiben, auch wenn die Kälte ihren ganzen Körper zum Bibbern brachte. Schnell lief sie zum Kiosk und kaufte sich einen heißen Tee.

Kurz darauf stand sie wieder am Ausblick und wärmte sich an der Tasse die Hände. Wie schön und beruhigend die Natur doch war.

Nichts war im Moment wichtig, nichts störte, nichts verunsicherte, und nichts konnte sie hier aus dem seelischen Gleichgewicht bringen.

Einzige Ausnahme war die Kälte, und als Jolanda diese erneut spürte, fiel ihr wieder ein, warum sie eigentlich hier vorbeigekommen war, nämlich um ihre spärliche, nicht gerade winterliche Bekleidung aufzustocken. Jolanda atmete tief durch. Diese halbe Stunde war für sie mehr wert gewesen als eine ganze Woche Urlaub in Frankfurt.

Selbst ihre Wirtin Frau Engert erschien ihr nicht

mehr so kratzbürstig wie noch vor zwei Tagen.

Schnell setzte sie sich in ihren Wagen und fuhr die wenigen Kilometer in die Stadt. In der Fußgängerzone wurde sie dank der vielen erstklassigen Boutiquen – es war ja ein Luftkurort mit vielen Kurgästen – fündig und suchte sich aus, was sie für die nächsten zwei Wochen brauchte.

Dann kaufte sie sich noch ein kleines Schwarzes sowie zwei schlichte Kleider und passende Schuhe für die Weihnachtstage und Silvester. Sie hatte ja bereits geahnt, dass es noch etwas Zeit bedurfte, Licht ins Dunkel zu bringen, und fand es jetzt auch gar nicht mehr so schlimm, die Festtage hier zu verbringen.

Sie konnte ins Thermalbad fahren, das in der Stadt überall angepriesen wurde, und ein kleines Stadttheater gab es hier auch. Also warum nicht die gute Schwarzwaldluft schnuppern, denn nach dem Jahreswechsel würde sie nach Italien reisen müssen, um weitere Puzzleteile zu finden.

Anschließend fuhr sie zurück zum Gasthof. Onkel Helmut hatte ihr vor einer halben Stunde eine WhatsApp geschickt. Er würde bald eintreffen, und da wollte sie zu seiner Begrüßung anwesend sein.

Frau Engert kam ihr schon auf dem Parkplatz entgegen.

»Ihr Besuch ist bereits angekommen. Er hat das Zimmer Nummer zwei, direkt gegenüber von Ihnen.«

»Danke.«

Jolanda lief schnell nach oben und klopfte an Helmuts Tür.

»Herein!«

Sie rauschte durch die Tür und umarmte ihn stürmisch.

»Ich bin ja so froh, dich zu sehen. Wie war deine Fahrt? Was sagst du zu deinem Zimmer? Hast du Hunger?«

»Halt, halt, du fragst mir ja ein Loch in den Bauch, Mädel.«

Helmut lachte und hielt sie ein Stück von sich weg. »Die Reise war gut, das Zimmer geht auch, und ja, ich habe Hunger.«

»Gut. Gib mir eine halbe Stunde, dann treffen wir uns unten im Gastraum.«

Sie schaute schnell auf ihre Armbanduhr.

»Sagen wir um sieben?«

Helmut nickte und fing an, seinen Koffer auszupacken. Währenddessen spurtete Jolanda in ihr Zimmer, und nachdem sie sich ausgezogen hatte, schnurstracks unter die Dusche.

Irgendwie war da plötzlich so etwas wie ein Gefühl der Leichtigkeit – oder der Erleichterung, jemanden aus ihrem bisherigen Leben, etwas Vertrautes an ihrer Seite zu haben, nicht mehr alles alleine machen zu müssen.

Na ja, ganz so war es ja nun nicht. Onkel Helmut brachte vielleicht etwas Licht in das Dunkel der Vergangenheit ihrer Mutter. Aber konnte er auch etwas über ihre, Jolandas, Herkunft ans Tageslicht bringen?

Schön wäre es!

Kurze Zeit später stand sie vor dem Spiegel, cremte sich ein, föhnte sich die Haare und zog sich eine der neuen Hosen und einen passenden Rollkragenpullover an. Das brauchte man hier im Haus. Die Heizung bockte ja gelegentlich, wie sie nun schon wusste.

Zum Schluss tuschte sie sich die Wimpern, legte einen dezenten Lippenstift auf und betrachtete sich noch einmal prüfend. Dann war es an der Zeit, hinunter in den Gastraum zu gehen.

Wie immer blickten ihr vom Stammtisch die gleichen Gesichter entgegen, die wohl täglich das Gespräch unter Männern oder das Feierabendbier brauchten.

»Du bist ja schon da, Onkel Helmut.«

Schnell setzte sie sich ihm gegenüber. Zum Glück hatte er sich einen Tisch am Fenster, etwas weiter weg vom Stammtisch ausgesucht.

Er lächelte.

»Ja, die Frauen brauchen ja immer etwas länger.«

»Ich aber eigentlich nicht. Hast du schon die Speisekarte gelesen? Ich habe Hunger.«

»Habe ich, und ich bin auch schon fündig geworden.«

Er griff nach seiner Karte und hielt sie Jolanda hin.

»Hier, schau rein. Dann können wir gleich bestellen.«

»Oh ja! Obwohl – ich glaube, ich brauche gar keine Karte. Wenn ich so überlege, dann werde ich heute einen schönen Braten mit Spätzle essen. Ich kann mir gut vorstellen, dass er lecker schmeckt.«

»Na, das passt doch. Genau das habe ich mir auch ausgesucht. Das ist so eine typisch ländliche Kost, die bekommt man nicht überall.«

Und das Essen war wirklich köstlich. Immer wieder erstaunlich, stellte Jolanda fest.

Sie hatte der Wirtin am ersten Abend unrecht getan, als sie sie anpöbelte. Inzwischen hatte sie selbst erkannt, dass etwas später am Abend viele Dörfler kamen und sich das leckere Essen schmecken ließen.

»Haben Sie noch einen Wunsch?«, fragte Frau Engert, als sie das Geschirr abräumte.

»Bringen Sie uns bitte noch einen Kaffee«, antwortete Helmut und lächelte die Wirtin freundlich an.

»Ihr Essen schmeckt übrigens vorzüglich. Kompliment.«

»Danke für das Lob. Wir geben uns richtig viel Mühe, auch wenn wir mit unserer Mundart manchmal ein bisschen kurz sind und dadurch vielleicht etwas unfreundlich wirken.«

Sie sah Jolanda an und zwinkerte ihr zu.

Helmut schüttelte belustigt den Kopf.

»Oh Jolanda, nach dieser Aussage der Wirtin ahne ich was. Konntest dich wohl nicht an die dörflichen Gepflogenheiten anpassen, was?«

»Ja, ich war etwas voreingenommen und ungeduldig.«

Wenige Minuten später stand der dampfende Kaffee vor ihnen.

»Erzähl mir ein bisschen von der Familie deiner Mutter, die du hier gefunden hast.«

Helmut nickte ihr aufmunternd zu.

Jolanda berichtete ihm alles bis ins kleinste Detail.

»Verstehst du, jetzt fehlen uns die Informationen, was sich zugetragen hat, als Florentine von hier wegmusste. Und da hoffe ich, dass du uns helfen kannst.

Ich wünsche es mir, auch wegen Tante Ida mit ihren zweiundneunzig Jahren. Sie freut sich sehr über unsere

Berichte.«

»Gut, wann gehen wir hin?« Nachdenklich blickte er aus dem Fenster.

»Morgen Nachmittag. Willst du mir nicht heute schon ein wenig erzählen? Ich meine nur, nicht, dass ich morgen weiß wie eine Wand werde. Mir fehlt ja auch noch ein Anhaltspunkt über meine richtige Familie.«

Jolanda drehte in ihrer Nervosität die Kaffeetasse in den Händen.

»Ne, das ist nicht nötig. Lass uns heute den Abend gemütlich gestalten. Morgen erzähle ich euch alles, was ich weiß.«

»Gut, dann kann ich also beruhigt schlafen?«

»Aber ja. Und du hast vor, die Feiertage noch hier zu verbringen?«

Jolanda nickte.

»Es ist ja nicht mehr lange bis dahin. Zu Hause wäre ich auch alleine, meinen Freund habe ich ja geschasst.« Sie lachte verlegen.

»Aber wenn du Lust hast, können wir es uns über die Feiertage zusammen schön machen. Ein bisschen Kururlaub und Kultur ist doch neben ein paar Spaziergängen im Wald nicht das Schlechteste, findest du nicht?«

»Das ist eine Überlegung wert und hört sich gut an. Ich konnte mich bisher zu keiner Planung aufraffen. Das würde dann auch meiner Unentschlossenheit ein Ende bereiten.«

»Na bitte, lieber Onkel, und schon hast du ein Problem weniger. Übrigens werde ich gleich nach den Feiertagen nach Italien reisen, um weiterzusuchen. Wahrscheinlich werde ich aber fliegen, wegen des Wetters.«

»Das wäre anzuraten. Ich bin gespannt, was du alles herausfindest. Ich glaube, deine Mutter hat vieles verschwiegen. Alles ist nicht bei uns in Wiesbaden angekommen. Es sei denn, mein Bruder Lorenz war eingeweiht.«

Plötzlich musste Jolanda ausgiebig gähnen.

»Ja, das denke ich mir. Lass uns bitte hochgehen, ich bin total müde. Das scheint an der klaren Luft zu liegen, und morgen haben wir auch einen anstrengenden Tag vor uns.«

»Ja, du hast recht, ich bin auch müde. Wir sehen uns dann so gegen neun beim Frühstück.«

Vor ihren Zimmern verabschiedeten sie sich voneinander und wünschten sich eine gute Nacht.

***

Am Vormittag unternahmen Jolanda und Helmut einen langen Spaziergang durch den Wald. Sie plauderten angeregt über dieses und jenes, über Wirtschaft, Gesundheit und Politik.

Das Thema Florentine und Lorenz sperrten sie allerdings komplett aus. Es würde heute noch früh genug auf den Tisch kommen. Sie genossen die frische Luft und die Ruhe so sehr, dass alles andere keinen Platz hatte.

Das Mittagessen bei Frau Engert erinnerte Jolanda wieder an ihre Kindheitstage und schmeckte nach der langen Wanderung exzellent. Und so fuhren die beiden nach einer ausgiebigen Mittagsruhe zu Jakob, der sie zusammen mit Edith und Ida bereits erwartete.

Nach einer herzlichen Begrüßung setzten sich alle um den Esszimmertisch.

Helmut hatte darum gebeten, an einem normal hohen Tisch sitzen zu dürfen, denn er hatte reichlich Fotoalben und andere Erinnerungsstücke mitgebracht. Und da er ohnehin mit der Bandscheibe zu kämpfen hatte, war es für ihn besser, nicht an einem niedrigen Tisch zu sitzen, wo er sich dauernd bücken musste.

Sofort spürten alle eine wohltuende Sympathie untereinander.

»Wollen wir uns nicht auch duzen, Helmut?«, fragte Jakob.

Tante Ida mischte sich ein, indem sie zustimmend nickte.

»Das versteht sich doch von selbst, Jakob. Wir haben viele Jahre mit Florentine verbracht, und Helmut hat das auch, wenn auch zu anderen Zeiten. Das alleine ist schon eine sehr intime Angelegenheit, und es wird noch privater, wenn wir jetzt Florentines Leben vor uns ausbreiten. Wir sind ja eigentlich alle eine Familie.«

»Das stimmt, Tante Ida. Das machen wir.«

Helmut saß direkt neben ihr und strich ihr, während er sprach, über den Arm.

Edith brachte warme und kalte Getränke, auch feines Gebäck, sodass sie jetzt in aller Ruhe den Vorhang der Vergangenheit öffnen konnten.

»Na, dann fange ich mal an zu erzählen.«

Helmut setzte sich zurecht und legte seine Fotoalben vor sich hin, die er aber noch nicht aufschlug.

Alle Augen waren auf ihn gerichtet. Er lächelte in die

Runde und nickte mit dem Kopf, als wollte er sich damit selbst ermuntern.

»Florentine war neunzehn Jahre alt, als sie zusammen mit Franco in Wiesbaden ankam. Nachdem ihr Vater sie rausgeworfen hatte, packte sie nur wenige Klamotten in eine Tasche, lief zur Baracke, wo die Gastarbeiter lebten, und wartete am Nebeneingang, bis Franco von der Arbeit nach Hause kam.«

Ida nickte und griff zu ihrem Glas. Sie war ja so nervös. Aber Helmut sprach weiter.

»Als er hörte, was passiert war und dass er bald Vater werden würde, überkam ihn zunächst einmal für einige Minuten die pure Verzweiflung. Er wusste, dass er Verantwortung übernehmen und Florentine von hier wegbringen musste. Aber er wusste auch, dass man ihn entlassen würde, wenn er nicht zur Arbeit erschien.«

Helmut griff zu einem Keks, schob ihn in den Mund und spülte mit einem Schluck Kaffee nach.

»Zum Glück hatte er von seinem Lohn den größten Teil zur Seite gelegt, sodass er nicht ganz hilflos war. Er versteckte Florentine über Nacht in einer Kammer der Baracke und fuhr wie üblich mit dem Bus zur Arbeit. Im Personalbüro bat er um zwei Wochen Urlaub, was man ihm natürlich sofort verweigerte. Daraufhin verlangte er seine Papiere und sein noch ausstehendes Gehalt. Am Mittag kaufte er am Bahnhof zwei Fahrkarten und fuhr mit Florentine nach Wiesbaden.«

»Die arme Florentine«, flüsterte Ida.

»Aber wieso ausgerechnet Wiesbaden?«, wollte Jolanda wissen.

Edith erhob sich.

»Warte, Helmut, ich möchte nur noch schnell Kaffee nachgießen. Bitte greift alle bei dem Gebäck zu. Ich kann euch auch noch etwas Schokolade als Nervennahrung bringen. Möchte jemand?«

Alle schüttelten den Kopf.

»Danke, Edith, es gibt anscheinend keinen weiteren Bedarf.«

Jakob deutete mit der Hand auf ihren Stuhl.

»Setz dich bitte wieder hin, damit Helmut weiterberichten kann.«

Helmut lächelte ihr zu.

»Franco hatte sich für Wiesbaden entschieden, weil sein Bruder Alfredo auch als Gastarbeiter in Deutschland lebte. Er arbeitete aber schon etwas länger in Wiesbaden und hatte bereits eine kleine, wenn auch miserable Wohnung.

»Ich verstehe«, flüsterte Jolanda.

«So nahm er die beiden auf und unterstützte sie, wo er nur konnte. Leider war das sehr wenig. Florentine war noch nicht volljährig – damals musste man einundzwanzig sein –, und sie hatte keine Arbeitserlaubnis der Eltern und keine Papiere außer ihrem Pass, ihren Nachweis für die Krankenkasse und ihren Zeugnissen.»

Helmut zog tief die Luft ein.

»Außerdem wurde eine Schwangere nicht eingestellt, schon gar keine Ledige, die auch noch von einem Spaghettifresser ein Kind erwartete. Franco fand ebenfalls keine neue Arbeit, weil er nicht sagen wollte, warum er von Stuttgart weggegangen war.«

»Ja, jetzt kann ich die Fahrt nach Wiesbaden nachvollziehen.«

Jakob stützte den Kopf mit den Händen.

»Meine arme Schwester. Man kann sich fast schon ausmalen, wie das für die beiden weiterging.«

»Nein, Jakob, das kannst du dir noch nicht einmal im Traum ausmalen«, antwortete Helmut und schüttelte heftig den Kopf.

»Francos Bruder Alfredo brauchte Nerven wie Drahtseile, denn seine beiden Schützlinge gaben sich zunehmend ihrer Verzweiflung hin, und er machte zahlreiche Überstunden, um drei Personen alleine ernähren und auch noch ein bisschen Geld nach Hause schicken zu können.«

»Wie furchtbar«, flüsterte Edith.

»Irgendwann lagen seine Nerven blank, und zwangsläufig eskalierte das jeden Tag im Streit. Ein paar Wochen später stand eines Abends Florentines Schwester Helene vor der Tür. Sie zitterte wie Espenlaub und war völlig erschöpft. Florentine steckte sie zunächst in die Badewanne und dann ins Bett.

Alfredo kochte innerlich vor Wut.

Das konnte nicht sein, dass er die ganze Familie Abele in seiner kleinen Bude aufnehmen musste, dachte er, und das sagte er auch Franco und Florentine mit Nachdruck.«

»Mach mal bitte eine kleine Pause, mein Lieber«, bat Tante Ida.

»Ich muss mal dahin, wo…« Sie lächelte ihm zu und

erhob sich.

Edith nutzte die Zeit, um Wasser und Kaffee nachzugießen.

Jolanda vertrat sich die Beine, indem sie durch die Terrassentür schlüpfte und eine kleine Runde über den Rasen drehte.

Kurze Zeit später saßen alle wieder am Tisch.

»Kann es weitergehen?«, fragte Helmut.

Alle nickten, und er fuhr fort: »Als Helene ausgeschlafen und eine Tasse Tee getrunken hatte, berichtete sie ihrer Schwester und Franco, warum sie so aufgelöst bei ihnen aufgetaucht war.

Ihr Vater hatte sie mit dem Fahrrad gesucht, weil sie nach der Arbeit nicht pünktlich nach Hause gekommen war.

Sie hatte sich mit Giovanni getroffen, einem jungen Italiener, den sie beim Schützenfest kennengelernt hatte.

Es war gar nichts zwischen ihnen passiert, er war sehr zuvorkommend. Ja, er hatte ihr schöne Augen gemacht, und ja, sie hatte Schmetterlinge im Bauch, wenn sie an ihn dachte und wenn sie ihn sah. An diesem lauen Sommerabend aber, saßen sie beide am Waldesrand ein Stück entfernt von der Baracke, wo die Gastarbeiter lebten.

Sie unterhielten sich in einem miserablen Deutsch und auch mit Händen und Füßen über Gott und die Welt, und Giovanni erzählte ihr ganz lange von seiner Heimat.

Er beschrieb ihr mit Zeichnungen, die er mit einem Stock in den sandigen Boden malte, das Meer, die Insel Sizilien, den Ätna, die Olivenhaine und die unendlichen Sommertage und romantischen Sonnenuntergänge.

Und genau in dem Moment, als er sie zum ersten Mal küsste, kam ihr Vater mit dem Fahrrad um die Ecke.«

Helmut strich sich mit der Hand über die Augen.

»Die Situation war für ihn mehr als eindeutig. Innerhalb von nur einer Minute warf er sein Fahrrad auf den Weg, rannte zu den beiden hin, schlug seiner Tochter mitten ins Gesicht und befahl ihr, schnell ihre Tasche zu packen und zu verschwinden. Sie sei genauso eine Hure wie ihre Schwester und solle sich hier im Dorf bloß nicht mehr blicken lassen. Und zu Giovanni brüllte er: ›Lass ja die Hände von dem Mädchen, du elender Itaker und Mafioso!‹

Dann schnappte er sein Fahrrad und raste davon.«

»Oh, mein Gott!«, rief Jakob, aber Onkel Helmut sprach weiter.

»Helene gab Giovanni noch schnell die Adresse von Alfredo und ihrer Schwester Florentine in Wiesbaden. Dort solle er sie suchen.«

Edith hielt nichts mehr auf ihrem Stuhl. Die Vorstellung, dass eine so junge Frau einfach verjagt wurde, wollte ihr nicht in den Kopf. Doch Helmut bat sie mit einem Blick wieder Platz zu nehmen.

»Einige Monate später setzten bei Florentine die Wehen ein, und ein Krankenwagen brachte sie in die nächste Klinik. Das erste Drama passierte schon bei der Notaufnahme. Florentine hatte ihre Mitgliedskarte nicht dabei, da wollte sie die Schwester erst gar nicht zur Behandlung vorlassen, obwohl Franco versprach, nach

Hause zu fahren und das Dokument zu holen. Zum Glück schaltete sich der diensthabende Arzt, zufälligerweise mein Bruder Lorenz, in die Diskussion ein, übernahm die Patientin und forderte Franco auf, die Unterlagen zu holen.«

Jolanda sprang auf und blickte zu ihrem Onkel, denn jetzt ging es um das Kind, das sie ja nicht gewesen war. Alleine stand sie da mitten im Wohnzimmer. Niemand kümmerte sich um sie, alle Augen waren auf Helmut gerichtet.

»Nach zehn Stunden war unter schwierigsten Umständen ein kleines Mädchen geboren. Florentine weinte und drehte nur den Kopf weg. Es war keine Freude, es war eine spürbare Gleichgültigkeit, die sie der Kleinen entgegenbrachte. Franco und Alfredo besuchten sie am nächsten Tag, denn der stolze Papa wollte natürlich sein Mädchen sehen und auch seine Florentine umarmen. Aber sie sprach kein einziges Wort mehr. Sie stand wie unter Schock und war einfach verstummt.«

Edith liefen die Tränen über die Wangen. Als Mutter konnte sie ganz gut nachfühlen. Sie nickte Helmut auffordernd zu weiterzusprechen.

»Lorenz meinte, dass Florentine eine bekannte Frauenkrankheit habe, die man auch Hysterie nannte. Das sei eine psychische Krankheit und passiere oft nach einer Geburt, erklärte er ihnen. Franco wollte wissen, ob das auch schnell wieder vergehe und sie sich dann um ihr Kind kümmern könne, aber Lorenz zuckte nur die Schultern. Er konnte Francos Frage nicht beantworten.«

Tante Ida schlang die Finger ineinander.

»Dieser hatte daraufhin ein zusätzliches Problem. Er musste sich um seine Freundin, um ihre Schwester und um sein Kind kümmern. Außerdem hatte ihm sein Bruder eine Frist von vier Wochen gesetzt, bis dahin sollte er eine eigene Wohnung und Arbeit gefunden haben.«

Selbst Jacob, der eigentlich harte Geschäftsmann, überschritt seine emotionale Grenze und konnte kaum mehr damit umgehen. Es schmerzte zu sehr, was Helmut zu berichten hatte.

«Und dann überschlugen sich wieder einmal die Ereignisse. Giovanni kam über Nacht nach Wiesbaden und nahm seine Helene mit. Wohin sie gingen, verrieten die beiden nicht, aber Alfredo war es egal. Hauptsache, sie waren weg. Franco indes war der Verzweiflung nahe, weil nichts klappte. Er wusste sich keinen Rat mehr. Florentine sprach wenig bis gar nichts, fragte nicht nach dem Kind und wollte nicht einmal vom Bett aufstehen.

Irgendwann forderte ihn die Klinik auf, das Kind nach Hause zu holen, und auch eine Arbeit hatte er nicht auftreiben können. Aber selbst wenn, wer hätte dann auf das Kind aufgepasst?«

Jolanda öffnete erneut die Terrassentür, sie bekam kaum noch Luft.

»Er sprach mit Lorenz darüber und erklärte ihm, dass er mit dem Baby nach Italien zu seiner Familie gehen werde. Er könne Florentine jetzt nicht mehr helfen.

Am besten sei wohl, sie in eine Nervenklinik oder zurück zu ihrer Familie zu bringen. Er werde sich jetzt ausschließlich um das Kind kümmern. Dann war er mit dem Mädchen weg, und auch sein Bruder Alfredo ließ sich nicht mehr in der Klinik sehen.«

Jetzt musste auch Onkel Helmut an die frische Luft. So lange hat er die Geschehnisse nicht mehr aus dem Inneren geholt.

Sie waren Vergangenheit, aber wiederum auch nicht. Das Schicksal ließ es anscheinend nicht zu, die Geheimnisse für immer zu verbergen. Sie kommen ans Licht, ob man das will oder nicht. Er setzte sich wieder und blickte in die Runde.

»Lorenz hatte nicht nur Mitleid, er hatte sich inzwischen auch in Florentine verliebt. Und obwohl er nicht wusste, wie lange ihr Zustand anhalten würde, nahm er sie, als er ihren Verbleib in der Klinik nicht mehr vertreten konnte, mit nach Hause und betreute sie mit viel Geduld. Nach ein paar Wochen versuchte er es dann mit einem heilsamen Schock, indem er ihr sagte, dass er sie zu ihrer Familie bringen werde, weil Franco weg sei.«

Idas Hände zitterten vor Aufregung und Mitleid mit Florentine.

»Daraufhin verfiel sie in einen Heulkrampf, fing wieder an, richtig zu sprechen, und erholte sich ganz langsam. Zwei Jahre später heirateten sie. Ob es die wahre Liebe war, weiß ich nicht.

Nach ihrer Tochter hat sie nicht mehr gefragt. Was sie dachte und vor allem, was sie fühlte, weiß ich bis heute nicht.«

Helmut machte eine kurze Pause. Er trank sein Wasserglas leer, denn er hatte total trockene Lippen.

»Eines Tages erklärte mir Lorenz, dass er eine eigene Praxis gekauft habe, und ich selbst bin dann kurze Zeit später für drei Jahre beruflich nach Amerika gegangen. Wie ich von meinem Bruder am Telefon erfahren habe, gab es dann irgendwann ein Treffen mit Helene in Wiesbaden, aber was dabei besprochen wurde, war und blieb ein Geheimnis zwischen Lorenz, Florentine und Helene.«

Helmut strich sich über die Augen. So manches musste er sich auch erst wieder mühselig aus der Erinnerung hervorkramen.

»Mehrere Monate später erzählte mir mein Bruder dann, dass sie ein Kind adoptieren würden, weil Florentine keine Kinder mehr bekommen könne. Auf meine Frage, was mit ihrer Tochter sei, antwortete er nicht und bat mich, das Thema nicht mehr anzusprechen.

Und somit kamst eines Tages du, Jolanda, in unser aller Leben. Also, jede Spekulation in alle Richtungen verbietet sich hier. Ich kann dir leider nichts darüber sagen, wo und wie es zu der Adoption kam. Ich habe dich erst als fast vierjähriges Mädchen kennengelernt.«

Jolanda liefen die Tränen über die Wangen. Sie schwieg.

»Du musst deshalb nach Italien und versuchen, Franco zu finden, um zu hören, was aus ihm und seiner Tochter geworden ist. Wie du selbst gesehen hast, sind Helenes Briefe auch aus Italien gekommen. Vielleicht findest du sie oder Giovanni, damit diese Fragen auch noch geklärt werden können. Und jetzt habe ich alles erzählt, was ich weiß.«

»Oje, was haben sich denn da für Schicksale abgespielt?«

Jakob schüttete unentwegt den Kopf. Dann sprach er leise weiter: »Bei uns hier im Dorf ging es ja auch zu wie in einem bösen Theaterstück, das ein schlechter Regisseur inszeniert haben musste.«

Alle Augen richteten sich jetzt auf ihn.

»Als nämlich die beiden Mädchen weg waren, ließ Vater den Hof nach und nach verlottern. Unsere Mutter versuchte mit aller Kraft dagegenzuhalten, aber er fing dann an, uns alle jeden Tag anzuschreien, auszupeitschen und zu schlagen. Wann immer eine Kleinigkeit danebenging, setzte es eine Tracht Prügel.«

Alle schwiegen, schauten ihn aufmerksam an und warteten auf seine weiteren Ausführungen.

»Mein Bruder Friedrich musste dabei am meisten leiden. Der war schon am ganzen Körper grün und blau und schuftete trotzdem von morgens bis abends. Nichts, was er machte, genügte dem Vater. Drei Jahre ging das so, und dann kam der große Schock, den niemand in dieser Form erwartet hatte: Unser Vater, der früher einmal so liebevoll gewesen war, erhängte sich auf dem Dachboden. Friedrich fand ihn, und ich glaube, dass er sich selbst die Schuld gab, weil er dessen Erwartungen nicht erfüllen konnte.«

Ida nickte unentwegt zustimmend.

»Wieder einmal wurde die Familie zum Thema des Dorfes, und die Spötter walteten ihres Amtes. Unserer ohnehin schon geschwächten Mutter gab die Situation den letzten Rest, der dafür sorgte, dass ihr Lebenswille gebrochen wurde. Aus lauter Gram folgte sie ihrem Mann ein paar Monate später ins Grab.«

Helmut hielt nichts mehr auf seinem Stuhl. Wie schon des Öfteren an diesem Nachmittag, brauchten sie immer wieder Pausen und frische Luft, um das Gehörte irgendwie aufnehmen zu können. Jakob bat ihn, wieder Platz zu nehmen, damit er weiter berichten konnte.

»Ich kleiner Knirps hatte dann sehr viel Glück. Tante Ida nahm mich im zarten Alter von zehn Jahren in ihre Familie auf. Ich habe mir damals schon geschworen, dass ich so viel arbeiten werde, dass es uns allen gut geht. Aber mein Bruder konnte genau das eben nicht. Anstatt sich von den Schuldgefühlen zu befreien und den Hof wieder erfolgreich zu führen, hat er angefangen zu trinken.«

Es folgte erneut minutenlanges betretenes Schweigen. Dann öffneten sie die Fotoalben und vertieften sich auch bildlich in die Vergangenheit. Jakob und Ida hatten ebenfalls Bilder auf den Tisch gelegt, die alle interessiert betrachteten.

Edith zauberte ein wunderbares Abendessen, und alle freuten sich über diese Einladung. Bei einem abschließenden Kaffee zogen sie noch einmal ein Resümee dessen, was sie gehört und erfahren hatten.

Jolanda wusste gar nicht, wie sie ihrer Enttäuschung Luft verschaffen sollte.

»Ich bin unzufriedener als zuvor, muss ich euch sagen.«

»Warum, Jolanda?«

Helmut nahm ihre Hand, die auf dem Tisch lag.

»Du weißt, wie und warum Florentine nach Wiesbaden kam, wie sie meinen Bruder kennenlernte und was hier im Dorf passierte. Was fehlt dir, außer deiner eigenen Familie?«

»Sie hatte ein Kind, ein Mädchen. Wo ist sie, und wie heißt sie? Und warum hat sie nie nach ihr gesucht oder von ihr erzählt?

Weshalb hat dieser Franco sich nie gemeldet? Ich habe immerhin ein paar Liebesbriefe gefunden, also muss es zwischen den beiden ja nicht gleich zu Ende gewesen sein.«

Edith nickte ihr zu.

»Da war bestimmt das schlechte Gewissen, das sie zum Schweigen brachte. Du hast aber Recht, Jolanda. Ich habe auch mehr Fragen als Antworten. Was muss wohl in ihr vorgegangen sein, dass sie das eigene Kind nicht lieben konnte oder wollte? Weshalb konnte sie es nicht bei sich haben? Dann hatte sie später ein adoptiertes Mädchen. Das muss doch schlimm gewesen sein, nicht beide Kinder, um sich zu haben.«

»Und was ist aus Helene geworden?«, fügte Ida schließlich leise hinzu.

Jolanda stand auf.

»Mutter und ich hatten einen gewissen emotionalen Abstand, der sich so gut wie nie aufgelöst hat. Papa hat sich immer dazwischengeworfen und versucht, die Defizite auszugleichen. Sogar ihr Abschiedsbrief war kalt und knapp, eher geschäftsmäßig.«

Dann setzte sich wieder hin. Irgendwie konnte sie sich nicht in Florentines Lage hineinversetzen.

»Zumindest war sie, nach dem was wir jetzt wissen, eine gefühlsmäßig arme Frau, vielleicht die emotional einsamste Frau der Welt. Wie kann man jahrzehntelang so leben, frage ich mich.«

»Meine arme Florentine! Sie tut mir so leid.«

Ida blickte mit Tränen in den Augen in die Runde.

»Ich möchte auch noch ein paar abschließende Gedanken und Worte zum heutigen Tag finden und mich dann gerne zurückziehen«, erklärte sie, denn aus ihrer Stimme war die Erschöpfung deutlich herauszuhören.

»Ich weiß, dass mein Bruder mit dem Hof und seiner Familie völlig versagt hat. Er hätte das mit den Mädchen nicht tun dürfen, obwohl die Zeit eine andere war und manches darin seine Erklärung findet.

Aber sein eigen Fleisch und Blut schickt man nicht weg.

Er selbst ist anschließend überhaupt nicht mit der

Schuld, die er auf sich geladen hatte, fertig geworden, und er ist durch seinen Selbstmord auch am Tode seiner lieben Frau schuld. Die allergrößte Schuld hat er aber auf sich geladen, indem er seine Kinder und seine Frau jeden Tag verprügelt hat. Er hat damit den Grundstein gelegt für die Sucht seines Sohnes Friedrich.«

Alle stimmten ihr zu. Und als Jakob die Hand hob, um etwas zu sagen, brachte sie ihn mit einer Handbewegung zum Schweigen.

»Jakob, es ist unsere Aufgabe, deinen Bruder und seine Familie aus diesem Sumpf herauszuziehen. Egal wie und egal wann.«

Sie drückte Jakob liebevoll am Arm, dann wanderte ihr Blick weiter.

»Und du, Jolanda, du fährst ja nach Italien. Bring uns ganz viele Informationen über Helene und ihren italienischen Freund und vielleicht auch über Florentines Mädchen und ihren Vater Franco.

Und wer weiß, vielleicht ergeben sich daraus noch ein paar andere fehlende Puzzleteile aus Florentines Leben. Aber entschuldigt mich jetzt bitte, ich muss mich hinlegen.«

Helmut erhob sich.

»Wir werden dann auch zum Gasthof aufbrechen. Der Tag war lang und intensiv.«

»Ja, das verstehe ich,« antwortete Jakob. Er schob seine Tasse zurück und legte die Arme auf den Tisch.

»Ich möchte euch beide aber herzlich einladen, mit uns den Heiligen Abend zu verbringen. Es wäre schön, wenn wir das Fest als Familie gemeinsam feiern würden.«

Jolanda und Helmut blickten sich kurz an, dann nickten sie erfreut.

»Das ist aber sehr nett, dass ihr uns dabeihaben wollt. Wir nehmen die Einladung gerne an. Vielen Dank.«

Jolanda rückte näher an Jakob heran und umarmte ihn herzlich.

Und so vergingen die Urlaubstage und die beschaulichen Feiertage in Harmonie mit der Familie.

Der Jahreswechsel schloss die Riege der Festlichkeiten ab.

Franco in Taormina

Gleich in den ersten Januartagen erledigte Jolanda zu Hause in Frankfurt die wichtigsten Dinge und die Post, die während ihrer Abwesenheit liegen geblieben waren.

Bereits Mitte des Monats flog sie dann nach Catania. Sie hatte sich am Flughafen einen Mietwagen reserviert, sodass sie bequem nach Taormina fahren konnte.

Von dort waren damals Francos Briefe gekommen. Sie befürchtete, dass es sehr schwer werden könnte, wenn die alte Adresse nicht mehr aktuell war.

Die Fahrt mit dem Auto verlief unspektakulär und reibungslos. Ihr Hotel lag im alten Ortskern, etwas weiter oben auf einer Terrasse des Berges, sodass Jolanda einen wunderbaren Blick auf die Bucht hatte.

Das Zimmer war natürlich nicht zu vergleichen mit dem Gasthof im Schwarzwald, sie hatte hier selbstverständlich sehr viel mehr Auswahl an Unterkünften und war dementsprechend wählerisch gewesen.

Wenn schon Italien, dann richtig, hatte sie sich vor ein paar Tagen bei der Buchung gedacht.

Das Thermometer zeigte angenehme vierzehn Grad, sodass sie sich gleich sehr wohlfühlte.

Zwei Tage wollte sie sich Zeit nehmen und die Stadt

erwandern, Kraft schöpfen und dann erst versuchen, bei der alten Adresse fündig zu werden.

Am Nachmittag, als sie sich eingerichtet hatte, saß sie mit einer Decke in einem bequemen Sessel auf der Hotelterrasse und gönnte sich einen Cappuccino, während sie unter den wärmenden Sonnenstrahlen in ihrem Buch las.

Der tolle Ausblick und das Meer lenkten sie aber immer wieder ab. Sie konnte sich nicht sattsehen. Und da relativ wenige Gäste die Terrasse aufsuchten, gab ihr die Ruhe auch immer wieder Gelegenheit, an ihre Mutter zu denken, an diesen Franco und an das Baby – oder besser gesagt an die Frau, die wohl ein klein wenig älter war als sie selbst und so etwas wie ihre gefühlte Schwester.

Wie sie wohl ihre Kindheit verlebt hatte, so ohne Mutter? Was war damals passiert, dass jahrzehntelang kein Kontakt bestand?

Jolanda klappte das Buch zu und brachte es auf ihr Zimmer. Dort zog sie sich um, steckte einen Brief von Franco und ihr Handy in die Handtasche und machte sich jetzt doch spontan auf den Weg zu der auf dem Brief vermerkten Anschrift.

Es war eines dieser typischen Häuser, die mit Natursteinen in die Steillage hineingebaut waren. Kleine Fenster und blaue Fensterläden schmückten die Fassade, und die Haustür stand offen.

Jolanda blieb in einiger Entfernung stehen. Sie schaute sich auf der Straße um, weil sie noch etwas Zeit gewinnen wollte.

Was hätte sie jetzt darum gegeben, wenn Helmut da gewesen wäre, aber sie hatte sein Angebot abgelehnt, weil sie glaubte, diesen Weg alleine gehen zu müssen.

Ihre Hände waren feucht vor Aufregung, obwohl nach so vielen Jahrzehnten ihre Hoffnung nicht sehr groß war, jemanden aus dieser Familie anzutreffen.

Und wie schon vor einigen Wochen im Schwarzwald schlich sie auch heute in Richtung der Tür und des Briefkastens.

»Calmieri«, flüsterte sie. Da wohnte doch tatsächlich noch jemand aus der Familie.

In ihrem Kopf kramte sie rasch ihre etwas eingeschlafenen Italienischkenntnisse hervor und hoffte, dass man sie gut verstehen konnte.

Sicherlich würde sie nicht lange brauchen, denn sie war sprachbegabt und konnte sich privat und geschäftlich sehr gut auf Englisch, Spanisch, Französisch und eigentlich auch Italienisch ausdrücken.

Allerdings hatte sie in den letzten Jahren eben mit Italienisch etwas wenig zu tun gehabt, sodass sie sich erst wieder einfühlen musste. Mutig drückte sie auf die Klingel, die an der der Seite angebracht war.

Eine hochbetagte Frau kam heraus und lächelte sie freundlich an.

»Buongiorno, wie kann ich Ihnen helfen?«

»Buongiorno, entschuldigen Sie bitte. Ich komme aus Deutschland und bin auf der Suche nach einem alten Freund meiner Mutter.«

»Und wie kommen Sie gerade auf uns?«

»Meine Mutter ist vor wenigen Monaten verstorben. Ich habe Briefe gefunden, die von einem Franco Calmieri stammen und hier von dieser Adresse abgeschickt wurden.«

Die Frau fasste sich ans Herz. »Mamma Mia! Du suchst Franco?«

»Ja, ich bin Jolanda.«

Sie streckte der alten Dame die Hand hin, um etwas Vertrauen aufzubauen und sie nicht allzu sehr aufzuregen.

»Ist er hier?«

»Ja… nein, ich meine, er ist unten am Strand in seinem Ristorante.«

»Oh, er hat ein Ristorante? Das ist schön. Und wer sind Sie, wenn ich fragen darf? Seine Mutter?«

»Ja, ich bin seine Mamma.«

Jolanda sah, dass ihre Augen wachsam darauf lauerten, was da wohl mit der Fremden auf sie zukommen könnte.

Sie selbst hatte auch ein komisches Gefühl im Bauch, denn sie wusste ja nicht, was damals vorgefallen war. Es konnte durchaus sein, dass sie auch hier in Taormina vertrieben würde.

»Möchten Sie sich setzen und mir erzählen, warum Sie hier sind?«

»Ja, nein, vielleicht… Ich weiß nicht.«

Jolanda schüttelte den Kopf.

»Ich überlege, was wohl das Bessere ist, schließlich bin ich so etwas wie eine Überraschung aus der Vergangenheit.«

»Ja, das stimmt auch wieder. Mein Franco wird ohnehin aus allen Wolken fallen. Hoffentlich bekommt er keinen Herzkasper. Ich bin übrigens Carlotta.«

Sie wischte sich die Schweißperlen von der Stirn, die wohl eher der Aufregung geschuldet waren als den sizilianischen Temperaturen im Januar.

»Ich glaube, ich gehe zuerst einmal ins Ristorante. Wir können uns dann später, wenn ich hier überhaupt richtig bin, alle zusammensetzen. Einverstanden?«

»Wie Sie wollen«, antwortete Carlotta etwas pikiert. Es gefiel ihr ganz und gar nicht, dass sie, die Mamma der Familie, hier übergangen werden sollte.

Jolanda bemerkte das, aber es war ihr völlig egal. Sie musste einen Schritt nach dem anderen machen. Deshalb antwortete sie einfach nur: »Bis später und vielen Dank für das nette Gespräch. Ach so, wie heißt denn das Ristorante, und in welcher Straße finde ich es?«

»Ganz einfach. Runter bis zur Via Nazionale. Direkt am Strand, die *Trattoria Franco*.«

»Danke, das finde ich.«

Sie nickte Carlotta mit einem Lächeln zu und marschierte los.

Mit der Seilbahn fuhr sie hinunter zum Strand, denn sie hatte es erst einmal eilig und konnte so gleich das Angenehme mit dem Nützlichen verbinden. Der Blick von der Gondel über die Bucht war unbeschreiblich schön. Die wenigen Minuten der Fahrt vermittelten ihr einen traumhaften Ausblick auf Castelmola und die Bucht von Letojanna.

Das Meer glitzerte in der Sonne, und im Hintergrund ragten die Felsen gen Himmel. Eine malerische Kulisse, wie das Motiv einer Postkarte.

Unten angekommen nahm sie den Weg in Richtung Strand und fragte einen Eisverkäufer nach Francos Restaurant.

Dank seiner Hilfe entdeckte sie schon nach ein paar Gehminuten die Tische und den Eingang der Trattoria, und wie schon öfter in den letzten Wochen hielt sie einen Moment inne und beobachtete zuerst die Szenerie.

Es war zum jetzigen Zeitpunkt nur mäßig voll. Die Hauptzeit für das Mittagessen war bereits durch, und die Angestellten arbeiteten fleißig daran, die Tische zu säubern, aufzuräumen und neu einzudecken.

Also setzte sie sich an einen Tisch, der etwas abseitsstand, und bestellte einen Salat und ein Wasser.

Nachdem sie in aller Ruhe gegessen hatte, bat sie den Kellner, Franco Calmieri an ihren Tisch zu rufen, weil sie ihn privat sprechen wolle.

Eine gefühlte Ewigkeit später stand er dann vor ihr, ein attraktiver, ja, man könnte auch sagen, ein schöner Mann mit schwarzgrau melierten Haaren, einer von der Sonne gebräunten Haut und blitzenden blauen Augen.

Er begrüßte sie mit der unwiderstehlichen italienischen Galanterie, indem er sich vor ihr verbeugte.

»Sie wollten mich sprechen, Signora?«

»Ja, ich kann das aber nicht in zwei Minuten erklären. Haben Sie etwas Zeit, um sich zu mir zu setzen?«

»Hm, Sie machen mich neugierig. Ich hoffe, es ist nichts Schlimmes?«

Er legte die Stirn in Falten, weil er schon bemerkt hatte, dass Jolandas Aussprache nicht die einer Italienerin war.

Sie lächelte ihn an, während er sich setzte.

»Nein, ich bin Jolanda und komme aus Wiesbaden.«

Seine Augen weiteten sich, und seine Hände strichen fahrig über die rot karierte Tischdecke.

Wiesbaden, Deutschland, das war für ihn bis heute so weit weg wie der Mars.

»Jolanda aus Wiesbaden?«

Das ist Jolanda heute, dachte er und schaute sie aufmerksam an. Dann legte er die Hände vor das Gesicht. Plötzlich tauchte Florentine vor seinem geistigen Auge auf und lächelte ihn zuerst an, dann hob sie die Hände und schob ihn wieder weg.

»Hallo Franco, wo sind Sie denn mit Ihren Gedanken?«

Jolanda rüttelte besorgt an seinem Arm.

Er nahm die Hände nach unten und blickte sie an.

»Entschuldigen Sie bitte, ich bin nur so erschrocken über diesen unverhofften Besuch. Ausgerechnet aus Wiesbaden kommen Sie. Ich habe mein halbes Leben damit zugebracht, alle Gedanken an meine Zeit in Deutschland in die letzte Zelle meines Gehirns zu verbannen. Und nun, nun sind plötzlich Sie da.«

»So schlimm?«, fragte Jolanda mitfühlend.

»Schlimmer!« Jetzt lächelte er aber schon wieder.

In diesem Moment bog Carlotta um die Ecke und setzte sich einfach zu ihnen, ohne zu fragen.

»Mamma, was machst du denn hier?«, fragte Franco entrüstet.

»Was wohl? Besuch aus Deutschland! Da kann ich doch nicht einfach abwarten, mein Sohn.«

»Nein, das kannst du nicht. Dazu bist du viel zu neugierig.«

Franco schüttelte den Kopf.

»Das ist doch verständlich«, meinte Jolanda entgegenkommend und fing einfach an zu sprechen.

»Also, ich bin Jolanda und habe bis vor ein paar Wochen geglaubt, dass Florentine meine Mutter ist. Aber sie hat mir nach ihrem Tod eine Kiste mit Briefen, Fotos und anderen Dokumenten hinterlassen, die meine bis dahin heile Welt einstürzen ließen. Ich kann das immer nur mit den gleichen Worten erklären: Mir zog es den Boden unter den Füßen weg.«

Franco nickte ihr zu.

»Das kann ich verstehen.«

»Ich bin gar nicht ihre leibliche Tochter, und aus diesem Grund bin ich seit November unterwegs auf einer Reise in die Vergangenheit, um alles über die Familie Abele und auch über meine richtige Familie herauszufinden.«

Franco stand auf und legte seine Hand auf ihre.

»Warte bitte einen Moment. Ich muss mir kurz die Füße vertreten.«

Jolanda wartete geduldig, bis er sich wieder gesetzt hatte und sie weitermachen konnte.

»Zunächst habe ich ein paar Wochen in Hertenbach verbracht – ich wusste gar nicht, dass Florentine aus dem Schwarzwald kam –, und dort konnte ich zwei Brüder von ihr finden.

Helmut, der Bruder meines Adoptivvaters, hat mir wiederum Einiges aus Florentines erster Zeit in Wiesbaden erzählt, aber er wusste ganz wenig über eure Tochter und auch nichts über eure Trennung.«

Franco nickte.

»Ich kannte Helmut flüchtig.«

Jolanda ging nicht näher darauf ein, sondern redete einfach weiter.

»Ein paar Briefe von einem Franco Calmieri mit seiner Adresse führten mich hierher nach Taormina, und ich glaube, an eurer Reaktion zu erkennen, dass ich hier richtig bin.«

Sie lehnte sich im Stuhl zurück und schaute die beiden aufmerksam an.

Franco winkte einem seiner Mitarbeiter und bat ihn, eine Karaffe Wasser und für alle einen Espresso zu bringen.

Er fuhr sich mit gespreizten Fingern durch die Haare und starrte für mehrere Minuten auf das Meer, das in der Sonne glitzerte.

Dann wandte er sich Jolanda zu und begann leise zu erzählen: »Wiesbaden, das war für mich eine sehr schlimme Zeit. Mein Bruder setzte mich wegen der Kosten für unseren Unterhalt unter Druck, und Florentines Zustand nach der Geburt war schrecklich. Der einzige Lichtblick war mein Kind, mein Töchterchen, aber ich konnte es nicht ernähren, nicht wie ein Vater versorgen.«

Er wischte sich über die Augen, als könnte er damit die schrecklichen Bilder beiseiteschieben.

»Ich sah nur noch einen Ausweg, ich musste mit dem Kind zurück nach Italien, in den Schoß meiner Familie. Mir schien ein armes Leben auf Sizilien zu führen war besser als ein aussichtsloses Leben in Wiesbaden.«

Carlotta hatte schon die ganze Zeit zustimmend genickt und schaltete sich jetzt auch in das Gespräch ein.

»Ja, das war damals für uns alle sehr schwer. Anstatt jeden Monat Geld aus Deutschland zu schicken, kam er mit einem kleinen Kind, das noch mehr Kosten verursachte.«

Jolanda antwortete ihr nicht, sondern blickte unvermindert Franco an.

»Ich habe noch viele Briefe von dir gefunden. Hast du gehofft, dass sie zu dir nach Italien kommt?«

»Ja, das glaubte ich damals ganz fest. Ich war der Meinung, dass sie nach einer gewissen Zeit eine mütterliche Sehnsucht nach ihrem Mädchen entwickeln würde – und natürlich auch ein wenig nach mir. Immerhin hatte sie sich geweigert, das Kind abzutreiben, und den Bruch mit ihrer Familie in Kauf genommen.«

Franco fuhr sich mit der Zunge über die Lippen. Zu sehr wühlte ihn das Ganze auf.

Jolanda fühlte mit ihm, und es tat ihr leid, dass er noch einmal in die Vergangenheit eintauchen musste.

»Wie war es dann für dich, als du mit einem Baby nach Hause gekommen bist?«

Franco schüttelte den Kopf und fasste sich erneut ins

Gesicht.

»Das kann ich dir auch erzählen«, mischte sich Carlotta ein. Sie wartete eine Antwort gar nicht erst ab, sondern legte sofort los.

»Ich kam gerade aus der Kirche, da sah ich ihn die Straße hochkommen, mit einem Bündel Mensch im rechten Arm und in der anderen Hand einen Koffer.

Ich dachte, mich tritt ein Pferd, als ich ihn erkannte. Niemand von uns hätte gedacht, dass er so schnell wieder zurückkommen würde, und unser Alfredo in Wiesbaden weigerte sich auch noch, weiterhin Geld aus Deutschland zu schicken.«

Carlotta strich die Tischdecke glatt, obwohl das gar nicht nötig war.

»Er dachte, dass es sich Franco zu einfach gemacht hatte, indem er nur nach Sizilien zurückging, weil er in Deutschland keine Arbeit fand. Alfredo unterstellte seinem Bruder sogar, dass er in Sizilien nur auf sein in Wiesbaden hart erarbeitetes Geld wartete. Dabei ging es Franco nur um sein Kind und nicht darum, seinem Bruder auf der Tasche zu liegen.«

Carlotta hielt inne und nippte an ihrem Espresso. Sie fror innerlich, wenn sie an diese schwere Zeit zurückdachte.

»Weißt du, Jolanda,« sagte sie.

»Es waren wirklich extrem harte Jahre. Die Familien schickten damals ihre Söhne, Väter und Ehemänner nicht einfach mal so als Gastarbeiter in ein fremdes Land, dessen Sprache sie nicht beherrschten. Es war schlicht und ergreifend der Hunger und die Not, die sie diesen bitteren Weg gehen ließen.«

Ihre Stimme versagte, weil sie mittlerweile in Tränen ausgebrochen war. Die Erinnerungen verlangten ihr einiges ab.

»Mama, lass das doch. Es ist nicht nötig, dass du dich aufregst. Geh nach Hause. Ich mache das schon.«

Franco stand auf und reichte seiner Mutter die Hand. Er wollte nicht, dass sie ihr schwaches Herz belastete. Mit sanfter Gewalt zog er sie hoch und schob sie in Richtung Straße.

»Entschuldige bitte, Jolanda, aber das ist zu viel für sie.«

Jolanda winkte ab.

»Ich bitte dich, du musst dich doch nicht für deine Fürsorge entschuldigen. Wir haben reichlich Zeit. Kannst du uns bitte noch einen Kaffee bestellen?«, fragte sie lächelnd und schob ihre leere Tasse an den Rand des Tisches.

»Oh, entschuldige. Ich bin gerade ein unaufmerksamer Gastgeber.«

Er kümmerte sich sofort um Jolandas Bitte. Als sie mit Getränken versorgt waren, konnten sie sich wieder der Vergangenheit zuwenden.

»Dann werde ich dir ein wenig über die ersten Jahre nach meiner Rückkehr berichten.«

Jolanda nahm einen Schluck aus ihrer Tasse.

»Ja, ich bin ganz gespannt.«

»Also, ich kam hier an und drückte meiner Mutter meine kleine Tochter in den Arm. Sie schaute sie lange an, weinte und schniefte vor Freude, Angst, Sorge und was weiß ich alles. Und nachdem wir anschließend die Kleine versorgt und in Mammas Bett gelegt hatten, erzählte ich ihr alles. Auch dass ich die große Hoffnung hatte, dass Florentine doch noch kommen würde.«

Er schwieg einen Moment, um die Bilder aus der Erinnerung zu holen.

»Zunächst musste ich aber das Kind bei den Behörden anmelden, dabei hatte ich noch nicht einmal einen Namen für sie. Ich habe Florentine in mindestens zehn Briefen gebeten, mir zu schreiben, wie wir sie nennen sollen. Leider bekam ich nie eine Antwort. Ich nannte die Kleine dann Alida, und ihre Oma übernahm überwiegend die Erziehung, während ich auf Arbeitssuche war.«

Ein zartes Lächeln stahl sich auf sein von der Frühlingssonne gebräuntes Gesicht.

»Und das war vielleicht ein Spießrutenlauf, kann ich dir sagen. Ich bin ja damals deshalb nach Deutschland, weil nicht so viele Pflücker in den Olivenhainen gebraucht wurden, wie hier herumliefen, und Sizilien selbst war schon immer etwas ärmer als der Rest Italiens. Meine Mutter hat mir leidgetan, sie ist in dieser Zeit fast verzweifelt, weil wir alle nicht genug zu essen hatten. Sie war jeden Tag bei den Bauern unterwegs und bettelte um ein bisschen Brot oder ein paar Tomaten, was sie natürlich sehr belastete. Sizilianische Mammas sind sehr stolz, und um Nahrung zu bitten, ist schon nicht ganz einfach, musst du wissen.«

Er machte eine kleine Pause.

Jolandas Herz zog sich zusammen, und ihre Augen wurden feucht, als sie sich vorstellte, wie eine stolze Mutter um Tomaten bettelte.

»Es tut mir weh, Franco, dass du so viel mitmachen musstest.«

Er winkte ab und griff zu seinem Wasserglas. »Nachdem ich monatelang verzweifelt Arbeit gesucht hatte, ging ich hier am Strand entlang und betrat jedes Restaurant. Ich bot mich an, wie sauer Bier, ganz egal, was es zu tun gab, für viel und für wenig Geld und am Schluss auch für gar kein Geld, auch nur für ein bisschen Essen, das die Gäste übrig gelassen hatten.«

Jolanda schlug vor Schreck die Hand vor den Mund, als sie sich das vorstellte. Schon wieder hörte sie von so schlimmen Dingen, ähnlich denen, die sie im Schwarzwald und in Wiesbaden verarbeiten musste. Auf jeden Fall viel Mühe, Elend, Hunger und Not.

Wenn sie richtig nachdachte, waren es bereits zwei Familien, die wegen strengster Sitten in der Bevölkerung und massiver Vorurteile gegenüber Fremden unendlich viel zu leiden hatten.

Jolanda zuckte zusammen, als Franco wieder zu reden begann.

»Und dann, dann trat ich an einem dieser Tage da vorne durch diese Tür.«

Er zeigte mit der Hand zum Eingang.

»Da vorne?«

Jolanda musste lächeln.

»Das ist aber eine Überraschung.«

»Ja! Ich habe eine halbe Stunde auf den Chef einge-
quatscht. Zum Schluss hielt er sich die Ohren zu und
sagte mir, dass ich jetzt still sein solle. Ich könne bei ihm
arbeiten, müsse aber alles machen, was anfällt, vom Tellerwäscher über die Küchenhilfe, Pizzabäcker und Ser-
vicemitarbeiter bis zum Strandaufseher. Er könne nicht
so viel bezahlen, erklärte er mir, dafür bekäme ich nach
Feierabend die Essensreste mit. Wenn wenig Kunden
kämen, könnte es sein, dass ich gar kein Geld bekomme.
Aber wenn viele kämen, würde er auch mehr zahlen. Mir
war alles egal, Hauptsache Arbeit. Was für ein Glücks-
griff das für uns alle war, begriffen wir erst Jahre später.«

»Und wie war es dann wirklich?«

»Am Anfang war es ein ewiges Hin und Her, mal Arbeit, mal keine, mal Geld, dann wieder keines.

Aber mein Chef konnte ja auch nicht viel machen.
Weißt du, der Tourismus war in dieser Zeit noch in den
Kinderschuhen und lange nicht das, was er heute ist.«

Jolanda verstand. Sie wusste, dass in der damaligen
Zeit die meisten Menschen von einer Reise nur träumen
konnten.

»Sizilien hat man immer mit der Mafia gleichgesetzt
und sich die schrecklichsten Dinge vorgestellt. Da war
noch nichts mit Massentourismus so wie heute.«

Er grinste kurz und zwinkerte ihr zu.

»Und wie war das Leben mit deiner Tochter?«

Jolandas Frage zauberte ein stolzes Lächeln auf Francos Gesicht, und seine Augen begannen zu strahlen.

»Wie schon gesagt, es war nicht leicht. Aber die ganze

Familie kümmerte sich liebevoll um unser Baby, und so wuchs Alida zwar arm, aber sehr behütet und auch glücklich auf, glaube ich. Als sie fünf Jahre alt war, zogen dunkle, nein, rabenschwarze Wolken auf.«

Franco stand wieder auf, sein Blick verdunkelte sich zusehends, und Jolanda konnte ahnen, dass er sich nicht gerne an diesem Punkt der Geschichte aufhielt.

»Wollen wir ein paar Schritte gehen?«, bat er.

»Ja, gerne. Was ist denn passiert?«, fragte sie, als sie den Weg in Richtung Strand einschlugen.

»Mein kleines Mädchen wurde von einem Tag zum anderen krank. Erst dachten wir, dass es ein Infekt sein könne, weil sie so blass war. Zudem wollte sie nur schlafen und gar nicht aufstehen.

Als sich das aber verstärkte, sie Fieber bekam, kaum noch Appetit hatte und auch nach mehr als zwei Wochen keine Besserung in Sicht war, fuhr ich mit ihr zum Arzt. Zwei Tage danach kam die Horrordiagnose: Meine Süße hatte Leukämie.«

Franco traten noch jetzt bei der Erinnerung daran die Tränen in die Augen, so einschneidend war dieser Tag in seinem Leben gewesen.

Jolanda blieb abrupt stehen und fuhr sich mit der Zunge über die trockenen Lippen.

»Oh, das muss sehr schlimm für euch gewesen sein. Wie ging es dann weiter? Hast du Florentine kontaktiert?«

Franco blieb stehen und lachte hart auf.

»Was sich dann abspielte, spottete jeder Beschreibung.«

»Warum?«

»Für Alida begann die für diese Krankheit übliche Odyssee im Krankenhaus. Dazu musst du wissen, dass damals der Behandlung noch sehr enge Grenzen gesteckt waren, gerade auch für Kinder. Und dann gehörten wir auch noch zu den armen Leuten, die nicht einfach mal so ins Ausland fahren oder nach Amerika fliegen konnten. Es war die Katastrophe schlechthin. Wir mussten hilflos zusehen, wie sie litt und trotzdem gegen die Krankheit ankämpfte. Alle aus der Familie waren am Rande des Zusammenbruchs.«

Franco hielt inne, verdrückte die Tränen und Jolanda stand etwas hilflos neben ihm. Was er ihr erzählt hatte, ließ sie erschaudern. Wieder fiel ihr auf, dass ihr nicht zum ersten Mal, seit sie in dieser Familienangelegenheit unterwegs war, dramatische Situationen und Vorkommnisse unvorbereitet entgegenschlugen.

»Komm, setzen wir uns da drüben auf die Steine.«
Jolanda zeigte mit der Hand auf einen kleinen Mauervorsprung neben einer Strandbar.

Er nickte mechanisch und steuerte das Mäuerchen an.

Als sie sich gesetzt hatten, erzählte er weiter, dabei schaute er Jolanda mit seinen traurigen Augen an.

»Nach Aussage der Ärzte hing ihr Leben nur noch an einem seidenen Faden, als zufällig an einem der schlimmen Tage ein Professor aus Rom an einer Ärztetagung zum Thema Leukämie teilnahm und deshalb zu Gast in unserer Klinik war. Er nahm zusammen mit dem Klinikleiter an der Visite teil, und als er zu uns ins Zimmer kam und erklärt bekam, wie der Stand der Dinge war, schaute er Alida an und gab ihr zur Begrüßung die Hand.«

Franco stand wieder auf und schaute auf das blaue Meer.

»Er plauderte mit ihr und fragte sie dennoch auf eine spielerische Weise aus, wie es ihr ging. Dann bat er mich auf den Flur und erzählte mir von einer möglichen Rückenmarktransplantation. Allerdings funktioniere das wegen der Eile unter Geschwistern oder mit ganz viel Glück in der engsten Familie. Er wollte mir keine übermäßige Hoffnung machen, aber einen Versuch sei es wert.«

»Aber du hattest doch für deine Tochter gar keine Geschwister!«

Jolandas Herz klopfte bis zum Hals. Sollte er ihr jetzt auch noch erzählen müssen, dass er seine Tochter verloren hat? Vor Sorge hielt sie den Atem an.

»Nein, das hatte ich nicht. Sie hatte zu diesem Zeitpunkt keine Geschwister. Also versuchte ich es zunächst bei mir und meinen Geschwistern. Zusätzlich schrieb ich wieder Briefe an Florentine. Ich bat sie, doch zu kommen und sich um ihre Tochter zu kümmern. *Es ist doch dein Fleisch und Blut*, schrieb ich ihr verzweifelt, *und wenn wir keine Hilfe finden, muss sie sterben.* Aber sie antwortete nicht. Dann schrieb ich an die Praxis ihres Mannes. Ich flehte ihn an, Florentine dazu zu bewegen, dass sie prüfen lässt, ob sie für ihre Tochter spenden kann. Aber es kam wieder keine Antwort.«

Er drehte sich um und schaute in das entsetzte Gesicht von Jolanda.

»Mein Bruder Alfredo, der sich in Wiesbaden testen ließ, brachte mich auf eine gute Idee. Er kannte ja Florentines Schwester Helene und schrieb mir, dass sie auch auf Sizilien sei. Die Adresse hatte er noch.«

Jolanda sprang auf und lief aufgeregt hin und her.

»Kannst du mir sagen, warum meine vermeintlich liebevolle Mutter so ein schlimmer Mensch war?«

Franco senkte den Kopf. Mit den Schuhen zeichnete er Linien in den Sand und schwieg für einige Minuten, ehe er schließlich weitersprach.

»Ich habe mich sehr viel informiert und kann ihre Erkrankung gleich nach der Geburt unserer Tochter nachvollziehen und auch verstehen. Sie war nicht die erste und einzige Frau, die unter diesen Symptomen litt, und gerade heute wissen wir besser als damals, dass es häufig nach Geburten vorkommt. Bis dahin bin ich einverstanden. Aber was sich dann nahtlos anschloss in Form von Schweigen, Desinteresse, Ablehnung des kleinen Mädchens, Verrat unserer Liebe, Heirat mit einem anderen Mann und noch mehr solcher unglaublicher Unerklärlichkeiten, – wann immer das auch gewesen ist –, das, Jolanda, das werde ich für den Rest meines Lebens nicht begreifen und ihr nie verzeihen.«

»Ja, das beschäftigt mich ja auch die ganze Zeit. Ich… ich erkenne diese Frau nicht wieder. Ich hatte zwar immer meinen Streit und meine Distanz zu ihr, aber sie war in meiner Wahrnehmung stets eine der Zeit angepasste, bürgerliche Frau, von der man dachte, dass auch ihre Kindheit und Jugend in diesen geregelten Bahnen gelaufen sein musste. Und genau das hat sie mir auch anerzogen und vermittelt. Mir ist das alles ehrlich gesagt schleierhaft.«

»Was sie sich dabei dachte, hat sie wohl mit ins Grab genommen«, antwortete Franco tonlos, verschränkte die Arme vor der Brust, als ob er frieren würde und sich aufwärmen müsste.

»Und hast du Helene erreicht?«

»Ja, das war zwar nicht ganz so einfach, wie ich gedacht hatte, weil die Adresse in dem Dorf nur noch bedingt stimmte. Giovanni wohnte noch da, doch Helene hatte ihn verlassen. Zuerst weigerte er sich, mit ihr zu sprechen, aber als er hörte, um was es ging, hat er sich überwunden und ihr meinen Brief weitergeschickt. Sie antwortete mir sofort und ließ sich dann in der Klinik untersuchen. Leider kam sie nicht infrage, aber ich konnte sie irgendwann überzeugen, uns zu helfen.«

»Und wie hat sie geholfen?«

»Das erzähle ich dir später.

«Franco blickte aufs Meer hinaus, damit sie nicht sehen konnte, wie unangenehm es ihm war und dass er an dieser Stelle nicht im Detail weiterberichten wollte. Aber er hatte wichtige Gründe.

»Aber dann ging alles gut, und deine Tochter wurde wieder gesund? Lass dir doch nicht jedes Wort aus der

Nase ziehen!«

Franco legte ihr väterlich den Arm um die Schultern.

»Ja, mein Schatz wurde wieder gesund. Aber es war ein ganz langer Weg, und wir haben jahrelang bei jeder Nachuntersuchung gezittert und gebangt. Mittlerweile sind ja viele Jahre vergangen, und alles ist gut.«

Er klopfte sich selbst auf den Kopf, um das Glück festzuhalten.

»Das freut mich aber sehr. Es ist das erste schöne Detail, das du mir erzählst.«

»Ja, stimmt. Ich mache dir einen Vorschlag, Jolanda. Wir lassen es für heute gut sein. Genieße noch ein bisschen den Tag in Taormina. Morgen Nachmittag kommst du wieder, und ich erzähle dir den Rest unserer italienischen Geschichte. Ich verspreche dir aber, dass es weit angenehmer sein wird als heute.«

»Das finde ich eine gute Idee«, sagte sie nachdenklich und drückte ihn am Arm.

»Ich bin auch etwas müde. Deshalb fahre ich jetzt mit der Seilbahn nach oben in mein Hotel und lege mich an den Pool. Danke für alles, und grüße deine Mamma von mir.«

Jolanda umarmte ihn dankbar und lief winkend in Richtung Straße.

Im Hotel zog sie sich schnell einen Bikini und ihren Bademantel an, schnappte sich ein Badetuch, fuhr nach unten, sprang in den Pool und schwamm das Becken rauf und runter, ohne anzuhalten. Sie kraulte, als wäre sie in einem Trainingslager für die Schwimmweltmeisterschaften. Es fehlte nur noch der Trainer mit der Trillerpfeife am Beckenrand.

Nach einer guten halben Stunde stieg sie völlig erschöpft aus dem Becken und ließ sich vorsichtig auf eine Liege gleiten.

Aufmerksames Servicepersonal fragte, ob sie einen Wunsch habe, und ganz spontan bestellte sie sich eine Karaffe Wasser mit Zitrone. Dann setzte sie ihre Sonnenbrille auf, legte sich hin und schloss die Augen. Was für ein spannender Tag. Sie hatte so viele Dinge erfahren, von denen sie nie gedacht hätte, dass sie sich zugetragen haben könnten.

Aber wie hatte Helene helfen können? Und wie ging es ihr heute? Was machte Francos Tochter? Und wie war er zum Restaurant seines Chefs gekommen?

Vor lauter Erschöpfung nickte sie ein und schlief doch tatsächlich mehr als eine ganze Stunde.

Am späten Nachmittag fühlte sie sich so gut erholt wie schon lange nicht mehr und machte sich auf zu einem ausgiebigen Spaziergang.

Sie genoss die Vegetation, die Hügel, die schönen Häuser und schüttelte missbilligend den Kopf, wenn sie an hässlichen Neubauten vorbeikam. Aber sie begann, die kleine Stadt zu lieben – und die Insel Sizilien mit ihrem Flair und dem tiefblauen Meer sowieso.

Am Abend kehrte sie zurück, duschte und zog sich ein schönes Kleid an. In einem der Restaurants des Hotels bestellte sie sich anschließend leckeren Fisch mit Gemüse und ein Glas Wein.

Es war ein wunderschöner Abend, den sie in sich

aufsog wie ein Schwamm das Wasser. Sie war heute wieder ein Stückchen weitergekommen, hatte liebe Menschen kennengelernt, auch wenn sie zu ihrer persönlichen Herkunft noch rein gar nichts erfahren hatte. Trotzdem mutete sie das alles an wie eine große Recherche für ein Buch.

Eine Recherche für ein Buch? Jolanda hielt kurz die Luft an. Das war doch eigentlich eine grandiose Idee. Wenn sie alles aufschrieb, was sie seit dem Tod ihrer Mutter erlebt und erfahren hatte oder noch erfahren würde, dann könnte sie das Sammelsurium am Ende als Biografie ihrer Mutter herausbringen.

»Quatsch! Jolanda, du spinnst jetzt wirklich«, flüsterte sie vor sich hin, schaute sich verlegen um, griff zu ihrem Weinglas und nahm einen großen Schluck.

Rasch stand sie auf, um die absurden Gedanken abzuschütteln, verließ das Restaurant und setzte sich an die Bar, um sich noch einen letzten Drink zu genehmigen. Während sie an ihrem Cocktail nippte, fand sie die Idee mit dem Buch immer noch faszinierend, und so beschloss sie, gleich heute Abend damit zu beginnen und alles, was sie wusste, in ihr Laptop zu tippen. Am Ende der Reise würde sie dann sehen, ob die Faszination nach wie vor anhielt und sie immer noch der Meinung war, eine Biografie ihrer Mutter veröffentlichen zu wollen.

Auf ihrem Zimmer setzte sie sich an den schönen Schreibtisch und fing gleich an.

Dabei fiel ihr Jakob ein, der sie gebeten hatte, sich ab und zu zu melden, ob es ihr gut ging.

Auch Helmut wartete auf ihre Nachricht.

Also griff sie, nachdem sie auf die Uhr gesehen und festgestellt hatte, dass es erst kurz vor zehn war, zum Handy. Sie konnte getrost noch schnell telefonieren und ein Lebenszeichen von sich geben.

Anschließend tippte sie die ersten Notizen ein. Eine Stunde später kuschelte sie sich in ihr bequemes Bett und schlief sofort ein.

∗∗

Am Nachmittag des nächsten Tages traf sie sich wie verabredet erneut mit Franco, der sie herzlich begrüßte.

»Geht es dir gut?«, wollte er wissen.

»Ja, danke der Nachfrage. Aber hier muss es einem doch gut gehen. Das ist ein sehr schönes Fleckchen Erde.«

Sie strahlte ihn an.

»Ja, da hast du recht. Bitte setz dich doch.«

Er rückte ihr den Stuhl zurecht und sorgte dafür, dass sie mit Getränken versorgt wurden.

»Danke. Wie geht es Carlotta?«, fragte Jolanda.

»Wollte sie nicht mit dazukommen?«

»Doch, doch, sie muss gleich hier sein. Ah, da ist sie ja schon.«

Franco war auch seiner Mutter behilflich, als sie sich setzen wollte, und die beiden Frauen begrüßten sich freundlich.

»So, dann will ich mal weitermachen, wo ich gestern aufgehört habe.«

Er nahm noch einen Schluck Kaffee und trank aus seinem Wasserglas.

»Also, wir waren bei der Suche nach einem Spender für Alida stehen geblieben. Helene hat sich testen lassen, und nachdem sie nicht als Spender geeignet war, stürzte für uns die Sonne ins Meer.«

»Stimmt!«, rief Carlotta dazwischen.

»Ich dachte damals, mir bleibt das Herz stehen. Alle waren sich plötzlich sicher, dass unsere Alida das nicht überleben würde.«

Sie wischte sich mit dem Taschentuch über die Augen, denn sie hatte ganz nah am Wasser gebaut und konnte die Tränen nicht unterdrücken, wenn sie an diese schlimme Zeit zurückdachte.

Franco nickte zustimmend und strich seiner Mutter über den Arm.

»Nach einer gefühlten Ewigkeit stand Helene endlich vor unserer Tür. Ich erkannte sie fast nicht mehr. Aus ihr war eine elegante Frau geworden, und sie sagte mir, dass sie in Palermo wohne und schon lange mit einem anderen Mann zusammen sei. Ich sah, dass es ihr richtig gut gehen musste, so teuer, wie sie gekleidet war, und das bestätigte sie uns auch.«

Franco lehnte sich zurück und streckte die Beine aus. »Auf meine Frage, wie es ihr damals nach der Abreise aus Wiesbaden ergangen sei, sagte sie auch nur, dass sie das später einmal erzählen werde.«

Jolanda platzte beinahe vor Neugier.

»Na, jetzt spann mich doch nicht so lange auf die Folter. Was hat sie denn gemacht, dass ein Spender gefunden wurde?«

Franco hob abwehrend die Hand.

»Stopp, meine Liebe. An dieser Stelle müssen wir die

Geschichte anhalten. Ich werde dir nicht die Dinge erzählen, die dir eigentlich Helene sagen sollte, aber nur, falls sie das möchte.«

»Aber das geht doch nicht. Das kannst du doch nicht machen! Erzähl mir wenigstens, wie deiner Tochter geholfen werden konnte und wo und wie sie heute lebt.«

Jolanda konnte es gar nicht fassen, dass Franco ausgerechnet jetzt aufhören wollte zu berichten, wo es doch gerade so spannend wurde.

»Doch, das kann ich. Wenn ich hier das Schicksal meiner Tochter weitererzähle, dann ist das gleichzeitig auch Helenes Geschichte. Und die war so ereignisreich, dass ich das nicht tun werde. Es liegt an ihr, zu entscheiden, was sie dir sagen möchte.«

Carlotta erhob sich und legte Jolanda tröstend den Arm um die Schultern.

»Das wird schon alles, du wirst sehen.«

Franco schloss sich ihr an.

»Komm, Jolanda, sei nicht traurig. Du wirst mich am Ende verstehen. Aber wenn du willst und wenn es dich interessiert, dann erzähle ich dir, wie es mir persönlich ergangen ist und wie ich zu meinem Ristorante gekommen bin. Jedoch nur, wenn es dich nicht langweilt.«

»Entschuldige, natürlich interessiere ich mich für dein Leben. Deshalb bin ich doch hier.«

Jolanda strich ihm über die Hand.

»Mich hat nur das Schicksal deiner Tochter so sehr mitgenommen.«

»Ich weiß. Aber lass uns das so machen, wie ich vor-geschlagen habe. Glaub mir, das ist der bessere Weg.«

»Und ich gehe jetzt erst einmal zu unserem Koch und bitte ihn, uns eine schöne Antipasti-Platte und eine Fla-sche Wein zu bringen.«

Carlotta hatte ihren Stuhl zurückgeschoben und stemmte resolut die Hände in die Hüften. Eine Antwort oder irgendwelche Proteste der anderen wartete sie erst gar nicht ab, sondern marschierte flott in die Küche.

»In der Zwischenzeit erzähle ich dir noch den Rest, damit wir dann in Ruhe unsere Köstlichkeiten genießen können«, beschloss Franco.

»Das ist eine gute Idee.«

»Nachdem meine Tochter zwei Jahre nach der ersten Diagnose vermeintlich außer Lebensgefahr war, gingen die Geschäfte für meinen Chef immer besser, denn der Tourismus wuchs langsam, aber beständig. Dadurch konnte ich durcharbeiten, und was noch wichtiger war, ich bekam auch regelmäßig Geld – mehr, als ich mir je erträumt hatte. In der Küche arbeiteten mittlerweile zwei Köche und zwei Küchenhilfen, und eine davon hatte es mir mächtig angetan. Sie war soooo hübsch, eine richtige Italienerin mit pechschwarzen Haaren und einem von der Sonne gebräunten Teint. Nebenbei stellte sich noch heraus, dass sie richtig gut kochen konnte.«

Carlotta kam mit einer riesigen Platte voller Speziali-täten angerauscht. Ein Kellner folgte ihr und brachte das Geschirr und den Wein.

Jolanda bedauerte beinahe die Störung, obwohl ihr gleich der Magen knurrte, als sie das leckere Essen sah.

Franco gefiel die Hektik seiner Mutter anscheinend auch nicht.

»Ich habe es gleich zu Ende erzählt.«

»Entschuldigung, ich bin ja schon fertig.«

Schnell setzte Carlotta sich wieder auf ihren Platz.

Dankbar blickte er sie an und atmete tief durch.

»Zum ersten Mal seit mehr als zehn Jahren hatte ich Florentine als Frau in meinem Kopf gänzlich aussortiert und fast schon vergessen. Ich spürte das Gefühl, wieder Luft zu bekommen, und war verliebt bis über beide Ohren. Und es beruhte auf Gegenseitigkeit, was zur Folge hatte, dass wir ein Jahr später heirateten.«

Seine Augen strahlten und sein entspanntes Gesicht sprach Bände.

»Kurze Zeit später wurde mein Chef sehr krank. Seine Frau lebte schon nicht mehr, und Kinder hatte er nicht. An seinem Totenbett bat er mich zu sich und sagte mir, dass er uns das Restaurant geben wolle.«

Franco holte tief Luft, denn er sah seinen lieben Chef vor sich.

»Er habe gesehen, dass wir beide hier arbeiteten, als wäre es unser eigenes Geschäft, und er wünsche sich, dass sein Lebenswerk in gute Hände kommt. Ich solle ihm versprechen, dass ich es nie verkaufen werde, und wenn es uns wirtschaftlich mal nicht so gut gehen sollte, dann könne ja meine Frau selbst kochen.«

Ein lautes Lachen löste sich aus seiner Brust und lockerte seine innere Anspannung.

»Seitdem haben wir unser Einkommen hier in unserem Ristorante und sind glücklich und zufrieden.«

Er öffnete seine Arme ganz weit und zeigte über die ganze Terrasse.

»Ach, und ich habe zu meiner Tochter noch zwei wunderbare Söhne bekommen, die jetzt auch schon verheiratet sind.«

Jolanda klatschte in die Hände.

»Das ist aber mal ein schönes Happy End einer Lebensgeschichte. Wo ist deine Frau? Warum hast du sie mir noch nicht vorgestellt?«

Franco lachte.

»Sie ist in der Küche. Ich werde sie gleich rufen und meine Söhne auch. Wir arbeiten hier alle zusammen, denn wir haben noch zwei Strandrestaurants und einen Bootsverleih. Und ein kleines Hotel haben wir vor Kurzem auch dazugekauft. Aber da sind noch die Handwerker zugange, im Frühling soll es losgehen. Ich rufe sie jetzt alle zu uns.«

Er winkte zur Tür, und dann lernte Jolanda seine ganze Familie kennen. Alle waren sehr nett zu ihr und luden sie in ihre neuen Wohnhäuser ein, die sie sich nach und nach gebaut hatten.

Gemeinsam ließen sie sich die leckeren Köstlichkeiten schmecken und berichteten sich gegenseitig aus ihrem Leben.

Irgendwann unterbrach Franco die lockere Unterhaltung und hob etwas nachdenklich sein Glas. Dann wandte er sich an Jolanda.

»Weißt du, ich bin damals das Opfer einer verfehlten und unerfahrenen Politik geworden. Wir Italiener waren nicht darauf vorbereitet, in ein fremdes Land zu gehen, und die Deutschen konnten nicht mit Ausländern umgehen.«

Carlotta strich ihrem lieben Sohn, der jetzt auch schon im Rentenalter war über den Arm, denn es wühlte ihn immer noch auf.

»Unsere junge Liebe wurde durch Florentines frühe Schwangerschaft und die prüden Lebenseinstellungen der Gesellschaft auf eine harte Probe gestellt und zerbrach wie dünnes Glas. Lange Jahre habe ich diesem Gefühl der zerstörten Liebe nachgeweint und gehofft, es wieder erleben zu dürfen. Aber es war für immer gegangen. Später habe ich dann sehr viel Glück gehabt. Schau dir meine Familie und mein Leben an. Alles ist gut.«

»Ich denke auch, dass es so war, wie du das einschätzt, und freue mich, dass ich dich kennenlernen durfte.«

Jolanda umarmte ihn.

»Aber was das alles mit Florentine gemacht hat, können wir nicht erahnen. Ich hoffe, dass sie mit ihrem Mann ein zufriedenes Leben führen durfte, bin mir aber nach dem, was die ganzen Jahre über passiert ist, nicht mehr sicher«, meinte er, und Jolanda glaubte, Traurigkeit in seinem Blick zu erkennen.

»Doch jetzt lasst uns anstoßen. Wann immer du möchtest, komm zu uns, Jolanda, und vor allem bleib mit uns in Kontakt, auch wenn ich nicht dein leiblicher Vater bin, was du vielleicht anfänglich gedacht hattest.«

»Ja, das stimmt. Das hatte ich wirklich geglaubt. Und jetzt, wo ich dich kenne, bedaure ich das sehr, denn du bist ein wunderbarer Vater. Danke für die nette Einladung, ich fühle mich bei euch wie in einer richtigen Familie und komme bestimmt öfter vorbei. Eine Frage habe ich aber noch: Wie geht es deinem Bruder Alfredo? Ist er in Deutschland geblieben?«

»Ja, er hat in Wiesbaden eine Pizzeria, eine deutsche Frau, die er bis heute liebt, und zwei Kinder. Er hat dort sein Glück gefunden. Aber auch er hat schon oft gesagt, dass er anfangs des Öfteren drauf und dran war, zurückzugehen. Auch ihm ist viel Abneigung entgegengeschwappt. Ja, und er hat sich öfter mal dafür entschuldigt, dass er so hart zu mir gewesen ist. Aber er hat das alles dank der Liebe ausgehalten und lebt heute als glücklicher Italiener in Deutschland.«

»Das freut mich sehr. Ich bleibe noch zwei Tage im Hotel und fahre dann mit einem Leihwagen nach Palermo.«
Alle umarmten Jolanda und baten sie inständig, sich zu melden, bevor sie Sizilien wieder verließ, was sie gerne versprach.

Helene in Palermo

Jolanda hatte soeben eingecheckt und fuhr mit dem Fahrstuhl auf ihr Zimmer. Sie hatte es gut getroffen, stellte sie nach einem prüfenden Blick fest. Alles war in Ordnung.

Gleich nach dem Frühstück setzte sie sich in ein Taxi und ließ sich zu der Adresse fahren, die Franco ihr gegeben hatte. Der Fahrer schaute sie mit großen Augen an. Sein Blick wirkte überrascht, als sie die Adresse nannte, aber er sagte nichts.

Während der Fahrt fiel ihr wieder ein, dass Franco nicht wusste, wie Helene heute wohnte und lebte. Es war ja so viel Zeit vergangen, seit er sie sah und er hatte nur die Telefonnummer und die Adresse, weil sie einmal im Jahr Glückwünsche zum Geburtstag austauschten.

»Wir sind gleich da«, sagte der Taxifahrer.

»Wollen Sie wirklich alleine dahingehen?«

»Wieso? Wie meinen Sie das?«

»Na, die Gegend besucht man als Tourist doch nicht freiwillig. Und schon gar nicht als Frau ohne Begleitung.«

Jolanda stand der Mund offen.

»Halten Sie sofort an.«

Der Fahrer stoppte.

»Sie wussten das nicht?«

»Nein. Ich habe die Adresse in Taormina bekommen. Eine Schwester meiner verstorbenen Mutter soll da wohnen. Eigentlich dachte ich, dass es eine Villengegend ist, nach dem, was man mir erzählt hat.«

»So kann man das auch nennen«, antwortete der Taxifahrer trocken.

»Cortile-Cascino kennt doch jeder. Mein Auto würde ich da nicht lange unbeaufsichtigt stehen lassen.«

»Aber ich habe ja nur einen Straßennamen und nicht den Namen eines Stadtteils, auch keine weitergehenden Informationen. Das macht mich jetzt aber sprachlos.«

Jolanda saß wie versteinert da. Sie wusste nicht, was sie tun sollte. Ob sie besser ins Hotel zurückfuhr, Helene anrief und sie um ein Treffen bat? Aber wenn es ihr so schlecht ging, dass sie hier in dieser Gegend wohnte, dann würde sie sich nicht freiwillig zeigen, überlegte Jolanda.

Sie beugte sich nach vorne.

»Würden Sie mir helfen, indem Sie mich zu der Adresse fahren und mich bis zur Tür begleiten? Wenn sie nicht öffnet oder nicht mit mir sprechen möchte, will ich wieder mit Ihnen zurückfahren. Es ist mir sehr wichtig, mit der Frau zu reden, weil ich meine Eltern suche.«

»Ja, das können wir so machen.«

Der Fahrer startete den Wagen und fuhr weiter. Je mehr Straßen sie durchquerten, desto ängstlicher wurde Jolanda, desto mehr krallte sie sich an ihrer Tasche fest. Das konnte doch nicht wahr sein, grübelte sie. Was war denn mit dieser eleganten Frau geschehen?

Sie schaffte es fast nicht mehr, aus dem Wagenfenster zu blicken. Die armen Kinder am Straßenrand, die ihnen mit großen Augen hinterhersahen, die verhärmten alten

Frauen und Männer, die aus den Fenstern schauten, und die rauchenden Jugendlichen, die mit ihren zerschlissenen Kleidern in Gruppen zusammenstanden. Es tat weh.

»Wir sind da«, sagte der Fahrer irgendwann.

»Kommen Sie, ich bringe Sie rein.«

Zum Glück mussten sie nur eine Treppe in dem mehrstöckigen Haus hochsteigen, bis sie Helenes Namen an einer der vielen Türen entdeckten. Jolanda drückte die Klingel.

Nach einer Weile öffnete sich die Tür, und eine Frau blickte ihnen entgegen.

»Was ist?«, fragte sie ein wenig barsch.

»Sind Sie Helene?«

Jolanda wusste aber bereits die Antwort, und die Erkenntnis erschütterte sie bis ins Mark. Diese Frau sah aus wie Florentine – aber nur, was die Gesichtszüge anging. Alles andere entsetzte sie.

»Ja, und wer sind Sie?«

»Ich bin Jolanda, Florentines Tochter. Kann ich Sie sprechen? Ich komme gerade von Franco.«

Helene wurde weiß wie eine Wand. Ihre rechte Hand zitterte, und mit der linken fasste sie sich an die Brust. Jetzt erst sah Jolanda, dass sie einen Stock als Gehhilfe in der rechten Hand hielt. Ihre Fingerknöchel traten weiß hervor, während sie krampfhaft versuchte, den Stock ruhig zu halten.

»Ich weiß nicht, was wir miteinander besprechen sollten. Es ist besser, Sie gehen gleich wieder.«

»Nein, das finde ich nicht!«, rief Jolanda entschlossen. »Bitte reden Sie mit mir.«

»Ich bin nicht auf Gäste eingestellt, wie Sie sicher schon unten auf der Straße gesehen haben.«

Helene blickte verschämt zu Boden.

»Aber das macht doch nichts, Helene. Ich darf doch Helene und Du zu dir sagen? Ich bin seit Wochen unterwegs und habe im Schwarzwald schon deine Brüder kennengelernt. Übrigens, deine Tante Ida ist jetzt zweiundneunzig und wartet sehnsüchtig auf eine Nachricht von dir. Bitte lass mich rein. Wir haben so viel zu besprechen.«

Als Helene den Namen Ida hörte, wurde sie weich und schwach. Ihre Lieblingstante, das waren noch Zeiten. Sie trat einen Schritt zur Seite.

Jolanda drehte sich zu dem Taxifahrer um und schob ihm einen Schein in die Hand.

»Kann ich Sie auch anrufen, wenn ich abgeholt werden möchte?«

»Ja.« Er griff in die Tasche und reichte ihr eine Visitenkarte.

»Einfach anrufen. Ich komme bei Tag und bei Nacht, egal wo ich bin.«

Dann lächelte er die beiden Frauen an, nickte ihnen zum Abschied zu und ging die Treppe hinunter.

Helene machte nun die Tür weit auf, damit Jolanda eintreten konnte. Was sie dann zu sehen bekam, war eine sehr bescheidene Bleibe, um es höflich zu umschreiben.

Mit Sicherheit war die Wohnung lediglich eine feuchte Bude, bestehend aus einem kleinen Wohnzimmer und

144

daran angrenzend ein winziges Schlafzimmer, wie man durch die geöffnete Tür unschwer erkennen konnte. Von einer Küche und einem Bad war nichts zu sehen, sofern es diese Räume überhaupt gab.

Die Einrichtung insgesamt musste uralt oder vom Sperrmüll sein. Was einmal Gardinen gewesen waren, hing als graue verschlissene Lappen vor den Fenstern. Die Lampe im Wohnzimmer bestand aus einer einsamen Fassung ohne Lampenschirm. Jolanda versuchte krampfhaft, ihr Entsetzen zu verbergen.

Helene deutete auf eine Couch, deren Bezug an den Kanten schon ziemlich verschlissen war.

»Setz dich bitte da auf das Sofa. Ich gehe in die Küche und koche uns einen Tee.«

»Soll ich dir behilflich sein? Ich sehe, dass du nicht so gut laufen kannst.«

Helene blieb noch einmal stehen und blickte Jolanda an. In ihrem Gesicht zuckten die Muskeln, und es war zu erkennen, dass sie mit sich rang. Dann nickte sie stumm, und Jolanda folgte ihr.

Die Küche, sofern man diese so bezeichnen wollte, war ein kleiner Schlauch – nur mit einem Herd, einem uralten Kühlschrank, einer kleinen Kommode und einem Wandregal. Die Wände hatten keine Tapeten, und das Fenster war eher ein Fensterchen.

Mein Gott, was war nur mit dieser Frau passiert, dass sie hier landen musste? Jolanda konnte es gar nicht fassen.

Helene nahm den Topf, der auf dem Gasherd stand, und befüllte ihn mit Wasser. Dann zündete sie mit einem

Streichholz die Flamme an.

Während sie wartete, bis das Wasser kochte, hängte sie zwei Teebeutel in eine alte, angeschlagene Kanne und nahm zwei Tassen aus dem Regal.

Jolanda griff nach dem Tablett, das auf der Kommode stand, und stellte alles darauf.

Helene goss den Tee auf, und Jolanda trug das Tablett ins Wohnzimmer. Sie wusste nicht, wo sie mit ihren Fragen beginnen sollte.

Ja, sie traute sich gar nicht anzufangen, weil sie fürchtete, die falschen Worte zu wählen. Alles, was sie sah, war beängstigend und traurig.

Als sie eingegossen hatte, sah Helene Jolanda aufmerksam in die Augen.

»Du bist also Jolanda. Ich… ich habe schon viel von dir gehört, also zumindest früher. Wie geht es meiner Schwester Florentine?«

»Sie ist vor einigen Wochen gestorben.«

»Oh! Gott hab sie selig.«

Helene starrte auf die Tischplatte, und es schien, als wäre ihr das Gespräch äußerst unangenehm.

Jolanda entschloss sich, direkt nachzufragen. Das ganze Drumherumgerede würde zu nichts führen.

»Sie hat mir eine Box hinterlassen mit allerlei Briefen, Dokumenten, Fotos und Zeitungen.«

»Aha. Was für Briefe und Dokumente?«

»Alles Mögliche«, antwortete sie knapp, weil sie nicht alles preisgeben wollte.

»Ich habe viele Fragen und keine Antworten. Wie es aussieht, leidet die ganze Familie Abele bereits ein halbes Leben und ich, ich weiß noch nicht einmal, wer ich bin.«

146

Helene nippte an ihrer Teetasse. Ihre Hände zitterten unaufhörlich, und ihre Augen irrten durch den Raum.

»Helene!«

Doch diese antwortete nicht.

Jolanda hob leicht die Stimme.

»Helene, ich bin seit Wochen unterwegs. Ich werde nicht eher gehen, bis ich das Familienpuzzle zusammengesetzt habe. Und ich gehe auch nicht eher, bis ich weiß, wer ich bin. Ihr wisst alle viel mehr, als ihr zugeben wollt. Warum will niemand richtig mit mir reden? Versteht mich denn keiner?«

Aus Jolandas Augen schossen Blitze. Sie hatte es so satt, immer um die Wahrheit betteln zu müssen.

»Ich krame hier in eurer Familiengeschichte herum, fahre durch die Welt und weiß immer noch nicht, ob ich irgendwie dazugehöre oder aber eine ganz Fremde bin.«

»Ich kann dir trotzdem nicht helfen«, sagte Helene leise.

»Oh doch, du kannst mir helfen, und wenn du willst, werde ich dir helfen. Du kannst doch hier in diesem Haus auch nicht glücklich sein«, sagte Jolanda, während sie sich im Zimmer umschaute.

Helene lachte böse auf.

»Mir kann niemand helfen. Und entschuldige, was geht dich das an?«

Jolanda ging gar nicht auf diese Frage ein.

»Wir werden jetzt den familiären Müll aufräumen, Helene.«

»Das ist lange her.«

»Egal, wir werden Schritt für Schritt vorangehen. Dein Bruder Jakob hat mir gesagt, dass wir gemeinsam die Puzzleteile zusammentragen wollen, und er wartet auf uns.«

Helene liefen inzwischen die Tränen über die Wangen, und sie verschlang ihre zitternden Hände ineinander.

»Lass alles ruhen, Jolanda. Ich habe genug gelitten, ich mag nicht mehr.«

Jolanda erschrak über die bitteren Worte. Solche Ausdrücke wurden oftmals von lebensmüden Menschen gebraucht.

»Aber, aber, wer wird denn so schnell aufgeben? Ich konnte inzwischen schon ganz viel auflösen. Der Bruder meines Adoptivvaters, deine Tante Ida und dein Bruder Jakob haben mir viele Einzelheiten über eure Eltern und euer Leben im Schwarzwald und in Wiesbaden berichtet.

Franco ergänzte, wo er konnte, aber einiges hat er mir eben nicht berichtet. Er hat mir gesagt, dass du das tun musst.«

»Ah, so ist das. Ich soll das selbst machen, hat er gesagt?«

Jolanda musste lächeln.

»Ja, das hat er wohl gemeint.«

Auch Helene huschte ein leichtes Lächeln auf die Lippen.

»Also gut, ist jetzt auch schon egal. Wenn das Schicksal es so will, dann füge ich mich eben, egal was dabei herauskommt.«

Jolanda erhob sich, setzte sich neben Helene und legte ihr den Arm um die Schulter.

So ein Häufchen Elend, so ein armer, kaputter

Mensch war ihr noch nie untergekommen – außer Friedrich! Aber das war ein völlig anderes Thema.

»Das Schicksal will dir nichts Schlimmes«, sagte sie beruhigend.

»Es will, dass wir Ordnung schaffen. Und niemand tut dir was.«

Helene sah sie mit feuchten Augen an und strich ein paarmal mit der Hand über den Tisch. Sie konnte ihre Angst kaum noch verbergen.

»Das muss sich erst noch rausstellen, wenn ich fertig bin mit meinem Bericht.«

Und dann atmete Helene noch einmal durch und fing einfach an zu erzählen: »Ich bin zusammen mit Giovanni nach Sizilien gefahren, ohne mir Sorgen zu machen, wie es mir ergehen könnte. Es war so etwas wie ein Urvertrauen. Schon alleine die lange Reise war das Grauen. Ich war ja nicht volljährig und hatte keine anständigen Papiere. Also sind wir als Schwarzfahrer durch die Züge gegeistert, was total kompliziert war.«

Jolanda sah, dass ihre Hände extrem zitterten.

»Über mehrere grüne Grenzen sind wir nachts zu Fuß geschlichen, was besonders in den österreichischen Bergen sehr anstrengend war. Und du musst wissen, dass eine grüne Grenze damals immer noch eine gut bewachte Grenze war. Wir kamen völlig erschöpft und hungrig in Sizilien an, und der Einfachheit halber nahm Giovanni mich mit zu seiner Familie.«

Helene nahm einen Schluck Tee, ihr Mund war total trocken.

»Dort wohnten wir dann zu zehnt auf einem kleinen Dorf in einem winzigen Haus mit Plumpsklo. Seine Familie war bettelarm, und weil ich lange Zeit keine Arbeit fand, wurde ich ununterbrochen angebrüllt, schlecht behandelt und ausgenutzt. Zurück konnte ich aber auch nicht. Ich hatte ja gar kein Geld.«

»Du warst doch noch sehr jung, oder?«

»Ja, ich war ein gutes Jahr jünger als Florentine, also achtzehn – oder besser gesagt noch blutjung.«

Helene hielt sich an ihrer Tasse fest, als sie weitersprach.

»Eines Tages konnte ich das alles nicht mehr aushalten, und ich sagte es Giovanni auch. Der aber war schon längst nicht mehr der gleiche Mensch wie in Wiesbaden. Sein liebevolles Verhalten war weg, da stand nur noch ein Macho vor mir, der Befehle austeilte und die Gemeinheiten seiner Mutter umsetzte.«

Eine Träne löste sich aus dem Augenwinkel und purzelte über ihre Wange.

»Dabei war er doch meine erste große Liebe, für die ich meine Heimat verlassen hatte. Als er gar nicht auf meine Not reagierte, verließ ich mitten in der Nacht mit einem braunen Koffer das kleine Dorf. Zu Fuß ging ich mehr als hundert Kilometer bis Palermo, doch dort kam ich logischerweise vom Regen in die Traufe.«

Jolanda legte ihr den Arm um die Schulter.

Meine erste Zeit hier war eine Katastrophe, denn ich irrte durch die Stadt ohne Sinn und Verstand und ohne Ziel. Viele Wochen schlief ich am Strand, und mein Essen bettelte ich in Pizzaläden zusammen oder bekam es umsonst, wenn ich einen Tag lang das Geschirr spülte.«

Helene machte eine kurze Pause. Zu sehr wühlten die Erinnerungen sie auf.

Jolanda strich ihr über die Hand. »Puh, das war ja furchtbar für dich.«

»Ja, das war es.«

»Wie hast du das nur ausgehalten? Du warst doch ganz alleine. Hattest du inzwischen die italienische Sprache gelernt?«

»Ich weiß nicht mehr, wie ich das ausgehalten habe, ich habe alles verdrängt und mich daran festgehalten, dass ich mir eine Arbeit suche und so lange arbeite, bis ich wieder nach Hause fahren kann. Die Sprache beherrschte ich eigentlich noch nicht. Ich konnte lediglich ein paar Worte sprechen.«

»Und wie ging es dann weiter?«

Helene nahm die Teekanne und goss sich noch einmal die Tasse voll.

»An einem Abend so kurz vor Mitternacht, nachdem ich als Tagelöhnerin den ganzen Tag Töpfe und Teller gewaschen hatte, ging ich langsam und total müde den Strand entlang. Ich merkte gar nicht, wie ich mich immer weiter von dem von Menschen bevölkerten Teil entfernte und in die Einsamkeit abtauchte. Aber es war egal, denn ich musste ohnehin eine ruhige Schlafstelle finden, ein Zuhause hatte ich ja immer noch nicht.«

Sie schloss die Augen, um die Bilder der Erinnerung hervorholen zu können. Bilder die sie solange verdrängt hatte.

»Ich legte mich also erschöpft auf dem warmen Sand nieder und sah hinaus auf das Meer. Die Wellen plätscherten leise in der lauen Sommernacht, und in der Ferne funkelten die Lichter von Palermo mit den Sternen am Himmel um die Wette. Ich musste vor Erschöpfung, vor Frust, Zukunftsangst und Not weinen, weil ich nicht wusste, wie ich eine Basis für mein Leben finden konnte.«

Zwei traurige Augen schauten Jolanda an.

»Du musst wissen, dass ich der Meinung war. Wer sich noch nicht einmal waschen und umziehen konnte — es sei denn, er benutzte eine Toilette in einer Pizzeria —, konnte keinen Glauben an das Leben entwickeln.«

Und dann zog ein leichtes Lächeln über Helenes Gesicht.

»Plötzlich schob sich ein Körper vor den Mond, der bisher für mich den Strand erleuchtet hatte. Ein Mann stand vor mir. Ich sah nur seine Silhouette und einen langen Schatten. Du glaubst gar nicht, wie ich mich erschrocken habe und wie mein Herz vor Angst raste. Deshalb stieß ich einen lauten Schrei aus und setzte mich in Windeseile auf.

›Haben Sie keine Angst‹, sagte er zu mir. ›Ich bin nur ein bisschen spazieren gegangen, weil ich nicht schlafen konnte. Ich wohne da oben in dem Haus.‹

152

Er deutete mit dem Arm auf ein hell erleuchtetes Gebäude, und ich sah, dass es eine große Villa sein musste. ›Aber was macht eine junge Frau so allein hier an diesem einsamen Strand?‹

Ich antworte ihm nicht, aber das war dann der Anfang einer wunderbaren Zeit. Es war die schönste Zeit in meinem ganzen Leben.«

Jolanda spürte, dass irgendwann später, als diese schöne Zeit vorbei war, alles in Helene zerbrochen sein musste. Sie wollte ihr spontan etwas Gutes tun und ihre Seele streicheln. Deshalb erhob sie sich.

»Helene, ich merke, dass es dich sehr anstrengt, und deshalb möchte ich, dass wir für heute erst einmal Schluss machen. Du musst etwas essen und dich erholen.«

Helene nickte.

»Ja, dann rufe deinen Taxifahrer, und wir sehen uns morgen wieder.«

»Ich habe eine bessere Idee. Ich rufe meinen Taxifahrer, und du kommst mit mir mit. Wir gehen zu mir ins Hotel und lassen uns was Kleines zu essen bringen.«

»Ne, ne, ne, das geht nicht. Schau mich doch an. Mit meinen alten Klamotten gehe ich nicht in ein schönes Hotel. Und meine Haare erst.«

Sie fasst sich mit beiden Händen in die ergrauten Haare.

»Weißt du, ich bleibe lieber hier. Von unten nach oben ist es leicht. Aber von oben nach unten, das hatte ich schon. Das will ich nicht mehr. Ich bleibe lieber unten, dann kann ich nicht runterfallen, und es tut nicht so weh.«

»Ach Helene, du sollst nicht so denken. Bitte vertrau mir und zieh dir Schuhe und Jacke an. Um alles andere kümmere ich mich.«

Jolanda lächelte und zog sie ganz sachte an den Armen hoch.

»Lass mich bitte hier, Jolanda.«

»Nein, komm jetzt.«

Als sie das Taxi gerufen hatte, half sie Helene, das Geschirr wegzubringen. Dann schob sie ihr die einzigen Schuhe hin, die auf dem Flur standen, und zum Schluss nahm sie eine grauenvolle Jacke von der Garderobe. Sie würde jetzt sofort mit Helene einkaufen und einen Friseur rufen.

Und so kam es, dass sie eine gute Stunde später in Jolandas Hotelzimmer saßen. Inzwischen hatte sie auch für Helene ein Zimmer gebucht.

Ein Kellner brachte ihnen ein leichtes Mittagessen auf das Zimmer, und einige Zeit später kamen ein Friseur und die Mitarbeiterin einer Boutique, die ihnen das Hotel vermittelt hatte. Letztere hatte eine kleine Auswahl an Bekleidung dabei.

Ganz gemütlich suchten sie gemeinsam eine gut kombinierbare Grundausstattung an Kleidern, Hosen, Oberteilen, Wäsche, Schuhen und Accessoires aus.

Der Friseur kümmerte sich um Helenes Haarpflege und den passenden Schnitt und versorgte sie auch mit einer guten Hautcreme und einigen Schminkutensilien.

Jolanda dankte im Stillen inbrünstig ihrem Vater für

154

seine Unterstützung bei ihrer Berufswahl.

Noch nie hatte sie so intensiv gespürt, wie viel Hilfe ihr angesammeltes Vermögen ermöglichte. Zum ersten Mal konnte sie damit Gutes tun.

Am späten Nachmittag stand Helene vor dem Spiegel und erkannte sich selbst kaum wieder. Sie blickte Jolanda freudig an.

»Ich kann dir gar nicht genug danken, und ich weiß auch gar nicht, ob das wirklich gut für mich ist. So kann ich doch nicht in meine Behausung zurück. Die überfallen mich ja, wenn ich so aussehe.«

»Das regeln wir später. Ich habe für dich ein Zimmer reserviert, und jetzt schlage ich vor, dass du dich ein wenig hinlegst und dich ausruhst. Später so gegen acht gehen wir zusammen ins Restaurant.«

Jolanda brachte sie mitsamt ihren Einkäufen auf ihr Zimmer und half ihr, sich einzurichten. Helene konnte gar nichts mehr sagen. Sie war von der Situation völlig überfordert.

»Bis nachher, und schlaf ein bisschen.«

Dann verließ Jolanda den Raum.

Sie selbst war auch sehr erschöpft. Einkaufen konnte recht anstrengend sein, gerade auch dann, wenn es nicht für einen selbst war. Auch sie legte sich auf ihr Bett und ließ die Neuigkeiten, die sie heute gehört hatte, noch einmal an sich vorbeiziehen.

Es schien, dass alle Menschen, die in ihrer Schatulle erwähnt waren, ziemlich viel erleiden mussten, bis sie vielleicht ihr kleines oder großes Glück und ihren Platz im Leben gefunden hatten.

Und was war mit ihr selbst? Noch an keiner Stelle

hatte sie einen Hinweis erhalten, der sie zu ihrer Ursprungsfamilie führte.

Aber sie fühlte, dass Helene ein Schlüssel war, zumindest zum Leben von Florentine und deren leiblicher Tochter.

Vielleicht wusste oder ahnte Helene auch, wie es zu ihrer, Jolandas, Adoption gekommen war. Über diesen Gedanken nickte sie ein und schlief nahezu zwei Stunden tief und fest.

***

Gleich nach dem Frühstück setzten sie sich in Jolandas Zimmer. Keine von beiden wollte dieses ernsthafte Gespräch in einem Restaurant weiterführen.

»Wo haben wir gestern aufgehört?«, fragte Helene.

»Am Strand vor der Villa«, erklärte ihr Jolanda lächelnd.

Sie spürte, dass Helene ihre Nervosität zu schaffen machte.

»Ach ja, stimmt. Also gut, dann weiter: Sein Name war Albano Grosso. Eine reiche Familie, die eine Fabrik für Nudeln und Olivenöl besaß.«

Helenes Augen begannen zu strahlen und ein zartes Lächeln umspielte ihre Lippen.

»In dieser Nacht am Strand saß er neben mir, und ich weiß nicht warum, aber ich erzählte ihm alles über mich, also all das, was ich in Italien erlebt hatte. Deutschland sparte ich natürlich aus.«

Das Lächeln verschwand, als sie daran dachte, damals ihr Alltag war. Sie seufzte.

»Er war anschließend entsetzt über meinen Zustand und mein Leben. Am frühen Morgen nahm er mich mit in die Villa, steckte mich in die Badewanne und brachte mir frische Klamotten von seiner Schwester.

»Da hast du aber Glück gehabt, auf ihn zu treffen«, sagte Jolanda. Aber Helene ging nicht darauf ein.

»Wochen später hat er mir dann verraten, dass er, während ich ausschlief, stundenlange Diskussionen mit seiner Familie aushalten musste, weil er mich ange-schleppt hatte und behalten wollte. Wir hatten uns in dieser ersten Nacht auf den ersten traurigen Blick inei-nander verliebt und in diesem Augenblick begann eine wunderbare Zeit, in der ich verwöhnt, geachtet, respek-tiert und geliebt wurde. Und ich dankte es ihm, indem ich in der neuen Fabrik der Familie, in der exklusive Spezialitäten hergestellt wurden, eifrig mitarbeitete.«

»Das hört sich wie ein Märchen an, Helene«, stellte Jolanda fest.

Helene nickte.

»Ja, das war es auch. Aber eben nur äußerlich. Was seine Familie dachte, wusste ich ja nicht. Eines Tages war ich schwanger, und wie es bei italienischen Familien so ist, war die Freude zunächst groß. Alle waren stolz, dass ein Baby kommen würde, das glaubte ich oder wollte es glauben. Acht Monate später habe ich einem Mädchen das Leben geschenkt, und ich dachte, dass mein Leben gar nicht mehr schöner werden konnte. Es tat schon ein wenig weh, so perfekt war das. Aber dann nahm zwölf Monate später ganz langsam mein Schicksal erneut seinen Lauf.«

Helene begann zu weinen.

»Möchtest du dich ausruhen?«

Jolanda sah sie besorgt an und fühlte ihren Puls.

»Nein, ich glaube, dass heute wieder so ein Tag ist, an dem das Schicksal seine Krallen ausfährt.«

»Warum?«

»Lass mich bitte weitererzählen, sonst verlässt mich der Mut.«

»Also gut. Aber hör auf, wenn es dich zu sehr anstrengt, ja?«

In ihrer Aufregung und Neugier dachte Jolanda gar nicht über Helenes Worte nach, die sie hätten aufhorchen lassen müssen.

»Ich erhielt einen Brief von Franco, den mir Giovanni nachschickte.«

»Woher wusste er, wo du bist?«

»Das war ganz einfach. Meine Hochzeit wurde in der Presse verbreitet. Die Familie Grosso gehörte seit jeher zu den Promis der Insel.«

»Ach so.«

»Als ich las, dass es um das kleine Mädchen meiner Schwester ging, habe ich keinen Moment nachgedacht, sondern habe mein Blut sofort testen lassen und bin dann nach Taormina gefahren. Ich habe mich mehrmals mit Franco getroffen und geglaubt, dass ich mit meinen Beziehungen und natürlich auch mit meinem Geld alle Hebel in Bewegung setzen kann, um einen geeigneten Spender zu finden. Aber dem war natürlich nicht so. Inzwischen hatte Franco mir auch erzählt, dass sich meine Schwester und ihr Mann in Schweigen hüllten. Er war völlig verzweifelt.«

»Ich weiß, Franco hat mir das schon erzählt. Das verschlägt mir immer wieder die Sprache, Helene. So kannte ich Florentine nicht.«

Helene ging nicht darauf ein.

»Bei einem dieser Treffen bat mich Franco, meine Tochter ebenfalls testen zu lassen. Das aber lehnte ich sofort ab. Ich wollte nicht, dass mein Mann erfuhr, was für eine schlimme Familie ich hatte. Ich hatte sie bis dahin erfolgreich verschwiegen. Und ich hatte Angst um mein Kind und vor der Reaktion der Familie meines Mannes. Aber Franco ließ nicht locker, er schrieb fast täglich neue Briefe, bis ich mich erweichen ließ, mit meiner Tochter ins nächste Krankenhaus fuhr und sie testen ließ.«

Helene zog scharf die Luft ein. Es schien ihr heute noch das Herz zusammenzuschnüren.

»Und wie fiel der Test aus?«

Jolanda rutschte auf ihrem Stuhl hin und her, so spannend war das gerade.

»Meine Tochter konnte Florentines Tochter helfen. Also fuhr ich nach Hause und erzählte es meinem Mann. Als erste Reaktion musste ich ein riesiges Donnerwetter über mich ergehen lassen, weil ich den Test ohne seine Zustimmung gemacht hatte. Dann rief er einen bekannten Professor an, der mit seinen Eltern befreundet war, und traf sich mit ihm. Dieser muss ihm in erster Linie die

Risiken des Ganzen aufgezeigt haben. Ich kann das bis jetzt nicht richtig bewerten. Sicher ist, dass es damals nicht so einfach war wie heute. Aber ob es so risikoreich war, dass man eine Spende ablehnen musste? Auf jeden Fall hat er mir daraufhin verboten, Franco zu helfen.«

Helene liefen die Tränen über die Wangen. Dann fasste sie sich ans Herz, so aufgewühlt war sie.

»Von dem Tag an konnte ich nicht mehr schlafen. Ich hatte Albträume und sah das Mädchen jede Nacht sterben, während meine Tochter danebenstand, auch herumhüpfte und in die Hände klatschte. Dann hielt ich es nicht mehr aus, fuhr Hals über Kopf nach Taormina und ließ dort die Spende entnehmen.«
»Oh Helene, was für ein Drama!«

»Ja, das war ein Drama. Ich erahnte jedoch nicht, wie brutal die Reaktion meines Mannes ausfallen würde. Er kam in die Klinik und eröffnete mir, dass ich nicht mehr zurückkommen dürfe. Seine Familie gehe zudem davon aus, dass meine Tochter gar nicht seine leibliche Tochter sei, weil Giovanni ja wusste, wo ich war, und wahrscheinlich immer noch mein Liebhaber ist. Schließlich hätte ich das Leben meines Kindes aufs Spiel gesetzt, und sie hätten mittlerweile aus Deutschland erfahren, dass meine Familie aus Selbstmördern und Alkoholikern besteht, was sie nicht billigen könnten. Eine Frau mit diesem Hintergrund könne in einer Familie, die in der Öffentlichkeit steht, nicht akzeptiert werden.«
»Nein!«

Jolanda, schlug entsetzt die Hand vor den Mund.

»Mein Gott, was sind denn das für Ansichten?«

Helene zuckte mit den Schultern.

»Ich habe das bis heute nicht verstanden. Aber wie dem auch sei, so war es eben.«

»Was hast du dann gemacht?«

»Franco habe ich das gar nicht erzählt, er sollte kein schlechtes Gewissen haben. Ich bin mit dem Kind zurück nach Palermo, denn ich hatte die Hoffnung noch nicht aufgegeben, dass mein Mann sich anders besinnt und sich wenigstens wieder seiner Tochter zuwendet. Durch Zufall bekam ich in einem Hotel eine kleine Kammer für Dienstboten und konnte als Zimmermädchen arbeiten. Leider fand ich nur stundenweise von Kolleginnen Unterstützung für mein Kind, wenn ich arbeiten war. Immer öfter musste ich sie aber einschließen, und dann schrie sie stundenlang das ganze Haus zusammen, was wiederum andere Kollegen, die schlafen wollten, auf die Palme brachte.«

»Das denke ich mir. Hattest du keine Angst, dass sich die Kleine beim Schreien verletzt?«

»Was denkst du denn? Es ist grausam, so arbeiten zu müssen. Als die Situation zu eskalieren drohte, schrieb ich Florentine jeden Tag einen Bettelbrief, dass sie mir helfen solle. Ich wollte ihre Hilfe wenigstens so lange, bis ich Fuß gefasst hatte. Aber sie antwortete auch mir nicht.«

Helene griff mit zitternden Händen zum Wasserglas.

»Dann platzte mir der Kragen. Ich fuhr mitsamt dem

Kind im Zug nach Wiesbaden und klingelte einfach an ihrer Tür. Als sie öffnete, drückte ich ihr meine Tochter in den Arm und schrie sie an. Ich hielt ihr vor, dass ich mein Zuhause und meinen Mann verloren hätte, weil sie sich nicht um ihr Kind kümmerte. Und ich verlangte von ihr, mir zu helfen. Zum Schluss sagte ich noch, dass ich wiederkomme und mein Kind abhole, wenn ich mir das leisten kann.«

Jolanda raste wie von der Tarantel gestochen aus ihrem Stuhl hoch, lief zum Fenster und starrte einen Moment lang blicklos hinaus auf die Straße.

Sie schüttelte den Kopf, die Beine zitterten, und ihr Herz klopfte wie verrückt.

»Das glaube ich jetzt nicht. Dann bist du ja meine leibliche Mutter?«, flüsterte sie.

»Ja«, antwortete Helene schlicht.

Ein paar Minuten war es so still, dass man eine Stecknadel fallen hören konnte. Niemand sagte mehr einen Ton.

»Ich… ich verstehe aber immer noch nicht. Wie kam es dazu, dass es kein Zurück gab? Warum hast du mich nicht mehr zu dir geholt? Und warum hast du mich zur Adoption freigegeben?«

Helene zitterte so stark, dass ihr Gehstock, an dem sie sich auch im Sitzen festhielt, wackelte und gegen das Tischbein schlug. Sie weinte Rotz und Wasser und schniefte in ihr Taschentuch. Zu dem Erinnerungsschmerz gesellte sich die nackte Angst, dass sie jetzt endgültig ihre Tochter verlieren könnte, die sie in den letzten beiden Tagen besonders zu lieben begonnen hatte.

Jolanda drehte sich um und sah das arme Bündel

Mensch an, aber im Moment war sie nicht imstande, sie zu trösten, geschweige denn zu umarmen.

»Erzähl, Helene. Ich will alles wissen. Ich will das bis ins kleinste Detail wissen.«

»Wo habe ich aufgehört?«

»Du hast mich nach Wiesbaden gebracht.«

Helene tupfte sich das Gesicht mit dem Taschentuch ab, dann erzählte sie mit zitternder Stimme weiter.

»Ja genau. Wir sind dann nach einem riesigen Krach so verblieben, dass ich wie von mir angedacht wieder zurück nach Palermo fahre, was ich auch getan habe.

In dem Hotel konnte ich wieder als Zimmermädchen arbeiten und habe dann jede Lira unterm Kopfkissen zusammengespart, damit ich möglichst bald eine Wohnung suchen kann. Nebenbei arbeitete ich noch als Küchenhilfe. Da blieben fast an jedem Tag nur drei oder vier Stunden Schlaf.

Deinen Vater habe ich zu der Zeit mit Briefen zugeschüttet und ihn angefleht, er möge dich zurückholen, damit du in der Nähe deiner Eltern groß werden kannst. Aber es kam nichts von ihm. Und auch als ich ihn am Tor der Villa abgefangen habe, konnte ich gar nichts erreichen.«

»Meine Güte, was ist das nur für ein Vater?«

»Er hat mir nicht geglaubt, dass er dein leiblicher Vater ist. Seine Eltern haben so viel Zweifel ausgesät und gleichzeitig gedroht, ihn zu enterben, dass er einfach nicht anders konnte. So denke ich mir das.«

Helene flüsterte jetzt nur noch. Sie war völlig erschöpft.

»Komm, ich bringe dich auf dein Zimmer. Du musst

jetzt etwas Ruhe haben. Ich hole dich in zwei Stunden wieder ab.«

Jolanda fasste sie am Arm und führte sie in ihr Zimmer. Liebevoll half sie ihr ins Bett.

Als sie wieder zurück auf ihrem Zimmer war, weinte Jolanda sich den ganzen Ballast von der Seele. Ihre leibliche Mutter, das wusste sie jetzt, hatte damals kein schönes Leben. Und wer weiß, wie das Schicksal noch bis heute mit ihr umsprang. Alles kannte sie ja noch gar nicht.

Sie wusste nicht, ob Florentine nicht doch auf irgendeine Art Schuld auf sich geladen hatte, weil es zur Adoption kam.

Aber sie wusste, dass sich ihr richtiger Vater schäbig und unverzeihlich verhalten hatte.

Wie versprochen klopfte Jolanda etwa zwei Stunden später an Helenes Tür. Diese saß schon fertig angezogen am Tisch und blätterte in einer Programmzeitschrift, die neben dem Fernseher lag.

»Du bist ja schon fertig«, stellte sie fest und lächelte.

Helene legte die Zeitschrift beiseite.

»Och, ich konnte nicht so lange schlafen. Das bin ich am Vormittag nicht gewöhnt.«

Beide vermieden es, sich direkt in die Augen zu schauen. Es war in diesem Moment ihr erstes bewusstes Aufeinandertreffen zwischen Mutter und Tochter.

Jede war voller Unsicherheit und hatte auch ein bisschen Angst, mit falschen Worten etwas kaputtzumachen, das es noch nicht einmal richtig gab.

Jolanda versuchte, die Situation in ein ruhiges Fahrwasser zu bringen.

»Na dann komm, wir setzen uns runter auf die Terrasse. Die Sonne scheint, und das Mittagessen schmeckt an der frischen Luft doch gleich besser.«

Während sie aßen, unterhielten sie sich ausschließlich über unverfängliche Themen, wie über die Stadt Palermo, das Wetter und das gute Essen.

Dann fuhren sie wieder nach oben, um in Jolandas Zimmer die Geschichte weiter aufzuarbeiten.

Ehe sich Jolanda setzte, goss sie ihrer Mutter ein Glas Wasser ein. Ihr Gesicht ließ in diesem Moment nicht erkennen, was in ihr vorging und wie sie die Nachricht vom Vormittag innerlich aufgenommen hatte.

»Wir waren bei meinem ach so netten Vater stehen geblieben, der keinen Mumm in den Knochen hatte.«

»Da irrst du dich aber gewaltig. Er hatte schon Mut und Stärke. Er war auch entschlussfreudig. Aber seine Eltern – sein Vater, ein typischer Mafioso, der strenge Patriarch des Familienclans, der die Fabrik leitete, und seine Mutter, die alles Private steuerte – hatten immer das letzte Wort. Auch seine Geschwister mussten sich dem Familienkartell unterordnen.«

»Entschuldigst du ihn etwa auch noch?«

Jolanda beugte sich über den Tisch und starrte Helene verständnislos an.

»Entschuldigen nicht, aber in gewisser Weise verstehen.«

»Das geht ja gar nicht. Ich bin doch seine Tochter.

Wie konnte er seine Frau und sein Kind so im Stich lassen?«

»Sei nicht so hart. Ich erzähle erst einmal an der Stelle weiter, wo wir am Vormittag aufgehört haben.«

»Gut. Aber das Thema Vater ist noch nicht durch!«

Helene atmete tief aus.

»Wie ich schon sagte, ich habe gearbeitet und gespart, damit ich dich wieder zurückholen kann. Eines Tages nach Feierabend kam ich auf mein Zimmer und sah, dass jemand die Tür aufgehebelt hatte. Die Schranktür stand offen, und das Bettlaken und die Matratze waren weggerissen. Mir blieb fast das Herz stehen, und ich ahnte, was da passiert war. Ich hatte im Schrank zwischen den Strümpfen ein Paar Socken so zusammengesteckt, dass ich mein Geld darin verbergen konnte. Und als ich hektisch danach griff, war alles klar: Das Geld war weg.«

»Nein! Wieso hattest du das Geld im Zimmer und nicht auf der Bank?«

»Damals?«
Helene lachte und schüttelte den Kopf.

»Du hast keine Ahnung, wie es zu der Zeit war. Nein, woher auch? Ich hatte nur meinen Sparstrumpf. Als armer Mensch besaß man in der Regel kein Bankkonto. Ich wusste gleich, wer es gewesen sein musste. Ein Tellerwäscher aus der Küche, den ich daraufhin beinahe vermöbelte. Doch ich hielt mich noch einmal zurück, weil ich nichts mit der Polizei zu tun haben wollte. Mir fehlten die Beweise, und er wusste das.«

»Wie kann ein Mensch nur so viel Pech haben?«
Jolanda lief wieder einmal zum Fenster und starrte hinaus.

Helene goss sich erneut ein Glas Wasser ein und trank es in einem Zug leer.
»Ich konnte das. Aber ich bin ja noch nicht fertig mit meiner Geschichte.«

»Hast du noch mehr davon?«
»Ja, ein bisschen was geht immer noch.«

Jolanda versuchte zu lächeln.
»Dann komme ich wieder an den Tisch.«

Helene nickte ihr zu und sprach weiter.
»Meine Enttäuschung und mein Frust waren nach dem Diebstahl groß, und mit jedem Tag machte sich die Hoffnungslosigkeit breiter. Ich schrieb einen Brief an meine Schwester und erklärte ihr meine Situation. Auch bat ich sie, weiter auf dich aufzupassen, bis ich kommen konnte. Ihre Antwort hätte ich nie im Leben so erwartet.«
Helene schüttelte den Kopf. Unverständnis machte sich auch nach so langer Zeit noch breit.

»Sie schrieb, sie habe versucht, ihre Tochter zu sehen und deshalb Franco gebeten, ihr entgegenzukommen, sich auf halber Strecke und auf neutralem Boden mit ihr zu treffen, was er auch tat. Die Begegnung fand in einem Hotel in Österreich statt, aber ihre Tochter hat sie wohl nur angeschrien und ihr mitgeteilt, dass sie verschwinden solle, dass sie sie niemals in ihrem Leben wiedersehen wolle. Es stellte sich nämlich heraus, dass Carlotta, Francos Mutter, dem jungen Mädchen erzählt hatte, dass ihre Mutter sie während der schweren Krankheit nicht besucht und auch nicht den Versuch unternommen habe, für sie zu spenden. Dadurch wusste das arme Mädchen über die Fehltritte der Mutter Bescheid und wollte nichts mehr von ihr wissen.«

Jolanda war jetzt fix und fertig.

»Und wie ging es weiter?«

»Florentine schrieb außerdem, dass sie mir nicht zutraue, dass ich dich je versorgen könnte. Das sei übrigens auch die Meinung von meinem Mann Albano, der sie in Wiesbaden besucht hatte. Es war also meine liebe Schwester, die zuvor schon in einem Brief unsere familiären Details mit Suizid und Alkohol ausgeplaudert hatte. Beide waren übereingekommen, dass es besser sei, wenn Florentine das Mädchen adoptierte. So hätte das Kind wenigstens eine ordentliche Zukunft.«

»Nein, nein, nein!«, rief Jolanda entsetzt.

»Das ist ja schlimmer als in einem Roman. So was kann sich keiner ausdenken.«

»Und natürlich sollte es so sein, dass ich das Familienglück nicht störe, also durfte ich dich nicht mehr sehen.«

Jolanda rieb sich über die Oberarme, sie begann plötzlich zu frieren.

Helene aber sprach einfach weiter.

»Der Deal war, dass du ein schönes Leben bekommst und eine gute Ausbildung. Außerdem wollte dein Vater in Deutschland eine Fabrik eröffnen, und die sollte einmal dir gehören. Dafür verschwinde ich aus euer aller Leben. Man hat mich mit diesem erpresserischen Brief vor die Alternative gestellt, dass es dir gut geht – oder, wenn ich nicht einverstanden bin, eben nicht. Was hätte ich tun sollen? Was tut eine Mutter, wenn sie das Angebot hat, ihrem Kind eine gesicherte Zukunft zu ermöglichen?«

Beide Frauen saßen nun weinend am Tisch. Nach einer gefühlten Ewigkeit erhob sich Jolanda und nahm ihre Mutter in die Arme. Sie strich ihr über den Kopf und über die Wangen. Endlich konnte sie ihren Gefühlen nachgeben.

»Meine Mama, was musstest du alles ertragen?«
»Ich habe es für dich getan«, schluchzte Helene.

»Sie haben ja Wort gehalten. Dir ging es doch gut?«
»Ja, schon. Aber das, was man mit dir gemacht hat, das verzeihe ich denen nie.«

»Lass die Toten ruhen, Jolanda. Alles andere bringt Unglück.«

»Wir haben so viel nachzuholen, Mama. So viel!«
Helene nickte, über die selbstverständliche Anrede.

»Das machen wir, meine stolze Tochter.«

Jolanda löste sich aus der Umarmung und blickte Helene fragend an.

»Was hast du vorhin noch gesagt? Mein Vater wollte in Deutschland für mich eine Fabrik bauen?«

»Ja, das haben sie mir in der Vereinbarung geschrieben. Du musst jetzt nachforschen, dass man dir gibt, was dir zusteht.«

Jolanda lachte hart auf.

»In der Schatulle lagen Zeitungsausschnitte über eine anstehende Insolvenz eines italienischen Unternehmens in Berlin. Deshalb hat deine Schwester – ich kann sie jetzt nicht mehr Mutter nennen – zu mir gesagt, dass ich nie eine Firma so einfach schließen oder zerschlagen soll. Ich arbeite nämlich als Unternehmensberaterin und muss öfter Firmen das Licht ausknipsen. Und sie hat mich fast angefleht, das nicht zu tun. Jetzt weiß ich auch warum.«

»Oje, sag bloß. Du musst dich sofort darum kümmern.«

»Ja, Mama, aber das mache ich später. Erst einmal zu dir. Ich nehme dich mit zurück in deine Heimat. Hier bleibst du auf keinen Fall.«

Helene winkte vehement ab.

»Nein, nein. Ist doch alles gut so. Ich habe ein Dach

über dem Kopf, eine Minirente, und ich verdiene mir wie immer etwas dazu.«

»Niemals. Wir lösen deine Wohnung auf, das dauert nur wenige Tage, dann besuchen wir noch kurz Franco und fliegen einen Tag später zurück nach Frankfurt. Danach geht es in den Schwarzwald zu deiner Familie, und dort kannst du in Ruhe überlegen, ob du in einer kleinen Wohnung in Frankfurt oder lieber im Schwarzwald leben möchtest.«

Helene traten abermals die Tränen in die Augen, doch es waren Tränen der Freude. Zum ersten Mal seit ewigen Zeiten gab es jemanden in ihrem Leben, der für sie da war, der Entscheidungen traf und sich um sie sorgte.

»Und wann musst du wieder arbeiten?«, fragte sie.

»Ich habe noch vier Wochen, dann sollte ich wieder in der Firma sein. In der Zwischenzeit schaue ich nach der Fabrik. Doch heute machen wir uns noch einen schönen Tag.«

Helene streichelte Jolandas Hand.

»Aber ich möchte auch ein bisschen was aus deinem Leben hören. Ich kenne dich ja noch gar nicht.«

Jolanda musste lachen.

»Stimmt, ich habe ja auch achtunddreißig Jahre lang gelebt.«

Und dann erzählte auch sie fast zwei Stunden aus ihrem Leben. Besonders über die letzten Wochen nach Florentines Tod, über den Beginn ihrer Suche und das, was sie in Hertenbach und in Taormina gehört hatte.

Helene hörte gespannt zu und erfuhr erst jetzt durch Jolandas Berichte in Auszügen, was mit ihren Eltern und ihren beiden Brüdern passiert war. Sie hatte zuvor nur wenige bis fast gar keine Informationen erhalten.

Jolanda erhob sich. Sie hatte sich ganz spontan dazu entschlossen, mit ihrer Mutter den hoteleigenen Wellnessbereich zu besuchen.

»Mama, komm, wir gehen jetzt ins Schwimmbad und genehmigen uns anschließend eine schöne Massage. Wir werden noch so viel Zeit haben, über alles zu sprechen. Und ganz besonders möchte ich, dass wir mehr nach vorne als zurückschauen.«

***

Einige Tage später war in Palermo alles erledigt. Jolanda hatte Helenes Wohnung gekündigt und den ganzen Hausrat an die Nachbarn verschenkt, ebenso ihre alte Kleidung.

Helene sollte nur die neu gekauften Sachen mit nach Deutschland nehmen. So passten ihre Habseligkeiten und Erinnerungen in einen mittelgroßen Koffer. Außerdem erledigten sie die Formalitäten für Helenes Rückkehr und stellten einen Antrag, dass ihre Minirente nach Deutschland überwiesen wurde.

Dazu rief Jolanda bei ihrer Bank in Frankfurt an und ließ ein Konto auf Helenes Namen einrichten. Ein Glück dachte sie, als sie fertig war, dass heutzutage alles online erledigt werden konnte.

So blieb ihnen vor dem Abflug aus Catania nur noch

ein kurzer Besuch bei Franco.

Dieser war hocherfreut, als er sah, dass Mutter und Tochter vereint auf ihn zukamen. Es folgten dann zwei wundervolle Stunden, in denen alle Unstimmigkeiten und Wissenslücken ausgeräumt und geschlossen werden konnten.

Man versprach sich, von nun an einen regen familiären Kontakt zu pflegen, auch wenn nicht alle miteinander verwandt, aber dennoch um die Ecken verwoben waren.

»Franco, willst du mir vielleicht sagen, wo meine Cousine lebt und wie es ihr geht?«, fragte Jolanda bei einem schönen Abschiedsessen.

»Ja, natürlich. Alida lebt mit ihrem Mann und ihren beiden Kindern in den Dolomiten. Sie haben dort einen großen Berghof mit vielen Kühen und Ziegen und machen einen tollen Biokäse. Außerdem betreiben sie ein Hotel und eine Hütte für Wanderer. Es geht ihnen ganz prima.«

»Das freut mich. Gibst du mir die Adresse? Wenn ich wieder Urlaub habe, fahre ich mit Mama hin. Wir wollen sie unbedingt kennenlernen.«

Am späten Nachmittag verabschiedeten sie sich mit dem Versprechen, sich gegenseitig zu besuchen, und dann ging es zur Maschine nach Frankfurt.

Helene verspürte Herzklopfen und Bauchkribbeln, als sie mit einem Taxi zu Jolandas Wohnung fuhren. Es war ein merkwürdiges Gefühl, nach weit mehr als einem Vierteljahrhundert wieder deutschen Boden unter den Füßen zu haben.

Erst als sie das Dachgeschoss betreten hatten und Helene sich umschaute, merkte sie, wie erfolgreich ihre Tochter war. Einen solchen Luxus hatte sie damals nur bei der Familie ihres Mannes gesehen und dann nie wieder.

Am Abend saßen sie entspannt im Wohnzimmer. Jolanda hatte den Kamin angemacht und zum Essen eine Flasche Wein geöffnet, wovon sie jetzt noch etwas übrig hatten.

»Ich möchte dir aber künftig nicht auf der Tasche liegen, Jolanda.«

»Das tust du nicht, Mama.«

»Würde ich aber, wenn ich hier in Frankfurt eine Wohnung mieten müsste. Ich brauche eine Putzstelle oder eine andere Arbeit.«

»Du bist doch schon Rentnerin, da müssen wir schauen, wo wir was finden. Bist du eigentlich von meinem Vater geschieden?«

Helene blickte auf ihre Hände, die sie in ihrem Schoß ineinander verschlungen hatte.

»Nein, wir sind nicht geschieden. Er hat sich zumindest diesbezüglich nie bei mir gemeldet. Er hatte wohl Angst, dass die Presse die Trennung groß aufzieht.«

Jolanda musste grinsen.

»Ich dachte mir erst, dass mein Vater damals gleich wieder heiraten musste, als wichtiger Erbe. Aber da habe ich mich wohl geirrt.«

»Soweit ich aus der Zeitung mitbekommen habe, ist eine seiner Schwestern zu einem Mann mit einem Landgut gezogen, und die andere Schwester wurde in eine Großfamilie verheiratet. Dein Vater Albano kümmerte sich zusammen mit seinem Bruder Luigi um die Fabrik und ist zumindest in der Öffentlichkeit den Frauen ferngeblieben. Nur nicht auffallen, war bestimmt die Devise. Aber das kann ja heute auch anders sein.«

Jolanda musste trotz der Ernsthaftigkeit über das persönliche Handeln ihres Vaters lachen.

»Bleibt noch die ominöse Fabrik in Berlin. Und da bin ich der Spezialist, wenn das alles stimmt, was wir aus der Schatulle wissen«, erklärte sie ihrer Mutter. »Dann wird es erst noch interessant.«

Helene zurück im Schwarzwald

Und wieder schlängelte sich Jolanda mit ihrem Auto die kurvenreiche Straße hinauf. Es war immer noch kalt, und es lag immer noch ein bisschen Schnee.

Sie hatte auch dieses Mal im Gasthof Zimmer reserviert. Heute würde es aber einfacher sein als beim ersten Mal, denn sie wusste bereits, was sie erwartete, und Frau Engert war auch gar nicht so übel, wie sie vor einigen Wochen gedacht hatte.

»Wir sind gleich da«, erklärte sie Helene.

»Das ist der alte Gasthof, den du sicher noch in Erinnerung hast, und Frau Engert ist bestimmt die Tochter der alten Wirtsfamilie, denke ich. Vielleicht kennst du sie ja aus deiner Schulzeit.«

»Kann schon sein. Ich muss erst mal sehen, ob ich überhaupt noch jemanden kenne.«

Unruhig geisterten Helenes Augen über die Landschaft, und ihre Finger waren krampfhaft ineinander verschlungen.

Frau Engert begrüßte sie wieder hinter dem Tresen und reichte ihnen die Zimmerschlüssel. Helene konnte sich auf den ersten Blick nicht erinnern, die Frau schon einmal gesehen zu haben.

»Du bist doch die Helene Abele, stimmt's?«, fragte Frau Engert nun, während sie weiter Bier zapfte.

»Ja. Kennen wir uns?«

»Aber ja. Ich bin Klara, die Tochter des Sonnhofbauern, und habe den Sohn vom Wirtshaus geheiratet.«

»Klara? Mensch, Klara, jetzt weiß ich das wieder! Wir sind doch zusammen zur Schule gegangen.«

»Stimmt! Wie geht es dir? Wirst du wieder ins Dorf kommen, oder bist du nur zu Besuch hier?«

Helene zuckte die Schultern.
»Weißt du, ich komme gerade von einem halben Leben auf Sizilien zurück. Jetzt muss ich erst einmal die Familie begrüßen. Mal schauen, wo ich mich niederlasse, ich weiß es noch nicht.«
»Na dann, willkommen zu Hause.«
»Danke.«

✳✳✳

Am nächsten Vormittag machten die beiden Frauen gleich nach dem Frühstück einen langen Spaziergang durchs Dorf.
Helene bemühte sich, alles in sich aufzunehmen, um herauszufinden, was neu war oder was noch so war, wie sie es kannte.
Nebenbei erzählte Jolanda nicht oberflächlich, wie sie

das schon einmal getan hatte, sondern bis ins kleinste Detail, was sie über Helenes Eltern und über Friedrich, seine Familie und den Hof wusste.

Zwischendurch musste Helene immer wieder stehen bleiben, und das nicht nur wegen ihrer Gehbehinderung.

Ihr Blick trübte sich ein, und ihr Atem wurde knapp.

Es war eine schwere Speise, die Jolanda ihr da servierte, und sie fragte sich, ob wohl ein Fluch auf der Familie lag.

»Jolanda, gibt es denn einen einzigen glücklichen Menschen in dieser Familie?«

»Na ja, bei den Abeles sind es eigentlich nur der Jakob und Tante Ida, wenn ich das so richtig verfolgt habe. Die beiden lebten aber in einer anderen Familie.«

Jolanda hielt an und ihr Blick verlor sich auf der Straße.

»Deine Schwester Florentine können wir nicht einschätzen. Ich dachte immer, dass sie ein normales und schönes Leben hatte, gut versorgt durch meinen Vater, einen Arzt. Aber wenn ich so überlege und mich frage, ob ein Mensch glücklich sein kann, der seine Tochter ablehnt, seiner Schwester das Kind wegnimmt, um vielleicht einen Ersatz zu haben, dann habe ich da so meine Zweifel.«

»Ich bezweifle das auch, das glaube mir. So wie ich sie heute sehe, hatte sie für ihr Kind nicht die richtige Entscheidung getroffen, und uns hat sie nicht nur wehgetan, sondern unsere gemeinsamen Jahre geklaut. Wir werden die Wahrheit leider niemals mehr erfahren.«

Jolanda nahm ihre Mutter in den Arm.

»Gräme dich nicht. Deine gute Zeit kommt jetzt, auch wenn du lange warten musstest. Also fassen wir zusammen: Neben Jakob ging es auch mir bisher sehr gut, und jetzt, wo ich meine richtige Mama habe, wird es sogar noch besser. Franco und seine Tochter Alida scheinen inzwischen ja auch ein gutes Leben zu führen.«

»Stimmt. Wenn du jetzt noch deine Fabrik bekommst und wir Friedrich mit seiner Familie auf den richtigen Weg bringen, dann könnte doch noch die Sonne scheinen. Vielleicht kannst du dich ja auch mit deinem Vater aussöhnen.«

Jolanda atmete tief aus.

»Puh, das ist ein spezielles Thema. Lass das noch ein wenig ruhen. Aber Friedrich wäre das zu wünschen. Und das mit der Fabrik gehe ich entspannt an. Eigentlich brauche ich sie gar nicht. Aber da du auch für die Fabrik so ein einsames Leben führen musstest, werde ich schauen, was da überhaupt los ist.«

»Ja, mach das. Du bist da frei in deiner Entscheidung. Mich interessiert daran eigentlich nur, was aus deinem Vater Albano geworden ist.«

»Liebst du ihn denn noch immer?«

Helene griff sich an die Wange.

»Lieben? Ich weiß nicht genau. Einerseits finde ich sein Verhalten unverzeihlich, aber anderseits glaube ich, dass er nicht gegen seine Mutter ankam, die in meinen Augen die Strippen gezogen hat. Stell mir diese Frage erst dann, wenn ich ihm vielleicht noch einmal gegenübergestanden habe. Dann weiß ich, ob mein Herz noch für ihn klopft.«

Jolanda nickte.

»Schau, wir stehen hier vor deinem Elternhaus. Aber mit Friedrich und seiner Familie ist das nicht so einfach. Die sind wirklich alle sehr krank.«

Helene wischte die Bedenken mit der Hand weg.

»Ich klingle trotzdem. Ich will meinen Bruder sehen.«

»Gut, dann los.«

Jolanda stellte sich hinter ihre Mutter. Sie ahnte, was gleich passieren würde.

Erst eine ganze Weile, nachdem Helene auf den Klingelknopf gedrückt hatte, öffnete sich die Haustür.

»Was wollen Sie denn schon wieder?«, schnauzte derselbe Mann wie vor ein paar Wochen Jolanda an, während er Helene, die vor ihr stand, einfach übersah.

Die aber ließ sich nicht einschüchtern und trat auf ihn zu. Sie kannte sich aus.

In ihrer Straße in Palermo hatte sie es nur mit solchen Leuten zu tun gehabt, deshalb wusste sie, damit umzugehen.

»Ich gehe mal davon aus, dass du der Sohn von meinem Bruder Friedrich bist. Habe ich recht?«

»Ja und?«

»Nichts und! Was ist denn das für eine unhöfliche Begrüßung? Geh und sag ihm, dass seine Schwester

Helene da ist und ihn sehen möchte.«

Während sie sprach, wurde Helene immer lauter und ihr Gesichtsausdruck härter und kälter.

Der Mann lief rot an. Damit hatte er wohl nicht gerechnet. Perplex drehte er sich um und schlurfte ins Haus.

Nach einer Weile kam Friedrich durch die Tür. Helene und Jolanda erschraken über sein hageres Gesicht, seine eingefallenen Augen und seinen ausgemergelten Körper, der wieder in unansehnlichen Klamotten steckte.

»Helene?«, fragte er ungläubig.

Mit brüchiger Stimme antwortete sie: »Ja, Friedrich. Deine Helene ist wieder da.«

Friedrich trat auf Helene zu und fiel ihr mit seinem schwachen Körper um den Hals. Tränen der Freude liefen in Bächen über seine faltigen Wangen.

»Pssst, Friedrich, beruhige dich. Alles ist gut. Stehen die Bank und der Tisch noch im Hof?«

Friedrich konnte vor Aufregung nur nicken.

»Dann komm, auch wenn es noch kühl ist.«

Helene versuchte, ihn zu stützen, was aber ein etwas schwieriges Unterfangen war, brauchte sie doch selbst eine Gehhilfe.

»Lass mich das machen.«

Jolanda schob sich an ihr vorbei und hakte sich bei Friedrich unter, um ihm Halt zu geben.

Gemeinsam setzten sie sich rund um den Tisch, und

gleich danach kamen Friedrichs Frau Greta, die sich in den Stuhl fallen ließ, und schließlich seine beiden Söhne, die sich ungefragt an den Tisch fläzten.

Jolanda rutschte etwas zur Seite, denn von ihren vier Gastgebern ging ein bestialischer Gestank aus.

Helene betrachte ihren Bruder eingehend.

»Friedrich, du siehst schlecht aus. Euch geht es nicht gut, wie ich sehe.«

»Nein, uns gehts gar nicht gut. Aber das ist doch schon ewig so und wird sich auch nicht mehr ändern.« Wieder tropften ihm Tränen aus den Augen.

»Was geht euch das eigentlich an?«, fragte Greta lallend.

»Ihr taucht nach weiß Gott wie vielen Jahren plötzlich wieder auf und wollt wissen, wie es uns geht.«

Helene klopfte ungehalten mit den Fingern auf die Tischplatte.

»Sei still, Schwägerin. Mein Leben hatte auch viele Macken. Ihr hattet euer Zuhause, ich nicht.«

Greta zog ihren Flachmann aus der Tasche und nahm ungeniert einen Schluck. Dann lehnte sie sich über den Tisch und sah Helene in die Augen.

»Hättest du nicht auch noch rumgehurt wie deine Schwester, dann hättest du dein Zuhause behalten können.«

Helene lief krebsrot an. Das war etwas, das niemand mehr zu ihr sagen durfte.

Ja, sie war damals verliebt gewesen, aber mehr auch nicht. Da hatte ihr der Vater schon unrecht getan, und nun glaubte eine Alkoholikerin, die nichts über diese Vorgänge wusste, über sie ein Urteil sprechen zu dürfen? Jetzt lehnte auch sie sich über den Tisch.

»Na, du hast es nötig! Packst hier den Flachmann aus und lallst herum. Und von der Wahrheit hast du gar keine Ahnung!«

Jolanda versuchte, ihre Mutter zu beruhigen. Das fehlte jetzt noch, dass die Situation mit diesen Besoffenen eskalierte.

»Mama, reg dich nicht auf. Das ist doch Schnee von gestern.«

Vehement schüttelte Helene den Kopf.

»Das glaubst aber auch nur du, mein Kind. Die Frau hatte hier jahrzehntelang ein wunderschönes Zuhause, einen stolzen Hof, den sie mit ihren faulen Kerlen, die hier am Tisch rumlungern, hätte pflegen und erhalten können, anstatt Haus und Hof zu versaufen.«

Helene musste tief Luft holen vor Aufregung.

»Nur weil mein armer Friedrich krank war und Hilfe gebraucht hätte, musste sie nicht seine Krankheit ausnutzen und auch saufen.«

Friedrich hielt sich die Ohren zu.

»Hör auf, Helene, ich kann das nicht mehr hören. Sie ist auch nur hineingerutscht, weil ich nicht mehr rauskam. Wenn ich wüsste, wie, würde ich das alles ungeschehen machen.«

Jolanda hatte sich währenddessen aufmerksam auf

dem Innenhof umgesehen. Das war ein riesengroßes Anwesen, das man von der Straße aus überhaupt nicht einsehen konnte. Aber hier in diesem Viereck, geschützt von den vielen Gebäuden ringsherum, war es früher bestimmt einmal wunderschön gewesen. Gepflasterte Flächen wechselten sich mit Rasen, Rosenbüschen und Bäumen ab. Wenn da einer wieder Hand anlegen würde, könnte man daraus ein schönes Hofcafé oder eine Besenwirtschaft machen. Ihre betriebswirtschaftlichen Augen kamen ins Schwärmen. Sie war jetzt neugierig geworden.

»Was sind denn das hier für Gebäude ringsherum, Mama?«, wollte sie wissen.

Helene musste erst wieder runterkommen, bevor sie den Hof mit den Augen erfasste.

»Das waren gut durchdachte Lösungen für einen landwirtschaftlichen Hof. Hinter uns ist das Haupthaus, rechts und links jeweils ein Flügel mit Gesindezimmern und anderen Räumlichkeiten. Weiter um die Ecke kommen die verschiedenen Stallungen für Kühe, Pferde und Kleintiere, daneben ist die Scheune und genau gegenüber ist das kleine Haus meiner Großeltern.«

„Wieso wohnten die da drüben?"

»Großbauern haben immer auf ihrem Grundstück in der Nähe des Haupthauses noch ein etwas kleineres Haus gebaut. Dahin zog der Bauer mit seiner Frau, wenn der Sohn den Hof übernahm. So sind auch meine Großeltern ins Altenhaus gezogen, als mein Vater die Verantwortung übernahm.«

Helene hielt inne. Sie starrte auf das Altenhaus, dessen Putz an vielen Stellen abgeblättert war und das ganz einfach traurig anmutend, aber an Schönheit erinnernd in seiner Ecke stand. Ihre Gesichtsmuskeln zuckten, man sah, dass es hinter ihrer Stirn arbeitete.

»Friedrich, war eigentlich ein Testament da, als unsere Eltern starben?«, fragte sie.

»Ach, sieh einer an. Nachtigall, ich hör dir trapsen«, rief einer seiner Söhne.

»Die will erben! Dass ich nicht lache!«

»Halt den Mund! Was weißt denn du? Hast du schon einmal was anderes geleistet, als die Flasche hochzuhalten?« Aus Helenes Augen schossen Blitze.

»Friedrich?«

»Ja, es war ein Testament da«, antwortete dieser zögernd.

»Und was stand da drin?«

»Jeder von uns ein Viertel. Und ich sollte den Hof bekommen. Euch sollte ich auszahlen.«

»Aha.«

Helene schwieg einige Minuten. Dann erhob sie sich. »Komm, Friedrich, zeig mir das Altenhaus.«

Sie zog ihn vom Tisch hoch, und als sie mit ihm über den Hof ging, drehte sie sich noch einmal um und rief: »Jolanda, du kommst mit!«

Gemeinsam betraten sie das alte, unbewohnte Haus. Es roch muffig. Die Dielen und die Fensterrahmen waren morsch, die Steinfliesen zerdeppert und gerissen, die

Wände schief und nur gekalkt.

Im Erdgeschoss gab es eine große Küche, eine Wohnstube, ein weiteres Zimmer und eine Toilette. Über eine ausgetretene Treppe gelangten sie in den oberen Stock mit drei Schlafzimmern und einem Bad, das mit einem großen Holzofenkessel ausgestattet war.

Helene stand am Fenster des Schlafzimmers ihrer Großeltern. Das Häuschen war noch möbliert.

Alles, was damals zur Einrichtung gehörte, war noch da, sogar das Geschirr und andere Kleinigkeiten. Es war, als würden die Großeltern jeden Moment zur Tür hereinkommen.

»Das ist so ein schönes Häuschen«, meinte Helene nachdenklich.

»Ich fühle mich total zurückversetzt in die Zeit, in der ich jeden Tag hier ein und aus gegangen bin.«

Jolanda spürte die Sentimentalität ihrer Mutter.

»Mama, was geht dir durch den Kopf?«

Helene gab keine Antwort und ging wieder hinunter in die Wohnstube.

Auf dem dunklen Vertiko standen diverse Fotos. Eines zeigte ihre Großeltern, ein anderes ihre Eltern mit ihren vier Kindern, die alle strahlend in die Kamera lachten. Liebevoll strich Helene nacheinander über alle Gesichter. Friedrich und Jolanda standen derweil schweigend daneben.

Einige Zeit später setzten sie sich wieder nach draußen zu den anderen.

»Kannst du uns mal ein Wasser und Gläser holen?«, bat Helene ihre Schwägerin, die es bisher versäumt hatte, gastfreundlich zu sein. Widerwillig stand diese auf und besorgte das Gewünschte.

Dann wandte sich Helene wieder ihrem Bruder zu. »Was mit dem Haus und dem Grundstück hier los ist, das sehe ich. Aber was ist mit den Äckern und dem Wald, also mit der ganzen Landwirtschaft?«

Friedrich begann zu zittern und strich aufgeregt mit den Händen über den Tisch. Beinahe hätte er sein Glas umgeworfen.

»Friedrich, sag was.«

»Wir mussten es nach und nach verkaufen«, kam es langsam von ihm.

»Und die drei Anteile für deine Geschwister, die hast du auf ein Sparbuch gelegt?«

»Du bist doch nur wegen dem Geld und deinem Erbe gekommen, du Schlampe!«, schrie Greta dazwischen.

Helene hob die Hand.

»Du bist nicht gefragt. Halt dich da raus.«

Friedrich schaute seine Schwester ängstlich an und schüttelte den Kopf.

»Nein, das habe ich nicht. Ich habe das Land stückchenweise für paar Mark verkauft.«

»Danke, Friedrich, für deine Ehrlichkeit.«

Dann wandte sie sich Jolanda zu.

»Diese Familie, also die Abeles, sind neben ihren eigenen groben Fehleinschätzungen das Opfer einer prüden, konservativen Nachkriegsgesellschaft und einer verfehlten Politik geworden. Das geschah, als man für das Wirtschaftswunder ohne einen vernünftigen Plan die Gastarbeiter ins Land holte, die in der Bevölkerung unerwünscht waren und nicht vernünftig in den deutschen Alltag aufgenommen wurden.«

Sie schloss kurz die Augen und suchte nach den richtigen Worten.

»Wir alle haben dadurch Fehler gemacht und sind über diese Fehler so sehr gestolpert, dass wir uns als Familie selbst zerstört haben. Viele unserer Familienmitglieder haben sich deshalb fast ein halbes Leben lang unpassend verhalten, den anderen wehgetan, selbst gelitten und keinen Frieden gefunden. Und das gilt auch für unsere Männer in Italien.«

Betretenes Schweigen folgte. Selbst die umnebelten Gehirne spürten die Ernsthaftigkeit dieser Worte – und sie spürten die Wahrheit, die darin steckte.

Jolanda nickte.

»Mama, du hast recht. Ich stimme dir voll zu.«

»Ja, und der Blick vorhin auf die Fotos unserer Großeltern war für mich eine Mahnung. Sie hätten das nicht gewollt, sie weinen im Himmel, wenn sie ihren Hof sehen, für den sie ihr ganzes Leben gearbeitet haben. Und sie weinen, wenn sie sehen, wie wir damit umgehen und wie wir leben.«

»Ich fühle, dass dir ein paar Dinge durch den Kopf gehen. Was willst du tun?«

Fragend musterte Jolanda ihre Mutter.

Helene musste lächeln.

»Ich will das ändern, und zwar für uns alle. Ich muss ohnehin auf meine alten Tage wieder einmal neu anfangen. Zum wievielten Mal eigentlich? Egal, ich zähle nicht nach. Wir müssen das große Aufräumen ins Auge fassen.«

»Dir schwebt doch schon was vor, Mama! Und ehrlich gesagt, ich habe auch schon ein paar gute Ideen im Kopf.«

»Na prima, dann fangen wir an.«

Helenes Mund war mittlerweile vom Reden ganz ausgetrocknet, und sie goss sich deshalb ihr Wasserglas voll.

Als sie es in einem Zug geleert hatte, griff sie über den Tisch und nahm Friedrichs Hand.

»Friedrich, du bist sehr krank und gehst morgen in eine Klinik. Du musst den Willen haben und diesen Teufel Alkohol loswerden. Schau dich um, wir haben hier so ein schönes Zuhause und nur noch eine kurze Strecke unsres Lebens, die schön sein kann. Du musst da durch, damit du wieder leben kannst.«

Friedrich nickte nur.

»Wirst du das tun?«, fragte sie noch einmal eindringlich.

»Hast du die Kraft, den Kampf aufzunehmen, um

deinen Körper wieder in Ordnung zu bringen?«

»Ich hoffe es.«

Sie drückte seine Hand ganz fest.

»Nein, hoffen alleine genügt nicht. Pass auf, wir schließen einen Vertrag: Du hast deine Geschwister um ihr Geld und ihr Erbe gebracht. Und wir vereinbaren jetzt, dass wir den Hof zusammen wieder auf Vordermann bringen und was Modernes daraus machen, eine Pension oder so etwas Ähnliches vielleicht. Aber nur, wenn du den Entzug durchhältst und nicht rückfällig wirst. Ansonsten, mein Lieber, kannst du auf der Straße wohnen, dann nehme ich dir den Hof weg, weil ich mein Geld haben möchte. Also, es gilt: Alles oder nichts, mein Freund.«

Friedrich starrte sie entsetzt an, dann sackte er in sich zusammen, und sein Gesicht fiel beinahe auf die Tischplatte.

Helene hatte schon vermutet, dass sie zu hart gewesen war und er gleich zusammenbrechen würde. Aber nach kurzer Zeit hob er den Kopf und sagte mit fester Stimme: »Ich schaffe das, Helene. Ich bin so froh, dass mich jemand unterstützt und mir den Weg zeigt, auch wenn du mich unter brutalen Druck setzt.«

»Ohne Druck geht es nicht, mein geliebter Bruder. Nur so wirst du wieder gesund.«

Jolanda erkannte ihre Mutter nicht wieder, die gerade über sich hinauswuchs. Sie wusste zwar noch nicht, wo diese das Kapital für die Umstrukturierung hernehmen wollte, aber die Idee war genial.

»So, und nun zu euch drei anderen mit den Flachmännern!«, fuhr Helene mit derselben Unerbittlichkeit in der Stimme fort.

»Für euch gilt das Gleiche wie für Friedrich. Ihr bekommt eine einzige Chance: Ihr geht auch zur Entziehungskur, oder ihr fliegt sofort hier raus. Wenn mein Bruder nach Hause kommt, darf hier niemand mehr sein, der trinkt. Sofort in die Klinik und durchhalten – oder verschwinden. Morgen früh ist die Ansage. Bis dahin könnt ihr nachdenken.«

Die drei waren so schockiert, dass sie kein einziges Wort herausbrachten. Aber das war Helene völlig egal. Sie sprach ohne Unterbrechung weiter: »Jolanda, mein Kind, ich habe mein Zuhause gefunden. Ich möchte das Altenhaus herrichten. Zwar weiß ich noch nicht wie, aber mir fällt schon was ein. Weißt du, hier schließt sich mein Kreis. Ein kleines Häuschen, ein Garten, eine Aufgabe, meine Heimat.«

»Ich freue mich für dich, deine Ideen sind großartig, und ich helfe dir, wo immer ich kann.«

Jolanda umarmte ihre Mutter. Ihr Respekt für sie stieg von Minute zu Minute. Erst jetzt konnte sie richtig die Vorstellung entwickeln, wie ihre Mutter auf Sizilien alleine in dieser Härte überlebt hatte. Sie war eine ganz starke Frau.

Helene erhob sich.

»Friedrich, ich treffe mich heute Mittag mit unserem Bruder Jakob. Wir drei werden zusammenstehen und das alles schaffen. Pack einen Koffer. Ab morgen beginnt dein neues Leben.«

Greta und seine Jungs ließ sie dagegen einfach stehen. Sie tat das nicht aus Unfreundlichkeit, sondern sie wollte sie so zu einer Entscheidung zwingen, die der kleinen Familie eine Chance gab.

Jolanda und Helene gingen schließlich zurück zum Gasthof. In der Gaststube ließen sie sich von Frau Engert ein Mittagessen bringen, das sie schweigend zu sich nahmen. Der Worte waren zuvor schon viele gewechselt worden. Danach legten sich beide für ein Stündchen hin, um neue Kraft zu sammeln.

Am Nachmittag fuhren sie ins Nachbardorf zu Jakob. Er öffnete heute selbst die Tür und blickte seine Schwester Helene für einen Moment mit fragenden Augen an, dann umarmte er sie liebevoll.

»Helene, ich konnte mir nur noch vage dein Gesicht vorstellen, aber jetzt, wo du vor mir stehst, erkenne ich dich wieder. Sei mir herzlich willkommen.«

»Danke, mein kleiner Bruder. Du siehst aus wie ein waschechter Abele, aber sehr viel eleganter als ich und Friedrich. Unsere Schwester Florentine ähnelte eher dir.«

Jakob lachte.

»Hallo Jolanda, schön, dass du sie mitgebracht hast. Komm bitte rein.«

Im Flur wartete Tante Ida schon ganz aufgeregt und voller Stolz auf sie.

»Helene, meine Helene. Ich freue mich so, dass ich dich noch einmal sehen darf!«

Helene ging das Herz auf. So oft hatte sie auf Sizilien an ihre Tante gedacht, und nun stand sie vor ihr.

»Tante Ida, komm lass dich umarmen. Ich bin auch sehr froh, dich zu sehen. Du bist und bleibst meine Lieblingstante.«

Edith trat zu ihnen und bat alle ins Wohnzimmer.

Jolanda war heute richtig glücklich. Es war eine ganz andere Situation als noch im Dezember. Sie hatte Jakob zuvor schon angerufen und ihn darüber informiert, dass Helene ihre Mutter war. Und Helene hatte sie ja bereits alles erzählt, was sie über Jakob und das alte Leben wusste.

So musste Helene nur noch ihre Jahrzehnte der Abwesenheit ausrollen, und Jolanda ergänzte alles, was sie von Franco und seiner Tochter wusste. Tante Ida lauschte ehrfürchtig und dankbar, dass sie dies noch erfahren durfte.

Auch Helenes trauriges Resümee vom Vormittag über die Krisen bei vielen Mitgliedern der Familie Abele wurde noch einmal thematisiert und analysiert.

»Doch jetzt geht es um die Zukunft von Friedrich

und von mir.«

Helene begann, über den Vormittag im Elternhaus zu erzählen, und ließ nichts aus. Ganz speziell sprach sie über das Testament und die Hilfe zur Selbsthilfe für Friedrich. Auch ihre Drohungen an alle vier Kranken erwähnte sie explizit.

Tante Ida legte ihre Hand auf Helenes Arm.

»Es ist ein Segen, liebe Helene, dass du gekommen bist. Es ist unser aller Verpflichtung, Friedrich und den kleinen Rest des Anwesens zu retten. Und das, was du heute in kurzer Zeit in die Wege geleitet hast, ist genau das Richtige.«

Jakob nickte ununterbrochen mit dem Kopf.

»Ich ziehe den Hut vor deinem Elan, Helene. Da musst du von Sizilien kommen, und schon läuft es. Warum habe ich das nicht schon längst übernommen? Ich bin doch sonst so ein tougher Geschäftsmann.«

Helene lächelte.

»Ach nicht doch, mein Lieber. Wenn man so nah dran ist wie du, dann wird man manchmal betriebsblind. Bei mir ist das der nackte Selbsterhaltungstrieb, der mich anspornt. Du musst wissen, ich bin als armes Schwein mit Minirente zu euch zurückgekommen und habe auch noch hochtrabende Träume.«

Sie musste laut lachen, als sie ihre eigenen Worte noch einmal überdachte, waren sie doch in sich völlig widersprüchlich. Dann machte sie eine kurze Pause und

194

schaute alle der Reihe nach an.

»Liebe Familie, ich möchte in das Altenhaus ziehen, und das ist so marode, dass mir ganz schlecht wird.«

Dann ergriff Jolanda das Wort und berichtete, was ihrer Ansicht nach grundsaniert werden musste. Sie präsentierte auch die ersten Vorschläge für eine Pension, die im Haupthaus und in einem Teil der Nebengebäude untergebracht werden könnte.

»Aber das ist Zukunftsmusik«, sagte sie, als sie fertig war.

»Ich habe noch keine Idee, wie wir zu Investoren kommen, aber ich denke nach.«

Jakob nickte Jolanda beipflichtend zu.

»Deine Vorschläge sind wirklich brillant. Aber lasst uns der Reihe nach vorgehen. Morgen bringen wir Friedrich und vielleicht auch den Rest der Familie in die Klinik. Sie sind dann mindestens ein halbes Jahr weg.«

Ida griff Jakob am Arm und drückte ihn fest.

»Aber das Altenhaus, das braucht keine Investoren. Da helfen wir zusammen.«

»Ja klar, Tante Ida. Helene ist meine Schwester und bekommt ihr Häuschen. Ich kann mit meiner Firma alle Holzarbeiten, Fenster, Türen und Möbel übernehmen.«

»Ich bezahle den Elektriker und den Dachdecker«, sagte Ida.

Und Jolanda ergänzte: »Prima, und ich spendiere meiner Mama den Maler und die Inneneinrichtung.«

Helene lief rot an vor Verlegenheit.

»Leute, das ist nett gemeint, aber viel zu viel.«

»Keine Widerrede, das ist beschlossene Sache«, riefen alle im Chor.

Helene hob den Finger, weil sie noch etwas sagen wollte.

»Ich habe noch eine Sache im Kopf, die ich umsetzen möchte. Wie ihr jetzt wisst, war es bei mir immer so, dass ich eine Geldquelle suchen musste, um überleben zu können. Als ich körperlich nicht mehr in den Küchen und Gästezimmern der Stadt arbeiten konnte, habe ich im Sperrmüll einiger Villengegenden alte Mäntel, Jeans und Taschen herausgekramt. Daraus nähte ich auf einer uralten Nähmaschine in geduldiger Kleinarbeit und mit wenigen schönen, neuen Kurzwaren Taschen und Beutel und verkaufte sie für ein paar Euro an eine kleine Boutique.«

»Helene, du erstaunst uns immer mehr!«

Edith stand auf und umarmte sie ganz spontan.

»Du bist eine Lebenskünstlerin, wie mir scheint.«

Dann strich sie ihr noch einmal über den Rücken und setzte sich wieder auf ihren Stuhl.

»Hör auf, Edith, du machst mich ja ganz verlegen. Ich muss auch noch meine Gedanken zu Ende bringen.«

Helene lachte und errötete ein wenig.

»Als die Dame aus der Boutique immer mehr haben wollte, freute ich mich, habe sie aber durch das Schaufenster beobachtet – verkleidet mit Hut und Sonnenbrille. Und was soll ich euch sagen? Für Stücke, die sie mir für zwanzig Euro abgekauft hat, verlangte sie einhundertzwanzig Euro von den Kunden. Von da an habe ich mir einen kleinen Marktstand genommen und meine Sachen selbst verkauft. Ich kann mir also gut vorstellen, dass ich das hier auch mache, zumal ich mir die Materialien aussuchen kann und sie nicht nur nehmen muss, weil sie gerade in der Mülltonne liegen.«

Gespielt entrüstet sah Jolanda sie an.

»Mama, das hast du mir ja gar nicht erzählt und mir auch kein einziges Modell gezeigt.«

»Ich habe keines mehr. So einfach ist das.«

»Wir könnten das auch im Internet verkaufen«, überlegte Jolanda laut.

Und so schmiedeten sie alle zusammen noch weitere Pläne. Alle blühten auf und freuten sich an dem Gefühl, eine intakte Familie zu sein.

Eine leichte Goldgräberstimmung griff um sich, und Helene durfte bei Jakob ein Gästezimmer beziehen, bis ihr Haus fertig war.

Jolanda in Berlin

Jolanda fuhr erst noch kurz nach Frankfurt, kümmerte sich um ihre Wohnung und stattete ihrem Chef Alexander einen Besuch ab.

Sie war gerade in den Fahrstuhl des Glaspalastes eingestiegen, in dem sich die Büroräume befanden, als jemand mit der Hand die Lichtschranke der fast geschlossenen Tür aufdrückte.

Eine wohlbekannte Stimme ertönte.

»Jolanda? Du hier? Wo warst du denn so lange?«

»Guten Tag, Elias«, antwortete sie kühl.

»So viel Zeit muss sein.«

»Ja, ja, entschuldige. Ich bin nur überrascht, dich hier nach Wochen der Abwesenheit mal wiederzusehen.«

»Warum? Hast du gedacht, ich habe meinen schönen Job aufgegeben?«

»Ja, schon. Der Chef hat sich auffällig in Schweigen gehüllt. Und eine Konkurrentin weniger wäre auch nicht verkehrt«, gab er ganz offen zu.

»Hat er nicht. Er hat nur meiner Bitte entsprochen, meine Privatangelegenheiten für sich zu behalten.«

»Privat? War da noch mehr als der Tod deiner Mutter und die Auflösung des Hauses?«

»Ne, fast gar nichts. Ich habe noch festgestellt, dass ich adoptiert wurde und quasi bei den falschen Eltern lebte. Ach so, und dann musste ich nur noch meine Herkunft klären und ein paar weitere winzige Kleinigkeiten. Aber sonst war nichts weiter, nein.«

»Na dann. Aber jetzt ist alles gut?«

Die Fahrstuhltür öffnete sich, und Jolanda trat schnell nach draußen.

»Einen schönen Tag wünsche ich dir, Elias.«

Und schon verschwand sie in Alexanders Sekretariat, wo sie auch sofort vorgelassen wurde. Es war eine herzliche Begrüßung. Sie erzählte ihm alles und versprach, wieder pünktlich am 1. April die Arbeit aufzunehmen – obwohl sie für eine Sekunde den Eindruck hatte, dass ihm das gar nicht so wichtig war.

Zum Schluss sprach sie auch die beiden Punkte an, die ihr im Moment am wichtigsten waren, denn sie wollte wissen, was mit der Firma Grosso los war.

Sie erzählte von ihrem Vater, den sie noch nicht kannte, und davon, dass ihr die Berliner Fabrik zufallen solle.

Alexander pfiff durch die Zähne.

»Das ist aber jetzt eine diffizile Angelegenheit.«

»Warum, was ist da los?«

»Wir haben zufällig den Auftrag, dort als Insolvenzverwalter tätig zu sein, und ich habe Elias eingesetzt.«

»Nein!«

»Doch, leider. Das ist ja schon Wochen her, und er sucht bereits Investoren.«

»Ausgerechnet Elias. Leider kenne ich die Gründe der Insolvenz überhaupt nicht. Es ist ein blödes Gefühl zu erfahren, dass man vielleicht eine Fabrik erben soll, und das Projekt ist insolvent. Möglicherweise würde ich ja investieren.«

»Dann sprich mit Elias.«

»Ja, ich versuche es.«

Jolanda erzählte ihm noch von den geplanten Umbauten des Hofes und ihrer Suche nach Investoren.

»Das hört sich gut an«, meinte Alexander lächelnd. »Aber das überlegen wir uns in Ruhe. Vor allem machst du das nicht selbst. Wenn es um die Familie geht, müssen neutrale Vermittlungen stattfinden.«

Jolanda verabschiedete sich und suchte Elias in seinem Büro auf. Sie machte sich wenig Hoffnung, dass er ihr entgegenkam.

Seit der Trennung vor ein paar Monaten waren sie starke Konkurrenten, und er gehörte zu den Menschen, die nicht verlieren konnten. Dass sie sich traute, ihn rauszuwerfen, hatte bestimmt sein Ego angekratzt, und wer die Teilhaberschaft in der Firma angeboten bekam, würde erst im Juni geklärt werden.

Irgendwie hatte sie plötzlich das unerklärliche Gefühl, dass sie nicht mehr hierhergehörte, auch nicht mehr hier sein wollte.

Sie stöhnte kurz, klopfte an und öffnete die Tür.

»Elias, kann ich dich kurz sprechen?«

Er blickte erst verwundert drein, grinste dann und stand auf.

»Hattest du mir nicht schon einen schönen Tag gewünscht?«

»Ja, aber ich habe erfahren, dass du die Firma Grosso in der Insolvenz betreust.«

»Was interessiert dich daran?«

Sie überlegte kurz, was sie ihm sagen durfte und was nicht. Dann erklärte sie ihm: »Weißt du, ich komme gerade aus Sizilien und habe dort von einem Verwandten der Familie gehört, dass das Unternehmen in Schwierigkeiten steckt. Ich hätte gerne gewusst, was da dran ist, und du weißt ja, wenn man so etwas hört, ist man als Fachfrau auch ein bisschen neugierig.«

Doch er hatte sie durchschaut.

»Nicht rumeiern bitte. Das ist einer harten Geschäftsfrau wie dir nicht würdig. Raus mit der Sprache!«

»Das würde ich ja gerne, aber bei mir ist noch alles im Konjunktiv. Wenn ich wüsste, dass ein bestimmter Herr Grosso mein leiblicher Vater ist, dann könnte ich dich fragen, ob seine Firma noch zu retten ist. Und wenn ich wüsste, dass diese Firma im Safe meines Vaters auch noch für mich persönlich reserviert ist, dann könnte ich dich auch fragen, ob du eine Chance für mein Erbe siehst.«

Er grinste.

»Ah, so ist das. Würdest du mir einfach sagen, dass du ein persönliches Interesse hast und vielleicht privat in die Sache involviert bist, dann könnte ich dir antworten, dass ich dir nichts sagen darf, zumindest solange nicht, wie du dich nicht als Inhaberin ausweisen kannst. Du kannst aber auch ein externes Gebot abgeben, wie jeder andere auch.«

»Ich weiß, aber ich wollte nur etwas mehr als das, was die Zeitungen schreiben. Es könnte ja sein, dass ich eventuell investiere, wenn er mein Vater ist und ich die Firma bekomme. Aber wenn du nicht willst, dann ist ja gut. Dann wünsche ich dir jetzt wirklich einen schönen Tag.«

Jolanda drehte sich um und rauschte aus dem Büro.

»Idiot«, raunte sie und war froh, dass es vom Klappern ihrer Absätze übertönt wurde.

Sie kochte vor Wut, weil sie sich ohne Weiteres vorstellen konnte, dass er ein Gebot von ihr notfalls aussortieren würde, auch wenn es gut wäre. Aber sie würde auch das im Auge behalten. Auch sie konnte ihre Hinterlist auspacken, da sollte er mal schön aufpassen.

***

Am nächsten Morgen flog sie nach Berlin. Sie hatte ein Hotelzimmer am Potsdamer Platz reserviert und kam pünktlich um die Mittagszeit dort an.

Schnell packte sie ihren Koffer aus, und nachdem sie sich etwas frisch gemacht hatte, fuhr sie nach unten und bestellte sich im Restaurant ein Tagesessen. Sie war richtig ausgehungert, weil sie am Morgen ohne Frühstück aus dem Haus gegangen war.

In der Lobby öffnete sie anschließend ihr Laptop und blätterte in ihren Kontakten. Irgendwie hatte sie das Gefühl, dass sie nicht einfach zur Firma Grosso gehen und ihre Fragen offen stellen konnte, wie es bei gesunden Unternehmen möglich war.

Bei einer Firma, die sich im Schlingern befand, musste sie vorsichtig sein, zumal sie die Details ja nur dann interessierten, wenn die Firma wirklich ihrem Vater gehörte. Nachdem sie einige Zeit planlos herumgesurft war, klappte sie ihr Laptop zu und brachte es auf ihr Zimmer. Für den Rest des Tages bummelte sie durch die Geschäfte und Boutiquen der City.

Nach einer ruhigen Nacht im Hotel fuhr sie mit einem Taxi nach Tempelhof in ein Gewerbegebiet. Als sie vor dem Verwaltungsgebäude der Firma Grosso stand und das Haus und das Gelände mit den Augen abtastete, kamen ihr Zweifel, ob sie es überhaupt betreten wollte.

Was sie sah, beeindruckte sie schon sehr. Das war ein Unternehmen mit mindestens siebenhundert Mitarbeitern, also keine kleine Klitsche.

Jetzt musste sie sich nur noch überwinden, dieses dumme Gefühl abzulegen und hineinzugehen. Also gab sie sich einen Ruck und öffnete die Tür.

Am Empfang saß eine junge Frau, die am Computer arbeitete.

»Guten Tag, was kann ich für Sie tun?«, fragte sie.

»Mein Name ist Jolanda Mayer. Ich hätte gerne jemanden von der Familie Grosso gesprochen.«

»Haben Sie einen Termin?«

Sie schüttelte den Kopf.

»Nein, es handelt sich um eine private, keine geschäftliche Angelegenheit.«

»Ich erkundige mich, ob jemand von der Familie da ist.«

Die Mitarbeiterin telefonierte und schaute immer wieder zu ihr hin. So genau konnte Jolanda nicht hören, was gesprochen wurde.

»Von der Familie ist heute niemand hier, aber der Geschäftsführer nimmt sich Zeit für Sie«, erklärte sie Jolanda, als sie aufgelegt hatte.

»Fahren Sie bitte mit dem Fahrstuhl in die fünfte Etage, dritte Tür links zum Sekretariat der Geschäftsleitung.«

»Danke.«

Jolanda machte sich auf den Weg und fuhr nach oben. Nachdem sie angeklopft hatte, wurde sie von einer jungen Frau begrüßt.

»Bitte hier hinein, Herr Lehmann erwartet Sie«, sagte die Sekretärin mit einem verbindlichen Lächeln.

Ein junger, dynamisch wirkender Mann erhob sich hinter seinem Schreibtisch und hielt ihr lächelnd die Hand entgegen.

»Ich grüße Sie, Frau Mayer. Wie kann ich Ihnen helfen?«

»Ich bin ganz privat hier und würde gerne jemanden aus der Familie Grosso sprechen.«

»Sie kommen mir bekannt vor, Frau Mayer, und ich meine, über Sie in einer Fachzeitschrift gelesen zu haben.«

Er machte eine Pause und tippte sich mit dem Finger an die Schläfe.

»Arbeiten Sie nicht bei Lau & Lau in Frankfurt? Und haben Sie nicht vor ein paar Monaten ganz spektakulär das Familienunternehmen Lorenz & Söhne aufgespalten?«

»Ja, das stimmt.«

Jolanda zog die rechte Augenbraue hoch.

»Na so was, Sie haben aber ein phänomenales Gedächtnis, um sich Gesichter zu merken. A la bonne heure, kann ich da nur sagen.«

Jolanda war sofort misstrauisch geworden.

Herr Lehmann überging ihre Bemerkung.

»Woher kennen Sie eigentlich die Grossos?«, fragte er, und es kam Jolanda ein wenig scheinheilig vor.

»Ich kenne sie gar nicht.«

»Und was wollen Sie dann privat von ihnen?«

Bei Jolanda fuhren jetzt erst recht alle Antennen aus.

So ein unangenehmer Zeitgenosse, der auch noch voller Hinterlistigkeit steckte, das spürte sie deutlich.

Was glaubte er denn, wen er vor sich hatte? Der Bericht in der Fachzeitschrift hätte doch eigentlich ausreichen müssen, um zu wissen, dass man sie nicht für dumm verkaufen konnte.

»Herr Lehmann, ich sagte doch schon, das ist privat«, antwortete sie ziemlich kurz angebunden.

Auch kippte ihre Stimme in eine leicht schrille Tonlage. Um sich aber zu beherrschen, zog sie ihre Handtasche näher an sich heran und legte die Hände um den Bügel.

»Dann bitte ich um Verständnis, dass ich fast nichts zur Familie Grosso sagen kann«, erklärte Herr Lehmann.

»Nur so viel: Luigi und sein Sohn Luca Grosso haben bis vor Kurzem die Geschäfte geführt. Aber seit dem Insolvenzantrag habe ich im Auftrag des zuständigen Verwalters die Geschäftsführung übernommen, und die beiden sind zurück nach Sizilien.«

»Wieso denn das?«

»Das wiederum ist sozusagen betriebsintern und hat nichts in der Öffentlichkeit zu suchen.«

»Aha!«

Jolanda beugte sich ein wenig nach vorne, um ihm näher zu sein. Mit kalten Augen blickte sie ihn an.

»Elias ist der Insolvenzverwalter, nicht wahr?«

»Hm, ja, das wissen Sie doch vermutlich aus der Zeitung oder aus Frankfurt.«

Nun saß er da wie ein Adler, mit stechenden Augen und schabenden Füßen, kurz davor, die Flügel auszufahren und aufzusteigen.

Jolanda hätte sich eins feixen können. Besonders schlau als Geschäftsführer war dieser Hampelmann nicht. Er hatte überhaupt kein Pokerface.

»Gut, dann weiß ich ja Bescheid. Ich bin mir sicher, dass wir uns irgendwann einmal wiedersehen oder wieder voneinander hören.«

Jolanda erhob sich mit einem süffisanten Lächeln.
Auch ihr Gegenüber stand auf.

»Das glaube ich nicht, Frau Mayer.«

Sie hob den Zeigefinger.
»Beschreien Sie das nicht, Herr Lehmann. Man sieht sich bei solchen Gelegenheiten immer zweimal im Leben.«

Sie nickte ihm nur noch zu und verließ sein Büro.
Kaum hatte sie die Tür hinter sich geschlossen, griff er zu seinem Handy und drückte die Wähltaste. Während er wartete, trommelte er mit den Fingern nervös auf die Schreibtischplatte.

»Elias? Elias, hörst du mich?«, rief er, als es in der Leitung knackte.

»Jan? Ist was passiert?«

»Du hattest Recht, Frau Mayer war gerade hier.«

»Gut. War ja zu erwarten. Wie ist es gelaufen?«

»Ich weiß nicht.«

»Was heißt das?«

»Was heißt das, was heißt das! Was weiß ich, Mensch, was das heißt!«

»Jetzt beruhige dich doch. Die kann dir doch gar nichts.«

»Elias, du machst es dir zu einfach. Die Frau sucht hier die Familie Grosso, und wenn sie das macht, dann interessiert sie sich hauptsächlich für die Firma.«

»Ja, das hat sie mir ja erzählt. Aber solange ich das Sagen habe, hilft ihr das nichts. Sie kann ja die Unterlagen nicht einsehen.«

»Als ich ihr sagte, dass die Familie auf Sizilien ist und ich zum Geschäftsführer bestellt wurde, ließ sie sich von mir bestätigen, dass du der Insolvenzverwalter bist. Und sie meinte dann, dass sie Bescheid wisse und wir uns noch mal wiedersehen würden.«

»Das ist doch nur Gerede. Sie kann dir in keiner Weise gefährlich werden. Eine Verbindung zwischen dir und mir kann sie ebenfalls nicht herstellen.«

»Dein Wort in Gottes Gehörgang.«

»Lass Gott da raus, Jan. Der kennt sich damit nun wirklich nicht aus. Wir werden den Kuchen der Firma bald aufteilen und gut verhökern und damit sehr, sehr viel Geld verdienen.«

»Obwohl man die Firma retten könnte? Es kann hoffentlich niemand nachweisen, Elias!«

»Nein. Wer sollte das tun?«

»Na, Frau Mayer. Ich habe über ihr letztes Projekt gelesen. Mein lieber Schwan, die hat es faustdick hinter den Ohren!«

»Ach was, die ist momentan eher ein zahnloser Tiger. Bleib gelassen und mach einfach deine Arbeit. Das geht alles prima durch.«

Jan Lehmann legte auf, aber sein Druck im Magen und sein ungutes Gefühl blieben.

Jolanda fuhr zurück zum Hotel und setzte sich ins Bistro.

Eigentlich konnte sie ihre Zelte in Berlin gleich abbrechen. Wie es jetzt aussah, musste sie nach Palermo fliegen. Hier würde man mauern, und sie kannte Elias. Der führte ganz bestimmt etwas im Schilde.

Niemals würde er freiwillig eine Firma mit nur wenigen hundert Mitarbeitern abwickeln wollen.

Das war nicht seine Größenordnung. Und selbst wenn Alexander das so wollte, dann hätte er nicht die Inhaber weggeschickt, sondern diese benutzt, um die Sache schneller erledigen zu können.

Hier aber saß einer, den Elias persönlich in die Firma reingebracht hatte.

»Ein Schelm, der Böses dabei denkt«, flüsterte sie

kaum hörbar.

Auf ihrem Zimmer telefonierte sie anschließend lange mit Helene und Jakob, die ihr über die Fortschritte bei den Bauarbeiten an Helenes Haus berichteten.

Dann erzählte sie ihrer Mutter von ihren Erlebnissen in Berlin.

»Wie war Luigi denn früher, Mama?«, wollte sie wissen.

»Oh, er war der jüngste Bruder deines Vaters und ein sehr ruhiger, etwa sechzehn Jahre alter Junge. Äußerst angenehm, freundlich und aufgeschlossen.«

»Das hört sich gut an. Bleibt immer noch die große Frage, ob ich auch tatsächlich meinen Vater kennenlernen möchte, nachdem er dir und mir das alles angetan hat.«

»Bleib erst einmal neutral, mein Kind. Lass dir von ihm erklären, was er sich dabei gedacht hat«, schlug Helene vor.

»Erst dann kannst du dir eine Meinung bilden.«

»Gut, Mama. Grüße alle von mir. Ich melde mich wieder, wenn ich in Palermo angekommen bin.«

Nun musste sie noch ein paar Kontakte ihres Netzwerks anrufen.

Sie würde ein feines Spinnennetz um Elias und diesen Herrn Lehmann ziehen, und zwar so gut, dass sie hoffentlich immer darüber informiert war, wem wann, was angeboten wurde. Sie wollte notfalls unbemerkt auch an den wichtigen Strippen rings um die Firma Grosso ziehen können.

Das alles dauerte mehrere Stunden. Es musste so gut eingefädelt werden, dass es keinen Maulwurf geben konnte.

Als sie fertig war, fühlte sie sich ausgelaugt und erschöpft.

Sie stand auf und ging ins Bad. Dort ließ sie sich kaltes Wasser über die Hände laufen und kühlte auch ihr Gesicht.

Nachdem sie sich abgetrocknet hatte, betrachtete sie sich im Spiegel. Ihre Haut wirkte fahl und müde, und sie versuchte, ihre dunklen, zerknitterten Augenränder mit den Fingern zu glätten.

»Jolanda, was ist los?«, fragte sie ihr Spiegelbild.

»Was soll los sein?«, kam von ihrem Ich die Gegenfrage.

»Na, hast du nicht gemerkt, wie schwer mir diese Telefonate mit den Kollegen gefallen sind?«

»Ne, du warst wie immer.«

»Ja, äußerlich meine Liebe, aber nur äußerlich.«

»Du sprichst in Rätseln.«

»Ich habe mich vor mir selbst geekelt, weil ich genötigt war, mich so gemein zu benehmen wie Elias und dieser Herr Lehmann. Warum muss ich das eigentlich meinem Ich erklären?«

»Aber das machst du doch schon seit Jahren, dich gemein zu benehmen. Das ist doch dein Beruf.«

»Stimmt. Aber heute habe ich gemerkt, dass ich das eigentlich gar nicht mehr will.«

»Das wird auch wieder anders. Du hattest viel zu lange Urlaub.«

»Nein, das ist es nicht. Ich habe keine Lust mehr, in die Firma zu gehen.«

»Schlaf dich erst einmal aus, und morgen fliegst du nach Palermo. Wir reden ein anderes Mal über dieses Thema weiter. Du musst erst Abstand gewinnen und wieder beginnen zu arbeiten.«

Jolanda stellte sich unter die Dusche und legte sich anschließend ins Bett.

Es dauerte nicht lange, und sie fiel in einen traumlosen Schlaf.

Der Grosso-Clan in Palermo

Am späten Vormittag landete Jolanda in Palermo.

Sie nahm sich am Flughafen ein Taxi und fuhr in ihr Hotel, welches sie sich so ausgesucht hatte, dass sie direkt am Strand wohnen konnte.

Der Blick aus dem Zimmer war fantastisch, und deshalb ging ihr sofort das Herz auf. Alle Steine, die sich seit gestern auf ihre Brust gelegt hatten, waren zunächst einmal verschwunden.

Sie wusste zwar nicht, wie die Treffen mit der unbekannten Familie ablaufen würden, aber bis dahin wollte sie das schöne Gefühl der Leichtigkeit unter südlicher Sonne genießen. Deshalb beschloss sie just in diesem Moment und ganz spontan, zunächst einmal drei Tage Urlaub zu machen.

Und es waren drei wunderschöne Tage, die sie sich gönnte. Sie lag am Strand mit einem guten Buch, besuchte Sehenswürdigkeiten, verbrachte einen Nachmittag auf See und folgte einigen Restaurantempfehlungen aus dem Internet. Mittlerweile hatte sie Sizilien als ihre große Liebe entdeckt und konnte sich durchaus vorstellen, hier zu leben.

Doch schnell schüttelte sie die abwegigen Gedanken wieder ab. Was war das denn für ein von Emotionen gesteuertes Ansinnen?

Heute war der letzte Abend ihres selbst gewährten

Urlaubs, und den wollte sie so richtig genießen.

Ein Kollege ihres Netzwerks, den sie wegen Elias kontaktiert hatte, empfahl ihr dazu das Hotel-Restaurant *Villa Leandro*. Es sei ein Fünfsternehotel, und er meinte, es werde sich lohnen und sicher einen nachhaltigen Eindruck hinterlassen.

Vorsorglich hatte sie einen kleinen Tisch reservieren lassen, und ihre Erwartungen erfüllten sich voll und ganz.

»Sind Sie zufrieden, Signora?«

Ein sehr attraktiver schwarzhaariger Mann in einem edlen Designeranzug trat mit einer vollendet angedeuteten Verbeugung an ihren Tisch, als sie gerade den ersten Gang verspeiste.

Jolanda sah auf, und ihr Blick blieb in zwei stahlblauen Augen hängen. Ihr Herz begann zu klopfen, und sie hatte eigentlich seine Worte gar nicht richtig verstanden, weil sie sofort dieser Erscheinung verfallen war.

»Signora? Ist alles in Ordnung? Schmeckt es Ihnen?«

Jolanda lief vor Verlegenheit rot an. »Ja… ja, danke. Das Essen schmeckt vorzüglich. Alles bestens.«

Er verbeugte sich noch einmal.

»Das freut mich. Weiterhin einen angenehmen Abend.«

Und dann zog er sich so schnell zurück, wie er aufgetaucht war. Nur mit Mühe konnte sie weiteressen und sich auf die Reihenfolge der einzelnen Gänge konzentrieren, während sie den Mann, der offensichtlich der Leiter des Restaurants war, aus den Augenwinkeln verfolgte und beobachtete, wie er alle Gäste begrüßte und ein paar Worte mit ihnen wechselte.

Das war ein sehr gelungener Abend, bescheinigte sie sich zwei Stunden später selbst, als sie bezahlt hatte und das Restaurant verließ. Spontan entschied sie sich, noch einen kleinen Strandspaziergang zu machen, damit sich das leckere Essen besser setzen konnte.

Kaum hatte sie den Strand erreicht, zog sie die Schuhe aus. Sie genoss es, den Sand, der noch die Wärme des Tages in sich trug, unter den Füßen zu spüren.

So viele ungeklärte Fragen huschten ihr durch den Kopf. Sie dachte an den nächsten Tag, der bestimmt einiges für sie bereithalten würde – vielleicht auch Unangenehmes.

Wie würde ihr Vater sein?

Wie sah er aus?

Sah sie ihm ähnlich?

Und was, wenn er sie nicht sehen wollte?

Jolanda setzte sich in den feinen Sand, zog die Beine an und schlang die Arme darum.

Sie schaute in den klaren Himmel, wo der Mond und die Sterne hell um die Wette funkelten, und schließlich hinaus auf das leise vor sich hin plätschernde Meer – ein Anblick, der ihr zusammen mit der Ruhe, die um sie herum herrschte, ein zufriedenes Seufzen entlockte.

Plötzlich schob sich etwas vor den Mond, der den Strand bisher erhellt hatte. Jolanda schaute hoch und sah die Silhouette eines Mannes, die im Mondlicht einen langen Schatten warf.

»So alleine am Strand?«, fragte der Mann, den sie gleich als den Restaurantchef erkannte.

»Ja, es war so ein schöner Abend, da wollte ich noch ein bisschen nachdenken.«

Sie lächelte ihn zurückhaltend an, aber ihr Herz schlug so heftig, dass sie sich Sorgen machte, ob man es wohl hören konnte.

Blitzartig fiel ihr wieder ein, was ihre Mutter ihr erzählt hatte. Genau bei so einem zufälligen Zusammentreffen am Strand hatte sie vor vielen Jahren ihre große Liebe kennengelernt. Jolanda fröstelte.

»Es ist aber heutzutage nicht ganz ungefährlich, als Frau alleine und dazu auch noch so spät am Strand zu sein«, antwortete er.

»Ich weiß, aber es wird mir schon nichts passieren. Ich gehe auch gleich zurück zu meinem Hotel.«

»Ich bin Leandro, der Besitzer des Restaurants, in dem Sie heute Abend gespeist haben. Darf ich mich zu Ihnen setzen?«

Jolanda spürte seine männliche Kraft, und ihre Augen starrten auf seinen sinnlichen Mund. Ihr ganzer Körper kribbelte, und sie wäre am liebsten ganz nah an ihn herangerückt.

»Ja bitte«, hauchte sie.

Er ließ sich dicht neben ihr in den weichen Sand fallen und betrachtete sie. Sein Blick berührte sie tief in ihrem Herzen und ihrer Seele und nahm ihr beinahe den Atem.

»Woher kommen Sie?«

Sie war froh, dass er irgendetwas sagte, denn das erotische Knistern, das zwischen ihnen beiden herrschte, war geradezu greifbar.

»Aus Deutschland«, antwortete sie mit leiser Stimme.

»Ah, ich dachte, dass Sie fast schon wie eine Sizilianerin aussehen.«

»Woran machen Sie das fest?«

»Die Haare, die Augen und dann das tolle rote Kleid. Und Ihre Ausstrahlung!«

Jolanda musste lachen.

»Man kann manchmal selbst nicht sicher sein, wer man ist und wo man herkommt.«

»Oh, höre ich da eine gewisse Bitterkeit oder Unsicherheit heraus?«

»Nein, vergessen Sie das. Es war nur so dahingeredet.«

Einem fremden Mann wollte sie nicht erklären, dass sie bisher nicht wusste, wer sie war, obwohl es ihr sehr schwerfiel. Sie musste sich seiner Nähe entziehen, sonst konnte sie für nichts garantieren.

Jolanda erhob sich.

»Ich muss jetzt gehen. Vielen Dank für das nette Gespräch.«

Er spürte, dass er einen wunden Punkt berührt hatte, über den sie nicht reden wollte.

Dabei hatte er selbst mit sich und seinen Gefühlen zu kämpfen. Die erotische Anziehung, die von ihr ausging, war so stark, dass es ihn alle Kraft kostete, sie nicht in seine Arme zu ziehen.

»Kommen Sie, ich begleite Sie bis zum Hotel, damit Sie da auch sicher ankommen.«

»Vielen Dank.«

Vor dem Hoteleingang blieben sie stehen und schauten sich schweigend und tief in die Augen.

Er konnte ihr Parfum riechen, und ihre Augen hingen an seinem Mund, als wollten sie ihn einladen.

Jolanda hörte und sah nichts mehr um sich herum. Sein Lächeln betörte ihre Sinne und löste ein Rauschen in ihrem Kopf aus.

»Ich muss dich jetzt küssen«, flüsterte er.

Dann griff er nach ihrer Schulter und zog sie ganz langsam in seine Arme. Seine Lippen senkten sich sacht auf ihre, um dann den Druck zu verstärken und in ein Meer der Gefühle abzutauchen.

Nur mit viel Anstrengung konnten sie sich irgendwann voneinander lösen.

»Ich will dich unbedingt wiedersehen«, sagte er, während er ihr Gesicht zart mit den Händen umfasste.

»Das wünsche ich mir auch.«

Jolanda hielt immer noch seine Hüften mit den Armen umschlungen. Sie hatte gar nicht bemerkt, wie selbstverständlich sie sich so nahe an ihn gepresst hatte.

»Ich komme wieder, wenn ich meine Angelegenheiten geregelt habe«, versprach sie ihm, bevor sie sich voneinander verabschiedeten.

Etwas später, als sie in ihrem Bett lag, ließ sie in Gedanken den traumhaften Abend noch einmal vorüberziehen.

***

Gleich nach dem Frühstück setzte sich Jolanda in die Lobby und arbeitete ihre E-Mails ab.

Ein Kollege hatte ihr ein paar Informationen zukommen lassen über Elias' Aktivitäten und seine regen Kontakte zu drei Fonds, von denen man wusste, dass sie gesunde Unternehmen an sich zogen, sie dann aber ausbluten ließen und zerschlugen.

Auch insolvente Unternehmen mit einem gewissen Rettungspotenzial gehörten zu ihrem Beuteschema, weil dort meistens hohe Betriebswerte vorhanden waren.

Besonders spannend an dieser Mail war allerdings die Mitteilung, dass einer der Fonds von Alexanders Bruder geführt wurde.

So langsam sah sie klarer, aber die Gefahren waren noch nicht richtig greifbar. Sie würde Geduld haben müssen.

Nun war es an der Zeit, die Villa der Grossos aufzusuchen, was ihr ganz besonders schwerfiel. Mit jedem Schritt wurden ihre Beine träger und langsamer, doch sie wusste, sie würde trotzdem nicht lange unterwegs sein.

Die Villa lag ganz in der Nähe und war zu Fuß zu erreichen.

Eine Strategie hatte sie sich nicht zurechtgelegt. Sie wollte es so nehmen, wie es sich ergab. Lediglich die Firma in Berlin wollte sie zunächst, wenn möglich aussparen.

Dann stand sie vor dem schmiedeeisernen Tor mit seinen vielen Schnörkeln. Sie holte noch einmal tief Luft und drückte auf die Klingel.

Eine Weile passierte gar nichts, dann öffnete sich die massive Eingangstür des Hauses, und eine Frau in einem dunkelblauen Kleid und einer kleinen weißen Schürze mit Spitzenrand machte sich auf den Weg zum Tor.

Wie zu Omas Zeiten, dachte Jolanda.

Sie wusste gar nicht, dass das Personal bei reichen Leuten heute noch in Dienstmädchenuniformen steckte, die sie längst vergessen glaubte.

»Signora? Was kann ich für Sie tun?«
»Ich möchte gerne Albano Grosso sprechen.«

»In welcher Angelegenheit?«
Es klang wie die einstudierten Worte einer Marionet-

te.

»Das würde ich ihm lieber persönlich sagen.«

»Wer ist denn da?«, ertönte eine schrille Frauenstimme aus dem Haus.

»Besuch für Signor Albano! Eine Signora«, rief die Frau am Tor zurück.

»Soll reinkommen!«

»Das war Signora Teresa, die Mamma von Signor Albano«, erklärte sie Jolanda.

»Bitte kommen Sie. Ich bringe Sie zur Terrasse.«

»Danke.«

Jolanda hatte nicht erwartet, dass sie sich zuerst mit ihrer Großmutter auseinandersetzen musste. Ihr war noch gar nicht klar, ob sie gleich sagen sollte, wer sie war.

Auf der großen Terrasse gab es mehrere Tische und Stühle, auch einige Gartenliegen und Sonnenschirme, und im Schatten der Hauswand befand sich eine Bar mit vielen gekühlten Getränken.

Neben dem ersten Tisch stand sie nun, ihre Großmutter. Eine kleine, stolze Frau, in edlen Klamotten, mit perfekter Hochsteckfrisur, professionell geschminkt und mit rot lackierten Fingernägeln.

An einem der Tische weiter hinten, die zum Meer hin platziert waren, saßen zwei Männer und zwei Frauen.

Es sah aus, als wären sie Vater und Sohn mit jeweils ihren Ehefrauen.

Es konnte sich also um einen Bruder oder eine Schwester ihres Vaters handeln. Sie blickten alle neugierig herüber, grüßten aber nicht.

Jolanda dachte wieder an ihre Mutter. Wie schwer das

früher für sie gewesen sein musste, konnte sie jetzt nachfühlen.

Ein Scheißgefühl, vor so einer hochnäsigen Wand zu stehen. Man fühlte sich erbärmlich und klein, obwohl man kein Bittsteller war.

»Wer sind Sie, und was wünschen Sie von meinem Sohn?«, fragte die ältere Dame mit fester Stimme.

»Ich bin Jolanda.«

Als ihr Name fiel, erhoben sich die vier am anderen Tisch und kamen näher. Ein Zeichen, dass man wusste, wer sie war.

»Muss ich Sie kennen, weil Sie nicht weiterreden?«

Jolanda beschloss, es mit derselben Arroganz in der Stimme zu versuchen.

»Eigentlich schon!«

»Ich kenne keine Jolanda.«

Jolanda kochte vor Wut. Das war eine offen zur Schau getragene Demütigung ihrer Person. Aber sie hatte auch noch einen Stolz. So nicht, meine liebe Oma, so nicht, dachte sie.

Jolanda trat ganz nah an ihre Großmutter heran, damit sie ihr in die Augen schauen konnte.

Sie selbst war auch noch ein paar Zentimeter größer als Teresa, was ihr zupasskam und ihr zumindest ein wenig von ihrem sonst reichlich vorhandenen Selbstbewusstsein ließ.

»Das ist aber ganz schön traurig, wenn eine italienische oder auch sizilianische Großmutter ihre Enkeltochter nicht kennt, obwohl das Wort Familie so eine große Bedeutung bei euch hat.«

Jolanda unterstrich das Wort *groß*, indem sie beide

Arme ganz ausbreitete.

Dann schüttelte sie den Kopf und schaute zu den anderen.

»Kennt ihr mich auch alle nicht? Hat euch nie einer von mir erzählt? Ober habt ihr mich nie gesehen als Baby? Nein?«

Teresa hob den Arm und wollte sie zum Schweigen bringen.

»Vergiss es!«, rief Jolanda.

»Du kannst mich nicht befehligen. Ich möchte meinen Vater sprechen und sonst nichts.«

»Sonst nichts?«, fragte Teresa spöttisch.

»Der wohnt hier nicht mehr. Und das glaubt dir sowieso keiner. Du bist doch nur hier, weil du versuchst, an dein vermeintliches Erbe und ans Geld zu kommen. Aber ich sage dir, das ist deiner Mutter schon nicht gelungen. Du bist nicht die leibliche Tochter meines Sohnes, du bist ein Kuckuckskind. Verschwinde augenblicklich von unserem Grundstück!«, schrie Teresa nun völlig außer sich.

Jolanda lachte sie aus und wandte sich den anderen zu.

»Wenn einer von euch Mumm in den Knochen hat, dann sagt ihr meinem Vater, dass sein Kuckuckskind im Parkhotel wohnt. Und wenn einer von euch gerade aus Berlin zurückgekehrt ist, dann wäre es auch besser, er würde bei mir vorbeikommen. Ich befürchte, ihr werdet dort in Kürze euer blaues Wunder erleben.«

Jolanda drehte sich zum Gehen um, konnte das aber nicht ganz ohne Worte tun.

»Auf Wiedersehen, liebe Großmutter. War nett, dich kennengelernt zu haben«, schleuderte sie Teresa mit einem zynischen Lachen entgegen.

Dann marschierte sie schnell zurück zum Hotel. Erst auf ihrem Zimmer ließ sie ihren Tränen freien Lauf.

Es hatte ihr doch mehr zugesetzt, als sie sich eingestehen wollte, weil sie diese direkte, offene Ablehnung nicht gewohnt war.

Erst zwei Stunden später bekam sie sich wieder in den Griff und ärgerte sich mehr über sich selbst als über die Familie Grosso.

Was war denn geschehen? Es hatte sich doch nur das bestätigt, was ihr Helene schon berichtet hatte. Und für ihre Mutter war doch alles sehr viel schlimmer gewesen als für sie.

Die war damals eine junge Mutter, der man falsche Dinge unterstellt und auch noch ihr Kind weggenommen hatte.

Wie musste ihre Seele in all den Jahrzehnten, die sie dazu noch in Armut verbringen musste, gelitten haben?

Da ging es ihr, Jolanda, doch gut. Sie war unabhängig und frei, und ob sie einen leiblichen Vater hatte oder nicht, das war doch völlig wurscht.

Jolanda erhob sich, wusch sich das geschwollene Gesicht, zog einen Bikini und ein Strandkleid an, nahm ihr Buch und setzte sich an den Pool. Zur Feier des Tages bestellte sie sich einen alkoholfreien Cocktail, und schon ging es ihr wieder besser.

»Hallo, wie geht es dir?«

Jolanda blickte auf und sah wieder in diese stahlblauen Augen. Warum mussten italienische Männer nur so schöne blaue Augen haben?

Sofort begann ihr Herz zu schlagen, und seine Ausstrahlung ließ ihren Körper beben.

»Danke, mir geht es sehr gut.«

»Darf ich mich einen Moment setzen und einen Espresso mit dir trinken?«, fragte er lächelnd.

Jolanda deutete auf einen der freien Stühle.

»Aber gerne. Bitte nimm Platz.«

Ihre Stimme zitterte.

»Bleibst du länger in Palermo?«

Auch bei ihm rührte sich das Verlangen, und er hatte Mühe, dies unter dem Tisch zu verbergen.

»Ich glaube, ich bin nicht mehr lange hier. Obwohl, wenn ich mir das Panorama und das blaue Meer anschaue, zieht es mich eigentlich nicht so schnell zurück nach Deutschland. Ich hatte nur ein paar Termine bei der Familie Grosso.«

Er lachte, und zum ersten Mal sah sie zwei niedliche Wangengrübchen.

»Ah, die Grossos. Die kennt hier jeder. Aber wenn es dir so gut gefällt, dann bleib doch noch hier. Man muss immer das tun, was man möchte.«

»Wenn das mal so einfach wäre. Ich habe auch noch einen Beruf, der mich fordert.«

Er nahm einen Schluck von seinem Espresso.
»Und was machst du beruflich?«
»Ich bin Unternehmensberaterin in Frankfurt.«
»Oh, dann hilfst du Firmen beim Geldsparen?«
»Ja, auch. Aber manchmal werden Firmen auch verkauft oder geschlossen.«
»Verstehe. Die unangenehmen Seiten des Handelns.«

Jolanda zog am Trinkhalm ihres Cocktailglases.
»Das ist nicht immer unangenehm. Man kann auch in solch schweren Situationen erfolgreich sein.«

»Aber da stehen doch meistens Menschen hinter diesen Unternehmen, deren Lebenswerke dann am Ende zerstört sind.«

Jolanda ärgerte sich etwas, dass sie jetzt zu einem so ernsten Thema abgedriftet waren. Sie hätte lieber an gestern Abend angeknüpft.

»Stimmt, aber das darf man so nicht sehen und nicht an sich ranlassen, wenn harte Entscheidungen getroffen werden müssen. Was sein muss, das muss eben sein, und man muss bedenken, dass auch Neues daraus entstehen kann.«

»Ist das eigentlich dein Wunschberuf?«
»Das war er zumindest bis vor Kurzem. Jetzt bin ich

mir nicht mehr so sicher.«

Jolanda rutschte auf ihrem Stuhl hin und her. Was sollte das jetzt? Sie sehnte sich nach seinen Küssen, und er versuchte, in ihr Gewissen einzutauchen.

»Ist etwas geschehen, das dich zweifeln lässt? Entschuldige, das ist keine Neugier, das ist ehrliches Interesse.«
»Was interessiert dich so an meinem Beruf?«

Leandro zog die Stirn kraus.
»Ach, ich glaube, du bist traurig oder unzufrieden und alleine.«
Jolanda erschrak, weil sie so leicht zu durchschauen war und er so tief in ihre Seele blicken konnte.

»Welcher Mensch ist das nicht?«, antwortete sie rasch. »Auch ich fühle von allem ein bisschen«, fügte sie noch an.

Es war ihr fast ein bisschen peinlich, als das lockere Gespräch diese Wende nahm.

»Willst du darüber sprechen?«
»Nein, das möchte ich momentan nicht,« schloss sie das Thema ab.

Leandro konnte nicht mehr die Augen von ihr lassen. Er zog einfach ihren Stuhl näher an seinen heran, umfasste mit den Händen ihr Gesicht und küsste sie lange und immer wieder. Irgendwann löste er sich widerwillig von ihr und erhob sich.

»Wenn du jemanden zum Zuhören brauchst, ich kann das sehr gut. Du weißt ja, wo du mich findest.«

Er strich ihr noch einmal zart über die Wange. Dann nickte er ihr aufmunternd zu und ging davon.

Jolanda schüttelte den Kopf. Dieser Mann hatte innerhalb von Sekunden ihr Herz erobert. War das die Liebe auf den ersten Blick? Waren das die Schmetterlinge, von denen andere immer sprachen und die sie selbst nie gefühlt hatte?

Schnell stand sie auf, um die merkwürdigen Gedankengänge abzuschütteln.

Sie wartete gerade auf den Fahrstuhl, als ein Mitarbeiter des Empfangs auf sie zukam und ihr sagte, dass eine Dame sie zu sprechen wünsche. Sie wunderte sich zwar erst, aber dann drehte sie sich doch um und folgte ihm.

Schon von Weitem erkannte sie, dass es eine der Frauen war, die heute Morgen auf der Terrasse ihrer Großmutter gesessen hatten, eine elegante Dame in einem weißen Kostüm.

Ihre schwarzen Haare hatten einen leicht bläulichen Schimmer, und ihr Gesicht war dezent geschminkt.

»Hallo Jolanda, ich bin Dana, die Schwester von Albano, von dem du glaubst, dass er dein Vater ist. Wir haben uns heute Morgen kurz gesehen.«

Dana streckte ihr die Hand zur Begrüßung hin, und Jolanda ergriff sie.

Auf Danas Worte *von dem du glaubst* wollte sie nicht eingehen.

»Warum sind Sie gekommen?«, fragte sie stattdessen.

»Du bitte! Sag einfach Du zu mir. Ich möchte dich kennenlernen und bin überzeugt, dass das, was meine Mutter und mein Bruder seit Jahren erzählen, nicht mit dem übereinstimmt, was du von Helene gehört haben musst.«

»Sie… du sprichst in Rätseln. Wie meinst du das?«

Jolanda wusste nicht, wie sie sich Dana gegenüber verhalten sollte. Ihr Misstrauen gegenüber dieser Familie war groß, und sie fragte sich, warum Dana seit heute Morgen einen Sinneswandel durchlebt haben sollte.

Dana spürte, dass Jolanda skeptisch war. Sie konnte das auch gut verstehen. Heute hatte die Familie wirklich keinen guten Eindruck hinterlassen.

»Ich möchte dich einladen, mich auf mein Gut außerhalb der Stadt zu begleiten. Wir sollten uns ausführlich unterhalten.«

Dana drückte sie am Arm.

»Komm, mein Fahrer bringt dich heute Abend wieder zurück. Es ist nicht weit.«

Während Jolanda den Blick durch die Lobby schweifen ließ, überlegte sie, ob sie die Einladung annehmen sollte. Schnell merkte sie, dass sie sich nichts zu vergeben hatte. Es gab vielleicht weitere Puzzleteile.

»Also gut. Warum nicht?«

Jolanda zog sich schnell um, nahm ihre Tasche und folgte Dana zu ihrem Wagen.

Der Chauffeur nahm seine Mütze ab und hielt ihr die Tür auf. Während der Fahrt quer durch die Stadt zeigte Dana ihr alle Sehenswürdigkeiten und erklärte das Wichtigste. Eigentlich war es eine richtige Sightseeing-Tour und machte Jolanda viel Freude.

Schließlich verließen sie die Stadt, und die Straße schlängelte sich durch freies Feld mit zahlreichen Bäumen, Olivenhainen, Wiesen, Ackerflächen und mit Gattern eingezäunten Arealen.

Am Ende einer kleinen Anhöhe gelangten sie auf den Innenhof eines beeindruckenden, weitläufigen Gutshofes mit einer Vielzahl an Gebäuden.

Vor der Treppe, die zum Eingang des Haupthauses führte, stiegen sie aus.

»Das ist mein Hof und meine Manufaktur. Fühl dich wie zu Hause.«

Jolanda blickte sich staunend um.

»Das ist alles sehr beeindruckend. Was stellst du her?«

»Ich produziere ganz besonderen Büffelmozzarella,

dann habe ich einige Meerwassersalinen und kann deshalb ein ganz spezielles Meersalz anbieten. In anderen Bereichen verarbeiten wir Tomaten und Basilikum, stellen Konfitüren her und kandieren Südfrüchte. Das alles ist aber von extrem hoher Qualität und wird nur an ganz besondere Feinkostgeschäfte und Luxushotels geliefert, allerdings weltweit. Ich führe dich später gerne durch den Betrieb und das Gelände.«

Doch zuerst geleitete Dana sie auf die Terrasse, von der aus sie in einen üppig blühenden Rosengarten blickten.

»Ist das schön hier«, sagte Jolanda anerkennend.

»Du lebst in einem richtigen Dorado.«

»Ja, das tue ich. Seit mein Mann tot ist, muss ich das alles alleine verantworten. So ganz langsam würde ich gerne etwas weniger arbeiten, aber leider habe ich keine Kinder, die mein Lebenswerk fortsetzen könnten.«

Mittlerweile hatte eine Bedienstete Fruchtsäfte und Wasser gebracht und goss ihnen beiden ein.

»Ja, das ist schade, wenn du die Nachfolge nicht gut regeln kannst. Lebst du hier auf dem Gut?«, wollte Jolanda wissen.

»Ja klar. Aber ich habe noch ein Stadthaus. Also notfalls könnte ich das hier schweren Herzens verkaufen. Aber lass uns jetzt lieber von dir reden.«

»Ja, wenn du das möchtest.«

»Gut, dann erzähl mir von Helene.«

230

Jolanda lehnte sich in ihrem Sessel zurück.

»Meine Mutter habe ich vor einigen Wochen hier in Palermo gefunden und stand genauso skeptisch vor ihr wie heute Morgen vor euch. Sie hat mir dann ihre Lebensgeschichte in allen Einzelheiten erzählt, und diese konnte ich dann mit der Geschichte ihrer Schwester Florentine zusammenbringen, bei der ich groß wurde.«

Jolanda griff zum Glas und genoss den exzellenten und eisgekühlten Saft.

»Außerdem war ich in Taormina. Dort lebt Franco, für dessen Tochter ich als Kind Rückenmark gespendet und damit ihr Leben gerettet habe.«

Jolanda brauchte eine kurze Pause und ließ ihren Blick gedankenverloren über das Anwesen schweifen. Dann fuhr sie fort: »Weißt du eigentlich, dass dieses Mädchen in Taormina die Tochter von Helenes Schwester Florentine ist? Und wusstest du auch, dass Florentine ihrem kranken Kind damals nicht geholfen und es nie akzeptiert hat?«

»Nein, das wusste ich nicht. Und wieso wurdest du von Helenes Schwester adoptiert?«
»Weißt du das nicht besser als ich? Deine Mutter und mein lieber Vater wissen bestimmt mehr.«

»Das kann sein, jetzt, wo du das sagst. Erzähl mir deine Version, und ich versuche dann, die Wahrheit herauszufinden.«

Dana nahm ebenfalls einen Schluck Saft, während sie darauf wartete, was Jolanda berichten würde.

»Sie wollte eines Tages einen Ersatz, um wahrscheinlich ihr schlechtes Gewissen zu beruhigen. Das ist in meinen Augen der einfachste Grund, aber wissen kann ich es nicht. Man findet auch bei längerem Nachdenken keine plausiblere Erklärung für so ein schlimmes Verhalten. Sie hat auch mit deinem Bruder Albano, meinem sogenannten Vater, einen Deal vereinbart, den ich nicht verstehen kann.«

Wieder musste sie eine kurze Pause machen und die Luft anhalten, um nicht in Tränen auszubrechen.

»Ich werde Florentines Tochter und bekomme dafür viel später eine Firma in Deutschland, warum auch immer. Das alles finde ich ehrlich gesagt pervers. Ich brauche keine Firma, ich hätte gerne einen liebevollen Vater gehabt, der nicht seine Frau wegschickt, der ihr nicht das Kind wegnimmt und zulässt, dass sie im schlimmsten Armenviertel Palermos leben muss.«

»Nein, oh mein Gott. Welche Sünde!« Dana griff sich ans Herz.

Was war nur mit der armen Helene geschehen! Ihre Schwägerin hatte ihr damals schon Bewunderung abgetrotzt, wie wenig sie sich von der täglichen Ablehnung ihrer Schwiegereltern beeindrucken ließ und das sizilianische Leben annahm und lebte.

»Siehst du, ich habe es geahnt«, sagte sie nahezu tonlos. »Da stimmte doch etwas nicht.«

Sie goss sich Wasser ein, trank das Glas leer und blickte in den Rosengarten.

Jolanda sah in Danas Mienenspiel, dass diese erst einmal verarbeiten musste, was sie gerade erfahren hatte.

»Kannst du mir erzählen, was du weißt, Dana?«

»Ja, das ist aber gar nicht so viel. Also, mein Bruder bekam zu der Zeit, als Helene mit dir in Taormina war, einen Besuch von Giovanni, Helenes ehemaligem Freund. Dieser hatte angeblich von der Hochzeit in der Zeitung erfahren. Er kam mit der Behauptung, dass das Kind von ihm sei, weil er sich weiter heimlich in Palermo mit Helene treffe.«

»Oh, nein. Meine arme Mama.« Jolanda war entsetzt.

»Er und Helene hätten die Heirat extra eingefädelt, um finanzielle Vorteile zu erlangen. Angeblich erpresste er meinen Bruder, ihm Geld und eine lebenslange Absicherung für dich zu garantieren, sonst würde er das Wissen an die Presse verkaufen. Und als mein Bruder das alles der Familie erzählte, wurde die Trennung von Frau und Kind beschlossen. So also die offizielle Version.«

Jetzt musste Dana anhalten und nachdenken. Dann sprach sie leise weiter.

»Dass da noch ein anderes Kind war, wussten wir nicht. Oder warte, vielleicht wussten es dein Vater und unsere Mutter. Das müssen wir aufklären.«

Jetzt war es an Jolanda, das Gehörte verdauen zu müssen.

»Mein Gott, was muss diese Familie noch alles erleiden?«

»Was meinst du damit?«

»Das ist für heute zu viel. Die Familie meiner Mutter und die italienischen Gastarbeiter bei ihnen im Dorf mussten seit Ende der Fünfzigerjahre durch schwere Zeiten gehen und vieles ertragen. Und wie du jetzt siehst, hat das bis heute nie aufgehört.«

Dana nickte.

»An einen Zusammenhang zu der Gastarbeiterzeit habe ich ehrlich gesagt noch nie gedacht. Ich weiß auch gar nicht sehr viel darüber. Erzähl mir bitte bald aus dieser Zeit. Und gibst du mir die Adresse von Helene? Ich muss mich mit ihr aussprechen. Wo ist sie überhaupt?«

»Sie lebt in Deutschland im Dorf ihrer Familie, auf ihrem alten Hof.«

»Okay, ich werde sie anrufen und mich dann irgendwann mit ihr treffen.«

»Ja, mach das.«

Jolanda atmete tief durch.

»Wenn es dir recht ist, möchte ich für heute Schluss machen, Dana. Ich bin wieder einmal geschockt und müde von dem, was ich gehört habe. Und ich sage dir zum Schluss, dass ich meiner Mutter glaube. Sie hat ihren Mann nicht mit ihrem alten Freund betrogen.«

»Das glaube ich auch nicht mehr, meine Gute. Komm, ich zeige dir noch was.«

Dana führte Jolanda in ihre Bibliothek und kramte ein Foto aus dem Schreibtisch.

»Das bin ich, als ich in deinem Alter war.«

Jolanda musste staunen über so viel Ähnlichkeit und umarmte sie.

»Hoffentlich sehen das die anderen auch alle.«

Als sie wieder im Hotel angekommen war, bestellte sie sich ein leichtes Abendessen aufs Zimmer. Sie hatte keinen Bedarf mehr an Menschen und wollte nur noch ihre Ruhe.

***

In der Früh stand sie mit Kopfschmerzen auf und fühlte sich gerädert, als hätte sie stundenlang in einem Steinbruch gearbeitet. Sie hatte schlecht geträumt und wollte bestenfalls gar nicht mehr daran denken.

Nachdem sie im Schneckentempo geduscht und sich angekleidet hatte, fuhr sie nach unten in den Speisesaal und nahm ein ausgiebiges Frühstück mit reichlich Kaffee zu sich. Danach fühlte sie sich etwas besser.

Anschließend setzte sie sich wie jeden Tag in die Lobby, um ihre E-Mails zu sichten. Heute fand sie Vertragsentwürfe der Geschäftsleitung des besagten Fonds, die ihr ein Bekannter zugespielt hatte. Während sie noch in die Dokumente vertieft war, kamen zwei Männer an ihren Tisch und setzten sich ungefragt zu ihr.

Einen von ihnen hatte sie gestern auch bei ihrer Großmutter auf der Terrasse gesehen.

»Ich bin Luigi. Wir kennen uns schon von gestern morgen«, sagte er.

Dann deutete er auf den anderen Mann.
»Und das ist mein Bruder Albano Grosso.«

Jolanda war wie gelähmt. Eigentlich saß da ihr Vater, und der brachte keinen Ton über die Lippen, noch nicht einmal ein »Guten Morgen«.

Also entschied sie sich, auch zu schweigen und abzuwarten, was die beiden von ihr wollten.

Ob Dana schon mit ihnen gesprochen hatte?

Aber wenn, dann würden sie doch nicht so reserviert dasitzen.

»Sie sind ein ganz ausgebufftes Luder, wissen Sie das?«, polterte Luigi ohne Vorwarnung los.

Jolanda glaubte, sich verhört zu haben. Sie lief vor Wut krebsrot an.

»Aha, und woraus schließen Sie das?«

»Ist es richtig, dass Sie für Lau & Lau in Frankfurt arbeiten?«

»Ja und? Ist das ein Verhör?«

Ihre Stimme überschlug sich beinahe, weil ihr der Zorn durch den Körper kroch.

»Nennen Sie es, wie Sie wollen. Ich habe in Berlin angerufen und dort mit dem Insolvenzverwalter und meinem Vertreter in der Geschäftsleitung gesprochen.«

Jolanda wartete darauf, dass er weitersprach, aber da kam erst einmal nichts mehr.

»Ich fürchte, ich kann Ihnen nicht folgen. Was wollen Sie mir eigentlich sagen? Es ist doch selbstverständlich, dass man in seiner Firma anruft, um auf dem Laufenden zu sein, wenn man sich schon nicht selbst hinsetzt und stattdessen einen neuen Geschäftsführer die Arbeit machen lässt.«

»Mein Geschäftsführer hat mir erzählt, dass Sie über den Insolvenzverwalter herausbekommen wollten, wie es um die Firma steht. Sie sollen das getan haben, weil Sie der Meinung sind, dass die Firma Ihnen gehört, und weil mein Bruder Ihr Vater sein soll. Sie haben über Ihren Chef und Ihren ehemaligen Freund versucht, sich Insiderwissen zu verschaffen, um damit für die Firma mitbieten zu können. So wollen Sie letztendlich an unseren Besitz kommen und meinen Bruder schädigen.«

Jolanda blieb vor Entsetzen der Mund offenstehen. So einfach konnte man Dinge konstruieren, die falsch waren. Alexander und Elias waren so leicht, zu durchschauen, dass es beinahe schon wehtat.

»Aha, das habe ich noch gar nicht gewusst«, antwortete sie und versuchte, ruhig zu klingen.

»Da müsste ich erst einmal in Ruhe nachdenken, ob das Sinn machen würde.«

»Sie sind ja noch raffinierter, als ich dachte. Gestern haben Sie uns aufgefordert, mit Ihnen Kontakt wegen Berlin aufzunehmen. Stimmt das etwa nicht?«

»Doch«, flüsterte sie.

Jetzt hatte dieser Satz von gestern einen bitteren Beigeschmack bekommen. Sie sog die Luft ein, damit es ihr nicht die Kehle zuschnürte.

»Aber nicht wegen Ihrer infamen Unterstellungen. Ihre Hypothesen sind völlig haltlos, und eigentlich hätte ich Ihnen mehr Verstand zugetraut.«

Sie erhob sich und wollte eigentlich nur noch weg.

Doch Albano stand ebenfalls auf.

»Und dass das klar ist: Ich bin nicht Ihr Vater!«, schleuderte er ihr ins Gesicht.

»Den müssen Sie so um die hundert Kilometer weiter in einem kleinen Dorf suchen. Der Erpresser hat immer noch die gleiche Adresse, auch wenn er seit vielen Jahren dadurch gestraft ist, dass er im Rollstuhl sitzt. Verschwinden Sie von hier, und bedanken Sie sich bei Ihrer Mutter für deren Lotterleben.«

Jolanda machte zwei Schritte auf ihn zu und schlug

ihm mit der flachen Hand ins Gesicht.

»Lass meine Mutter aus dem Spiel. Du hast ihr und mir das Zuhause genommen, weil du kein Vertrauen hattest und Lügnern auf den Leim gegangen bist. Verschwinde aus meinem Leben! So einen Vater brauche ich nicht!«

Während er sich die Wange rieb, wandte sie sich seinem Bruder zu.

»Und Ihnen kann ich nur sagen: Augen auf beim Insolvenzverwalter und genau hinschauen, welche Heuschrecken im Boot sitzen. Ich überlege es mir noch, ob ich um meine Firma kämpfe, weil ich weiß, dass sie mir gehört.«

Dann drehte sie sich um, ließ die beiden einfach stehen und fuhr mit dem Aufzug auf ihr Zimmer. Dort erst ließ sie die Maske fallen.

Es tat so weh, was man ihr da alles unterstellte. Sie hatte das nie vorgehabt und nie so gewollt.

Aber sie musste sich auch eines ehrlich eingestehen: Wer diesen Beruf ausübte und viele Firmen in ihre Einzelteile zerlegt hatte, der musste sich gefallen lassen, dass man ihm solche Schlechtigkeiten unterstellte.

Sie würde darüber, was sie in Zukunft beruflich machen wollte, nachdenken müssen.

Jolanda buchte sofort einen Flug und kehrte noch am Abend zurück nach Frankfurt. Leandro schickte sie mit einem Boten eine kleine Abschiedsnachricht und einen emotionslosen Dank für die netten Stunden.

Ihr Herz schmerzte, weil sie nicht wusste, wie Leandro gefühlsmäßig zu den kurzen, aber heftigen Begegnungen stand.

Es schien, als wäre nun alles zu Ende, noch ehe es richtig begonnen hatte.

Jolanda in Frankfurt

In Frankfurt angekommen, fühlte sich Jolanda in ihrer einst so geliebten Wohnung plötzlich fremd.

Sie streifte durch die Zimmer, die ihr auf einmal so steril vorkamen, als wären sie gar nicht bewohnt, als stünde man in der Ausstellung eines Möbelhauses.

Beim Blick aus dem Fenster sah sie nur Hochhäuser, nichts als Hochhäuser, und sie fragte sich, was sie jahrelang daran gut und schön gefunden hatte. Schön war anders, schön war der Blick auf das blaue Meer, die Palmen, die Sonne und die Segelboote.

Und da es bereits Nacht war, konnte sie sich in der Fensterscheibe sehen.

»Ach, warum fühle ich mich hier nicht mehr wohl?«, fragte sie sich selbst. »Das war doch mein Stolz, meine Welt.«

Prompt kam die Antwort ihres Ichs. *»Wie kannst du dein Ich so etwas fragen? Du weißt es doch schon, du hast dich eben in Sizilien verliebt. Und nicht nur in Sizilien, sondern auch in den schönen Hotelier Leandro.«*

»Habe ich nicht. Das ist doch albern.«

»Du kannst deinem Ich nichts vormachen. Schau, du fühlst dich dort besser, du magst die Menschen, den Lebensstil – und wenn alles stimmt, dann bist du doch mindestens eine halbe Sizilianerin.«

»Das hat aber doch nichts damit zu tun, dass ich keine Lust mehr habe, meinen Beruf auszuüben.«

»*Ne, hat es nicht. Wir haben uns ja schon einmal über deine Zweifel unterhalten.*«

»Stimmt, das hatte ich vergessen. Bei diesen ganzen Intrigen habe ich bemerkt, dass das nicht mehr so richtig mein Ding ist. Ich glaube, meine Mutter hat mir gezeigt, dass es auch anders gehen kann.«

»*Deine Mutter? Sie hat doch in den Slums gelebt. Was hat sie dir da gezeigt?*«

»Anstatt verbittert zu sein und andere zu betrügen, hat sie aus weggeworfenen Dingen Taschen genäht und damit in ihrer kleinen Welt Erfolg gehabt.«

»*Und du hast Firmen zerschlagen und warst auch noch stolz auf dich.*«

»Schluss damit! Ich will es nicht mehr hören.«

»*Dann musst du das ändern. Ich glaube, du willst wirklich nicht mehr. Das liegt nicht an deinem Urlaub, wie ich vor einiger Zeit vermutet habe.*«

»Aber was um Himmels willen soll ich tun? Ich kann ja nichts anderes.«

»*Mach erst mal mit dem Alten Schluss. Dann bist du frei und offen für neue Dinge.*«

»Ja, mein Ich. Danke für den Tipp.«

Jolanda nahm ein langes, entspannendes Bad und schweifte mit ihren Gedanken nach Sizilien, in Leandros Arme. Sie konnte seine Wärme und seinen Körper fühlen und sah in seine leuchtenden Augen, bis das Wasser kalt war und sie in die Realität ihres Badezimmers zurückkehrte.

Anschließend kuschelte sie sich auf das Sofa und telefonierte mit ihrer Mutter. Sie erzählte ihr von den Begegnungen und dem intensiven Austausch mit Dana.

Als Helene hörte, warum sie und das Kind aus der Familie gejagt worden waren, begriff sie, was vorgefallen war.

»Dann wurde dein Vater hinters Licht geführt und um viel Geld betrogen«, stellte sie fest.

Jolanda hätte platzen können, weil Helene einfach ihren Mann von jeder Schuld freisprach.

»Mama, hör auf. Wir wissen noch nicht, ob das so stimmt. Und selbst wenn es so wäre, hätte er es ja nicht glauben, sondern dir vertrauen müssen.«

»Aber Jolanda, das kannst du doch nicht so einseitig sehen.«

Jolanda begriff nicht, wie Helene so gutgläubig sein konnte.

»Doch, ich kann, Mama.«

»Und was hast du sonst noch Neues erfahren? Was ist mit der Fabrik?«

»Das ist jetzt zu kompliziert und zu viel, um das heute Abend am Telefon durchzusprechen. Ich muss morgen in die Firma und noch ein paar Gespräche führen, und dann komme ich in ein paar Tagen zu dir.«

»Oh, das ist aber schön. Ich freue mich, dich zu sehen.«

»Wie geht es auf dem Bau voran?«

»Da liegen die Handwerker in den letzten Zügen. Jakob ist ein Antreiber, wahrscheinlich kann ich am Montag schon einziehen.«

Jolanda konnte Helenes Lächeln fast fühlen, auf jeden Fall aber ihre Vorfreude auf die Fertigstellung ihres Häuschens spüren.

»Toll, dann richte mir doch gleich mal ein Zimmer her.«

Helene lachte.

»Das mache ich gerne für dich.«

»Hast du was von Friedrich und seiner Familie gehört?«

»Ja. Friedrich geht es gut, er ist auf Weg der Besserung. Jakob steht regelmäßig mit dem Arzt in Kontakt. Auch mit Gretas Klinik tauscht Jakob sich aus. Nur bei den Jungs, da lässt er das bleiben. Die müssen durch die harte Schule gehen. Jakob glaubt nicht so richtig an einen Erfolg, weil sie keinen Beruf haben, um sich daran abzuarbeiten.«

Jolanda lehnte sich zufrieden zurück. Diese Nachrichten waren wunderbar.

»Ja, mal sehen, wie die das machen. Also dann sehen wir uns bald. Grüß alle von mir und schlaf gut.«

»Mach ich, du auch.«

***

Jolanda traf sich mit verschiedenen Leuten aus ihrem Netzwerk. Mittlerweile waren die Pläne von Elias und Alexander ziemlich konkret.

Elias würde mit dem Investor einen Vertrag abschließen und verkünden, dass die Firma weiterarbeiten, aber eine Sanierung mit Personalabbau durchlaufen werde.

In dieser Zeit würde der Investor nach und nach Geld aus dem Unternehmen ziehen, das dann in ein Konstrukt von undurchschaubaren Töchtern und Briefkastenfirmen von Lau & Lau im Ausland fließen würde. Für diesen Prozess waren zwei Jahre angesetzt, danach sollte das endgültige Aus verkündet werden.

Es war klar, dass sich nur solche Investoren melden würden, die ähnliche Strategien verfolgten.

Man kannte die Geschäftsmodelle untereinander.

Jolanda wusste das. Auch sie hatte schon solche Strippen gezogen und schüttelte sich jetzt vor sich selbst.

Ihr Glück war jetzt, dass Alexander kalte Füße bekam, denn er hatte von Herrn Lehmann gehört, dass sie nach Sizilien gefahren war.

Er wusste, dass sie in der Lage war, ihn ans Messer zu liefern, weil es sich bei dieser Firma möglicherweise um ihr Erbe handelte.

Der Kollege, der ihr das berichtete, schlug sich vor Lachen auf die Schenkel.

Und Elias soll ausgerastet sein vor Wut, sich aber beruhigt haben, als er hörte, dass er den neuen Investor auswählen und das Vorhaben alleine steuern darf.

Allerdings hatte Alexander nicht auf seine Beteiligung an der Beute verzichtet. Lediglich blieb aus seiner Sicht der Familienfonds außen vor.

Nun ging es für Jolanda darum, sich als vermeintlichen Investor auszugeben und den Zuschlag zu erhalten.

Man wusste bei Lau & Lau, dass sie im Ausland eine ganze Handvoll Firmen gegründet hatte, die sie in den letzten Jahren immer wieder für erfolgreiche Sanierungen genutzt hatte.

Allerdings kannte niemand die genaue Zahl und die Namen der Unternehmen. Also gab sie im Namen einer ihrer Firmen in England ein Angebot ab.

Nun hieß es Geduld haben und auf das Glück hoffen. Ein Mittelsmann zog für sie so die Fäden, dass die Summe passen würde.

Am Nachmittag fuhr sie ins Büro. Sie hatte sich gut vorbereitet und einen emotionalen Panzer übergezogen.

Leise glitt der Fahrstuhl in die Etage der Geschäftsleitung, und ebenso leise öffnete sich die Tür. Jolanda begegnete ein paar Kollegen und Kolleginnen, die sie im Vorbeigehen mit einem Kopfnicken begrüßte.

Einen kleinen Moment überlegte sie, ob sie sich etwas provokant verhalten sollte, indem sie einfach in ihr Büro ging und so tat, als wäre heute ihr erster Arbeitstag.

Dann aber verwarf sie diese Idee schnell wieder und öffnete stattdessen die Tür zu Alexanders Sekretariat. Sie wurde auch gleich vorgelassen.

»Jolanda«, rief er.

»Schön, dass du uns besuchst. Setz dich doch bitte.«

»Danke.«

»Wie geht es dir? Alles geklärt mit der Familie?«

»Es geht mir gut, danke. Und ja, es ist fast alles geklärt.«

»Ah, das ist gut. Hast du was rausbekommen wegen der Firma?«

»Ein wenig, aber nicht alles, noch nicht.«

Jolanda schaute ihn mit ihren Luchsaugen aufmerksam an, um jede Regung in seinem Gesicht registrieren zu können.

»Wie kommt Elias eigentlich mit der Firma in Berlin voran?«, fragte sie mit einem scheinheiligen Lächeln.

»Ich glaube ganz gut. Sagt er zumindest. Aber er hat ja noch eine Weile Zeit. Willst du jetzt wieder nach Berlin fahren?«

»Ne, im Moment nicht. Aber kann schon sein, dass ich dort zeitnah und kurzfristig aufschlage, wenn sich die Aussagen meiner Mutter bestätigen sollten. Ist Elias eigentlich in Berlin oder hier in seinem Büro?«

»Der ist gerade hier. Warum?«

»Nur so.«

Jolanda versuchte, seinen Blick festzuhalten, aber er wich ihr aus.

Sie erhob sich und ging um seinen Schreibtisch herum, bis sie direkt neben ihm stand.

»Was ist eigentlich mit meinem Büro? Habe ich das noch, oder hast du mich schon abserviert?«

»Ja… ja, das ist so«, stammelte er, »ich habe das Büro vorübergehend einer neuen Kollegin gegeben.«

»Dachte ich mir doch, dass es in diese Richtung geht. Warum tust du das? Ich habe viele Jahre loyal für dich gearbeitet.«

»Was habe ich denn getan? Ich habe Ersatz besorgt, weil du monatelang nicht da warst.«

Jolanda schnaubte verächtlich.

»Oh ja, was für eine einfache Erklärung!«

Es klopfte, die Tür öffnete sich, und Elias kam herein.

»Ach, wer ist denn da? Das verlorene Schaf!«, rief er etwas gekünstelt, kam auf Jolanda zu und wollte sie umarmen. Sie aber trat einen Schritt zur Seite.

»Weißt du jetzt, wer dein Vater ist?«, fragte er.

Sie antwortete kühl: »Ich denke, dass ich in Kürze Gewissheit haben werde.«

»Noch eine Frage: Hast du Unterlagen gefunden, die eventuell nachweisen, dass die Firma dir gehört?«

»Nein, das habe ich noch nicht. Aber was interessiert dich das, Elias?«

»Das ist doch nachvollziehbar, oder nicht? Ich muss ja schauen, ob ich die Firma retten kann. Aber wenn sie dir gehört?«

»Was, wenn sie mir gehört? Dann rettest du sie nicht?«

»So habe ich das aber nicht gemeint.«

Elias ruderte sofort zurück, weil er schnell bemerkt hatte, dass ihm da ein Fehler unterlaufen war.

»Wenn sie mir gehört, lasse ich dich das wissen. Bis dahin mach, was du willst«, warf Jolanda ihm zornig entgegen.

Sie hatte seine Verunsicherung gesehen. Dann wandte sie sich wieder an Alexander.

»Wie sieht es nun aus? Bleibt der Ersatz nur vorübergehend auf meinem Stuhl, oder planst du schon ganz und gar ohne mich?«

»Ja, nein… ich weiß nicht, ich bin mittlerweile davon ausgegangen, dass du nicht mehr kommst.«

Verlegen schaute er aus dem Fenster.

Nun wusste Jolanda endgültig Bescheid.

Er musste sie ja loswerden. Würde ihr Grosso gehören, dann könnten sie die Firma nicht zerschlagen, solange sie hier arbeitete. Und dass es sich um eine Firma mit Potenzialen handelte, das war ihr jetzt so klar wie Kloßbrühe.

Die beiden waren wie die Aasgeier hinter dem Unternehmen her, weil da richtig viel Geld zu machen war.

»Na gut«, sagte sie schließlich.

»Dann hole ich mal meine Sachen bei meiner Nachfolgerin ab.«

Sie blickte die beiden noch einmal an und sah ihnen die Gemeinheit aus den Augen kriechen.

»Ich wünsche euch alles Gute und gehe davon aus, dass ihr wisst, dass ich beim geringsten Anlass, der durch euer Handeln mich persönlich treffen könnte oder trifft, zurückschlagen werde.«

Dann verließ sie hocherhobenen Hauptes das Büro.

Kaum war sie verschwunden, blickte Alexander Elias ernst an und mahnte mit erhobenem Zeigefinger: »Pass bloß auf, Elias. Wenn die uns auf die Schliche kommt, sind wir verloren. Du weißt, dass wir das Geld dringend brauchen.«

Elias nickte.

»Ja, ich weiß. Ich bin achtsam.«

Vor der Tür ihres alten Büros blieb Jolanda einen Moment stehen.

Viele Jahre war das so etwas wie ein zweites Zuhause für sie gewesen.

Und nun? Sie holte Luft, klopfte an und wartete eine entsprechende Reaktion gar nicht erst ab.

»Hallo, ich bin Jolanda und möchte nur meine persönlichen Sachen mitnehmen.«

Eine schmale, blasse junge Frau blickte ihr verschüchtert und mit großen Augen entgegen.

Jolanda überlegte kurz, wie sie sich ihr gegenüber verhalten sollte. Doch dann entschied sie sich, ganz sachlich zu bleiben. Sie wollte die junge Frau nicht noch zusätzlich verunsichern.

Daher fragte sie nur: »Geht es Ihnen gut? Gefällt Ihnen die Arbeit?«

»Ja danke. Ich bin ja noch nicht lange hier und brauche noch Zeit.«

»Ah, also gerade mit dem Studium fertig, was?«
»Ja, das ist mein erster Arbeitsplatz.«

Jolanda suchte ihre Sachen zusammen. Einige Dinge waren schon in einem kleinen Karton verpackt. Als sie fertig war, trat sie auf die junge Frau zu.

»Ich wünsche Ihnen viel Kraft, Nervenstärke und Erfolg. Auf Wiedersehen.«

Im Fahrstuhl übermannte sie eine Mischung an Gefühlen, die sie schlecht zusammenbringen konnte.

Traurigkeit, weil eine Episode in ihrem Leben vorbei war, aber auch gleichzeitig Erleichterung, Angst vor der Zukunft und Wut über die beiden Männer da oben.

Erst zu Hause erlaubte sie sich ein paar Tränen.

Irgendwie war jetzt auch hier ihr bisheriges Leben wie ein Kartenhaus zusammengebrochen.

Zu viel war in nur wenigen Monaten geschehen, und nun stand sie auch noch vor dem beruflichen Ende.

Wie schön wäre es jetzt, in Palermo zu sein und mit Leandro am Strand zu sitzen, dachte sie.

Aber sie kannten sich ja kaum, wer weiß, vielleicht war er sogar in einer Beziehung.

Jolanda im Schwarzwald

Jolanda fuhr heute die kurvige Bergstraße ohne ihr Navi hoch.

Sie kannte mittlerweile den Weg im Schlaf.

Über die kleine Seitenstraße gelangte sie schließlich durch das große Tor auf den Hof.

Sie stieg aus und betrachtete das neue Altenhaus voller Freude, ja, fast voller Ehrfurcht. Stolz leuchtete das weiße, überarbeitete Fachwerk, eingerahmt von den jetzt glänzenden Balken.

Die neuen Fenster waren speziell für Fachwerkhäuser gefertigt, und die kleinen Scheiben schillerten in der Sonne.

Die kleine Treppe zum Eingang hatte neue Steinstufen bekommen, die rechts und links ein schmiedeeisernes Geländer zierte. Auf jeder Stufe stand ein Blumentopf mit tiefroten Geranien.

Der Hof war optisch noch eine Baustelle, wirkte aber dennoch schon ein bisschen aufgeräumt. Hier konnte erst weitergemacht werden, wenn feststand, was aus den Gebäuden und dem Hof werden sollte.

Die Eingangstür öffnete sich, und Helene kam ihrer Tochter strahlend entgegen. Sie war erst vor zwei Tagen in ihr neues Zuhause eingezogen.

»Jolanda, schön, dass du da bist. Ich freue mich so, dich wiederzusehen.«

Liebevoll nahm sie ihre Tochter in die Arme.

»Ich freue mich auch. Oh Mama, ist das Haus schön geworden. Man kann es gar nicht genug bewundern.«

Helene nickte zustimmend.

»Mein süßes Altenhaus ist wirklich ein Traum, den ich noch nicht einmal zu träumen gewagt hätte. Und das habe ich alles dir zu verdanken. Wenn du mich nicht aus Palermo rausgeholt hättest, wäre mein Leben nicht das geworden, was es jetzt ist. Ich danke dir so sehr, mein Kind.«

Nun musste sie sich doch ein paar Freudentränen aus den Augen wischen.

»Und das habe ich mir gar nicht verdient, dass du dich so um mich kümmerst. Schließlich habe ich dich weggegeben.«

»Hör auf, so zu reden, Mama. Komm, jetzt zeig mir lieber mal, wie sich das Haus drinnen verändert hat.« Jolanda deutete mit der Hand auf den Eingang.

Helene wischte sich mit dem Ärmel eine Träne aus dem Augenwinkel und öffnete die Tür.

Stolz führte sie ihre Tochter durch das Erdgeschoss. Der Flur war mit Marmor gefliest und mit einem edlen Teppich ausgelegt, die Wände hatte man neu in hellen Farben getüncht, also so belassen, wie sie vor Jahrzehnten gekalkt worden waren. Dazu gab es eine alte, aufgearbeitete Kommode, einen Wandspiegel, einen Garderobenhaken und einen Schirmständer. Schlicht und einfach nur schön.

»Wie gefällt dir das?«, fragte Helene ihre Tochter mit glänzenden Augen und strahlendem Gesicht.

»Traumhaft, Mama, unfassbar.«
»Komm ins Wohnzimmer.«

Auch dieses war kaum wiederzuerkennen. Alle Möbel der guten Stube stammten von Helenes Großeltern und waren aufpoliert, die Polstermöbel überarbeitet und neu bezogen worden. Die Gardinen waren wieder weiß und strahlten wie neu. Von dem modernen Fernseher abgesehen mutete es an, als würde man eine Zeitreise machen. Und trotzdem erkannte man die moderne Zeit an Kleinigkeiten wie Lichtschalter oder Wandstrahler, Dinge, die ein Leben hier und heute angenehm machten. Genauso verhielt es sich im Esszimmer.

»Du hast hier ein richtiges Knusperhäuschen«, stellte Jolanda, die sich gar nicht sattsehen konnte, fest.

»Hier, die Küche.«

Helene hielt stolz die Tür auf. Jolanda blickte in eine schicke, moderne Einbauküche mit allem, was das Hausfrauenherz höherschlagen ließ. Hier war keine Spur von Nostalgie, sondern Technik und Moderne im Vordergrund. Und zum Schluss gab es noch eine Gästetoilette, die natürlich auch total modern ausgestattet war.

Dann ging es die neue Holztreppe nach oben in die

erste Etage.

Der kleine Flur, von dem drei Schlafzimmer und ein großes Bad abgingen, war ähnlich eingerichtet wie unten. Helene zeigte Jolanda stolz die Räume, und beim letzten Zimmer meinte sie lächelnd: »Das, hier ist für immer dein Zimmer.«

Jolanda blieb stehen und schaute sich um. Wirklich, auch hier waren wie in allen anderen Zimmern viele Möbel aus der Vergangenheit geschmackvoll kombiniert mit einem Flachbildfernseher, einer modernen Leselampe, einem Schreibtisch, Ledersesseln und neuen Holzdielen, was alles angenehm und perfekt machte.

»Hast du das alles so ausgewählt?«

Helene nickte stolz.

»Ja, das konnte ich früher schon gut. Ich hatte immer einen guten Geschmack. Bei den Elektrogeräten und den modernen Dingen, mit denen ich mich aus meiner Armenwohnung in Palermo nicht auskannte, hat mich allerdings Jakob beraten.«

Jolanda legte den Arm um ihre Mutter.

»Ich bin so stolz auf dich und freue mich über mein neues Zimmer. Danke, Mama.«

»Jetzt pack erst einmal aus und akklimatisiere dich. Wir sehen uns später zum Essen.«

»Das mache ich. Bis nachher.«

Als Jolanda alleine war, räumte sie ihren Koffer aus, ging unter die Dusche und zog sich einen bequemen

Hausanzug an.

Dann legte sie sich auf ihr Bett und dachte über sich, das Leben und ihre Zukunft nach. Aber sie war so müde, dass sie nach wenigen Minuten einschlief.

Es war schon duster im Zimmer, als sie die Augen öffnete und sich suchend umsah. Sie brauchte einen Moment, um zu realisieren, wo sie war, und stellte fest, dass sie wunderbar geschlafen hatte. Die Ruhe war einfach wie Medizin und tat ihr gut.

»Ich habe verschlafen«, sagte sie entschuldigend zu Helene, als sie hinunterkam.

»Das ist mir noch selten passiert. Mein Zimmer ist wunderbar.«

»Das ist schön. Ich habe zwischendurch mal nach dir geschaut, weil ich dachte, dass du vielleicht Hunger hast, aber dann habe ich gesehen, dass du schön schläfst.«

Sie schob den Stuhl am Esstisch zurück.

»Dein Körper wird das gebraucht haben. Komm jetzt, ich habe uns was gekocht.«

Helene servierte Pasta mit einer leckeren Tomatensoße und einem bunten Salat und erklärte ihrer Tochter, was sie sich bei der Zubereitung gedacht hatte.

»Das ist feinste italienische Küche im Schwarzwald. Was für ein Kulturschock.«

Jolanda musste lachen.

»Das schmeckt so toll, du verwöhnst mich. Wie soll ich mich da wieder auf die eigenen Beine stellen?«

»Übertreib doch nicht. Genieße es einfach.«

Später, als sie mit einem Glas Wein auf dem Sofa saßen, gab es viel zu erzählen.

»Wollen wir heute über deinen Palermo-Besuch reden?«, fragte Helene.

Jolanda schüttelte den Kopf. Sie wollte das, was sie erleben musste, nicht mehr heute zur Sprache bringen.

»Nein, das machen wir morgen. Erzähl mir lieber, ob du schon Materialien für deine Taschen gefunden hast.«

»Oh ja. Edith, der Engel, hat mir ein Laptop besorgt und mir mit viel Geduld beigebracht, wie man sucht und E-Mails schreibt. Als ich alle Angebote hatte, haben wir gemeinsam mit Jakob die Modalitäten ausgehandelt und bestellt.«

Sie stand auf und bedeutete Jolanda, ihr zu folgen. »Komm, ich zeige dir mein Atelier.«

Jolanda machte große Augen.

»Dein Atelier?«

»Ja, mein Atelier!«

Sie verließen das Haus und liefen an der linken Hausseite vorbei auf einen kleinen Bau zu, der anscheinend mitsaniert worden war. Helene öffnete die Tür und schaltete das Licht an.

Was Jolanda jetzt vor sich sah, verschlug ihr beinahe die Sprache.

Auf der einen Seite des großen Raumes hingen Regale mit Stoffen, Leder, Kurzwaren, Stoffblüten, Bändern und Accessoires.

Auf der anderen Seite waren Regale für die fertigen Taschen.

In der Mitte stand ein großer Tisch zum Zuschneiden und Arbeiten, an der dritten Wand waren Nähmaschinen für unterschiedliche Materialien aufgestellt.

Dann gab es noch einen kleinen Nebenraum mit einem Schreibtisch, einem Laptop und einem Aktenschrank.

Helene griff in ein Regal und zog mehrere fertige Handtaschen heraus.

Vorsichtig strich Jolanda mit den Fingerspitzen darüber.

»Mama, das sind ja traumhafte Taschen. Das ist Luxus pur mit diesem edlen Leder.«

»Ja, ich weiß jetzt Bescheid. Edith hat mir den Kopf gewaschen und mir im Internet gezeigt, wie wertvoll das ist, was ich da mache, gerade auch jetzt mit den neuen Materialien. Es muss nur professionell angeboten und verkauft werden. Kannst du mir da ein paar Ratschläge geben?«

»Das kann ich. Du bist einfach toll.«

»Danke. Lass uns jetzt aber wieder ins Haus gehen. Wir kümmern uns morgen darum.«

Kurze Zeit später saßen sie wieder im Wohnzimmer und nippten an ihrem Wein.

»Ich habe keinen Job mehr«, berichtete Jolanda.

»Was ist passiert?«

Jolanda war ihrer Mutter unheimlich dankbar, dass jetzt nicht dieses überraschte, vorwurfsvolle und geistlose »wa-a-a-as« von ihr kam, sondern schlicht die Frage, was passiert war.

Sie erzählte: »Mein Chef und mein ehemaliger Freund versuchen gerade, die Firma Grosso in Berlin langsam zu zerschlagen, und meinen Stuhl hat inzwischen eine junge, unerfahrene Frau eingenommen. Und ehrlich gesagt habe ich auch gar keine Lust mehr, für meinen Chef Menschen und ihre Unternehmen auseinanderzupflücken. Aber die Suppe mit Grosso werde ich ihm noch versalzen.«

Helene klopfte ihr motivierend auf die Schulter. »Dann ist jetzt der richtige Moment, dass du dich neu aufstellst.«

»Ja, stell dir vor, mir gefällt noch nicht einmal mehr mein schönes Dachgeschoss in Frankfurt.«

»Na, das sagt ja alles. Also erhol dich hier in der guten Bergluft und mach dir deine Gedanken. Vielleicht tust du auch mal was ganz anderes, etwas, das nichts mit dem zu tun hat, was bisher dein Leben bestimmt hat.«

Jolanda musste gähnen.

»Da hast du recht. Aber lass uns jetzt schlafen gehen und morgen mit deinem Internet beginnen. Da freue ich mich schon darauf. Gute Nacht, Mama.«

»Gute Nacht, Jolanda.«

Jolanda legte sich in ihr schönes neues – eigentlich altes – Bett, das ungewohnt hoch war. Das Kissen duftete nach Blumen, und der Mond schien durch das offene Fenster.

»Schon wieder so ein einschneidender Tag, der alles Bisherige einfach auslöschte. Warum muss ich mein Leben dermaßen auf den Kopf stellen?«, fragte sie sich selbst.

Schon meldete sich wieder ihr Ich zu Wort.

»Weil du nicht mehr die Gleiche bist, die du warst, als Florentine noch lebte.«

»Ich bin aber noch der gleiche Mensch.«

»Du kannst mir, deinem Ich, nichts vormachen.«

»Das will ich ja gar nicht.«

»Versuchst du aber!«

»Ich bin im Moment so leer, so unentschlossen. Kurz, ich weiß nicht, was ich mit meiner Freiheit und meinem Leben anfangen soll.«

»Dann hilf doch erst einmal deiner Mutter, ihr kleines Studio zum Laufen zu bringen. Außerdem steht da ein ganzer Hof, der zum Leben erweckt werden will, und Sizilien ist so oder so deine große Liebe, du gibst es nur noch nicht zu.«

»Lass mich jetzt in Ruhe mit deinem Gequatsche. Ich möchte schlafen.«

»Na, dann schlaf doch einfach. Aber eine Idee habe ich noch schnell: Flieg nach Palermo und schau nach, ob Leandro noch erobert werden kann.«

Jolanda drehte abrupt das Gesicht zur anderen Seite, schaute aus dem Fenster und fing an, Sternchen zu zählen. Dann schlief sie ein.

***

Bereits um sieben Uhr weckte sie die Kirchturmuhr mit ihren ungewohnten Schlägen.

Jolanda grinste trotzdem zufrieden. Sie kannte derartige Geräusche gar nicht.

Für einen Moment gestattete sie sich noch, sich dem Gefühl der angenehmen ländlichen Ruhe hinzugeben.

Und sie selbst war jetzt auch ganz ruhig und neugierig darauf, was das Leben nun für sie bereithalten würde.

Sie wollte sich nicht gerade treiben, aber mit offenen Augen durch die neuen Tage tragen lassen.

Eine halbe Stunde später betrat sie das Wohnzimmer, das von einem einladenden Kaffeeduft durchzogen war. Helene hatte schon liebevoll den Tisch gedeckt.

»Guten Morgen, Mama.«

»Guten Morgen. Hast du gut geschlafen?«

»Danke, ja. Sehr gut.«

»Dann komm frühstücken.«

Jolanda setzte sich.

»Du hast ein tolles Frühstück vorbereitet.«

»Ja, meine Beste. Morgens ein deutsches Frühstück und abends eine sizilianische Pasta oder Pizza.«

Helene musste kurz lachen, wurde aber gleich wieder ernst.

»Dana hat mich gestern angerufen. Ich wollte dir das so kurz nach deiner Ankunft noch nicht erzählen.«

»Ah, das freut mich. Ich habe ihr deine Telefonnummer gegeben. Sie wollte unbedingt mit dir reden.«

»Wir haben, glaube ich, so um die zwei Stunden gesprochen und anschließend vieles klarer gesehen. Sie meinte am Schluss, dass uns beiden, also dir und mir, sehr viel unrecht getan wurde und dass sie das Thema zu Hause auf die Tagesordnung setzen wird.«

»Ja, es wird nach so vielen Jahren langsam Zeit, dass du zu deinem Recht kommst.«
Helenes Augen glänzten, während sie an das Gespräch dachte.
»Sie hat mir übrigens versprochen, uns bald zu besuchen.«
Jolanda strich ihrer Mutter über den Arm. Sie hatte das so erwartet, weil Dana eine feine Person war.

»Mama, damit leitest du prima zu dem Thema über, um das ich mich gerne kümmern würde, nämlich den Hof und seine Gästezimmer – oder was immer uns Gutes damit einfällt. Aber nur, wenn du das willst.«
Helenes Gesicht leuchtete auf, ihre Augen strahlten.

»Ich wäre der glücklichste Mensch auf der Welt, wenn der Hof und das Gelände in irgendeiner Form wieder erstrahlen könnten.«
»Ich auch. Ich habe den Hof hier in mein Herz geschlossen, deshalb schlage ich vor, dass sich alle von uns ihre Gedanken machen und Vorschläge erarbeiten. Ich sage Edith und Jakob Bescheid, und der soll Friedrich

mit einbeziehen.«

»Tolle Idee von dir, Jolanda. Und wenn wir alles zusammenhaben, dann nehmen wir das Beste für unser neues Konzept.«

Jolanda ging das Herz auf, als sie ihre Mutter so glücklich sah.

»Gut, dann machen wir das so. Aber jetzt gehen wir zusammen in dein Atelier. Ich habe ja versprochen, dir mit dem Verkauf zu helfen.«

»Danke.«

Konzentriert arbeiteten beide fast den ganzen Tag. Jolanda baute eine Website und richtete einen Shop ein.

Helene fotografierte nach Jolandas präzisen Anweisungen ihre Produkte, die dann im Shop präsentiert wurden.

Dann buchten sie noch Werbung, und damit war es ihrer Ansicht nach für den ersten Tag ein guter Einstieg.

»Wir haben sogar das Mittagessen vergessen«, bemerkte Helene, als sie ihr Werk im Internet betrachteten.

»Macht nichts, das war es mir wert.«

Abschließend zeigte Jolanda Helene noch ein paar spezielle Dinge, die sie jetzt erlernen musste.

Albano in Palermo

Dana besuchte heute ihre Mutter Teresa und hatte ihre Brüder Albano und Luigi dazu gebeten. Sie hätte sich sehr gewünscht, dass auch der Vater, der Pate der Grossos hier wäre, denn auch er hat in der Vergangenheit seinen Beitrag geleistet. Aber, er war schon vor Jahren verstorben.

Und so saßen sie nun alle um den großen Tisch auf der Terrasse und warteten, bis die Angestellte die Getränke verteilt hatte.

»Wieso hast du uns alle zusammengetrommelt, Dana?«, fragte ihre Mutter etwas desinteressiert.

Es konnte ja ihrer Meinung nach nichts Besonderes sein.

»Ach Mutter«, antwortete Dana, »deine Interesselosigkeit hättest du mal früher ausleben sollen, dann wäre unserer Familie vieles erspart geblieben.«

»Du sprichst in Rätseln, liebe Schwester.«

Albano schaute sie fragend an und nippte zwischenzeitlich an seinem Glas.

»Ich habe vor ein paar Tagen mit Deutschland telefoniert. Also besser gesagt mit Helene«, erklärte sie in einem harten Ton, der alle aufhorchen ließ.

Albano schüttelte den Kopf.

»Ach, das ist ja nicht der Mühe wert.«

»Dann frag mal deine Mutter, was sie vor Jahrzehnten angerichtet hat. Mal sehen, ob es dann immer noch so ist, dass man nicht darüber reden sollte.«

Dana sprach immer lauter und mit erhobenem Zeigefinger.

Luigi fasste seine Schwester am Arm.
»Mäßige dein sizilianisches Blut, Dana.«

Doch Dana ließ sich davon nicht beeindrucken.

»Dass unsere Mutter Helene, die Deutsche, nicht mochte, brauche ich ja hier nicht weiter auszuführen. Sie hat zusammen mit unserem Vater erst Albano bearbeitet und, als das nicht gelang, Helene die Hölle heißgemacht. Und der arme Wurm hat das alles aus Liebe ertragen.«

Sie schaute Albano fest in die Augen, der weiß wie eine Wand wurde.
»Was willst du damit sagen?«
Luigi strich sich vor lauter Nervosität über die Haare.

»Von Helene selbst wusste Mama, dass sie mit einem jungen Mann aus Wiesbaden gekommen war. Sie kannte auch den Namen des Dorfes, wo sie hier auf Sizilien zu Beginn gelebt hatte.«

»Lass dein Geschwafel, ich will das nicht hören«, rief Teresa dazwischen.

»Das ist Schnee von gestern!«

»Nein, Mama, nein. Das wirst du dir anhören müssen, und auch meine Brüder brauchen die Wahrheit.«

Albano schnitt seiner Schwester mit einer Handbewegung das Wort ab.

»Also, was hast du uns zu sagen?«

»Wie ihr wisst, ist unsere Familie schon seit Jahrzehnten ein hohes Mitglied der Cosa Nostra. Mama hat damals, als Helene in Taormina war, dafür gesorgt, dass einer ihrer Helfer nach Wiesbaden fuhr und Helenes Familie und deren Partner und Freunde observierte und Informationen über sie sammelte.«

»Kannst du das nicht etwas abkürzen, indem du dich auf das Wesentliche beschränkst?«, rief Albano ungehalten.

Dana schaute ihn an und schüttelte den Kopf.

»Nein, das kann ich nicht, und das will ich auch nicht. Also unterbrich mich nicht immer.«

Sie trank noch schnell einen Schluck Wasser und fuhr dann fort: »Natürlich hat man etwas Verwertbares gefunden. Ist doch in jeder Biografie so. Florentines Mann Lorenz war ja Arzt, und als solcher arbeitete er oft an der Grenze zwischen Leben und Tod. Während seiner Zeit in der Klinik ist ihm eine junge Frau auf dem Tisch geblieben, deren Angehörige ihn anschließend wegen eines angeblichen Fehlers verklagten. Es konnte ihm aber nichts nachgewiesen werden, und so wurde er freigesprochen.«

Luigi schien schon zu ahnen, was jetzt kam.
»Eigentlich musst du gar nicht weiterreden, Dana.«

»Doch, das muss ich. Du hast keinen blassen Schimmer, was noch geschehen ist.«
»Sprich weiter«, bat Albano.

Dana nickte.
»Der Helfer unserer Mutter hat diese alte Gerichtssache natürlich trotzdem benutzt und Lorenz damit erpresst, sein Wissen öffentlich zu machen, wenn er und Florentine Helene nicht dazu bewegen, ihr Kind zur Adoption freizugeben. Lorenz hatte gerade seine Praxis eröffnet, und Gerüchte über die Gerichtsverhandlung wären der Ruin für ihn gewesen. Unsere Eltern haben dich, Albano, damit endgültig auch namentlich von deiner Tochter getrennt.«

»Nein!«, rief Albano fassungslos.
Das Gehörte schnürte ihm die Luft ab.

Dana nahm darauf aber keine Rücksicht.
»Und dir hat unsere Mutter eingeredet, dass das Kind nicht von dir sei, was übrigens Helenes früherer Freund Giovanni gegen eine hohe Geldzahlung gerne bestätigt hat. Der war ja ein armes Schwein und hat alles für Geld getan. Dass er dich also erpresste, war fremdgesteuert. Und damit du kein schlechtes Gewissen Helene gegenüber bekommst, hat man dich ruhiggestellt, indem man

dem Kind eine Fabrik versprach. Man wusste aber von vorneherein, dass man dieses Versprechen nicht einhalten würde. Die Firma wurde ja auch unserem Luigi zugesprochen.«

Albano sprang aus seinem Stuhl hoch und rannte über die Terrasse.

Er raufte sich im wahrsten Sinne des Wortes die Haare, und es dauerte gefühlt eine halbe Ewigkeit, bis er sich wieder umdrehte und zurück an den Tisch kam.

»Heißt das, dass ich persönlich meine große Liebe und mein eigenes Kind wie räudige Hunde aus dem Haus gejagt habe?«, fragte er ungläubig.

Dana nickte.

»Nicht nur das, du hast deiner Tochter Mutter und Vater weggenommen. Und für Helene bedeutete es, dass sie jahrzehntelang in Cortile-Cascino leben und sich als Zimmermädchen und Küchenhilfe durchschlagen musste. Und das alles immer in dem Wissen, dass sie ihr Kind nicht mehr sehen darf.«

»Oh mein Gott! Das werde ich mir nie verzeihen können.«

Albano standen die Tränen und das blanke Entsetzen in den Augen.

»Woher weißt du das alles so genau, Dana?«, flüsterte er.

»Ich habe zwei Leute aus dem engen Umfeld unserer Eltern ausgequetscht, um nicht zu sagen, ich habe sie ein wenig unter Druck gesetzt. Ich meine damit unsere große Schwester Stella und Vaters ewigen Schatten Carlo.«

Luigi hatte bis jetzt geschwiegen. Auch ihm steckten Danas Worte in den Knochen.

Ihre Mutter Teresa hatte sich klammheimlich erhoben und die Terrasse verlassen.

Dana stand auf und stellte sich neben ihren Bruder.

»Ich habe noch eine letzte Frage an dich, Albano. Du wusstest von Helene, dass sie mit Jolandas Knochenmarkspende das kleine Mädchen Alida, also Florentines Tochter, gerettet hat. Warum hast du Helene die Spende verboten? Das war doch unmenschlich.«

»Ich schäme mich, dass ich mein Gehirn nicht eingeschaltet habe und unsere Mutter mich so mit ihren Intrigen steuern konnte. Sie hat mich derart bearbeitet, dass ich ihre Worte als die Wahrheit hingenommen habe. Ich habe damals mit einem Professor telefoniert, der mir mit seinen vielen medizinischen Fachausdrücken und Worten wie Misserfolg und Risiko richtig Angst machte.«

Albano schlug die Hände vor das Gesicht.

»Doch jetzt sehe ich alles klarer: Er war mit unseren Eltern befreundet, also auch fremdgesteuert. Dazu meinte unsere Mutter, dass das Mädchen bestimmt deshalb krank ist, weil die Familie schlechtes Blut und falsche Gene in sich trägt. Man hatte uns ja erzählt, dass sich Helenes Vater erhängt habe und ihr Bruder dem

Alkohol verfallen sei.«

»Weißt du wirklich nicht, warum sich Helenes Vater umgebracht hat?«, wollte Dana wissen.

»Nein, Helene hat mir nie etwas über ihre Familie erzählt. Und wie gesagt, Mutters Worte waren stark.«

»Er hat sich das Leben genommen, weil seine beiden Mädels sich in Italiener verliebt hatten und er mit dieser Schmach nicht fertig wurde. Alle Italiener waren zu der Zeit Fremdkörper in Deutschland und Frauen, die sich mit denen abgaben, in seinen Augen eben Huren.«

»Mein Gott!«, stöhnte Luigi.

Doch Dana hörte gar nicht hin und berichtete weiter: »Beide Mädels waren anständige junge Frauen, die viel auf sich genommen haben, als er sie verjagte. Sein Sohn aber hat es nicht geschafft, die Verantwortung für die Familie zu tragen, und ist deshalb in den Alkohol geflüchtet. Und du, du hast Helene ein zweites Mal aus ihrem Zuhause verjagt, und dem Mädchen Alida hättest du mit deiner Weigerung das Leben versagt. Ein Glück, dass Helene eine starke Frau war.«

Albano strich sich die kleinen Tränen aus den Augenwinkeln.
»Ja, meine Helene ist eine starke Frau. Ich habe sie nie vergessen und immer geliebt«, flüsterte er.
»Wo ist sie jetzt?«

»Sie ist in ihr Heimatdorf zurückgekehrt. Vielmehr hat Jolanda sie hingebracht.«

Ein tiefes Stöhnen drang aus seiner Brust.

»Jolanda, meine Tochter? Und wo ist sie?«

»Na, die habt ihr alle beide mit eurem Auftritt im Hotel vergrault. Nicht wahr, Luigi? Bist du denn überhaupt noch hier?«

»Ja, ich sitze immer noch hier und kann das alles gar nicht begreifen. Mir fehlen schlicht die Worte. Warum hat keiner von uns was bemerkt?«

»Das ist eine schwere Frage, warum wir alle so viele Scheuklappen aufhatten. Wir müssen auf jeden Fall vieles wiedergutmachen, wir haben uns alle versündigt«, sagte Dana und blickte ihren Brüdern ernsthaft in die Augen.

»Jolanda hatte uns gesagt, dass wir uns bei ihr melden sollen, weil wir in Berlin ein blaues Wunder erleben könnten. Was kann sie damit gemeint haben, Dana«, fragte Luigi.

»Ihr beiden Hornochsen habt ihr bestimmt eine Schweinerei unterstellt, als sie das sagte, oder?«

Beide Brüder starrten verlegen auf die Tischplatte.

»Jolanda ist Unternehmensberaterin, und wenn sie

das sagte, dann kann es sein, dass sie euch warnen wollte, egal ob ihr die Firma gehört oder dir, Luigi.«

»Ich denke, wir haben ihr Unrecht getan«, stellte Luigi kleinlaut fest.

Dana erhob sich.

»Meine lieben Brüder, ich bin verabredet und fliege auf jeden Fall zu Helene und Jolanda. Kommt ihr mit?«

Besuch aus Sizilien

In den letzten Tagen war es ganz schön hektisch gewesen in Helenes neuem Altenhaus, denn sie erwartete ihren Noch-Ehemann Albano, seinen Bruder Luigi und deren Schwester Dana.

Die Vorbereitungen waren immens, denn sie wollte sich auf keinen Fall blamieren.

Natürlich konnte sie nicht mit dem Luxus mithalten, den ihre Gäste gewohnt waren, aber sie hatte keinen Grund, sich in ihrem neuen Haus zu verstecken.

Für Dana richtete sie das Gästezimmer her, und die beiden Männer wurden im Gasthof bei Frau Engert untergebracht. Der Kühlschrank war gefüllt.

Helene und Jolanda hatten es sich im Garten in ihrer neuen Sitzgruppe, die von frisch angelegten Büschen, Rosensträuchern und Blumenbeeten umgeben war, bequem gemacht. Vor ihnen stand eine dampfende Tasse Kaffee, die sie sich nach dem tagelangen Organisationsstress redlich verdient hatten.

»Mama, wie gehst du damit um, dass du deinen abhandengekommenen Mann – oder besser gesagt deine große Liebe – nach so vielen Jahren zum ersten Mal wiedersehen wirst?«, fragte Jolanda.

»Das weiß ich jetzt noch nicht. Ich habe keine Vorstellung, wie es in mir aussehen wird.«

»Liebst du ihn denn noch?«

»Selbst das kann ich dir immer noch nicht sagen. Es ist so viel Zeit vergangen, und ich habe keine Ahnung, was damals wirklich zu all den Verwerfungen geführt hat. Dana hat viele Antworten im Gepäck, hat sie mir am Telefon erzählt. Aber wie geht es dir, meine Tochter? Heute kommt dein Vater, und er weiß inzwischen, dass du seine Tochter bist.«

»Auch ich habe einen flauen Magen.«

»Na dann Prost.«
Helene erhob ihre Kaffeetasse.
»Die beiden Männer trifft es nachher übrigens ziemlich hart, weißt du das?«
Sie schmunzelte und zwinkerte Jolanda zu.

Diese fing an, herzhaft zu lachen.
»Die werden sich wundern, wenn sie heute Abend ihre Hotelsuite bei Frau Engert beziehen.«

»Ja, das macht nix, ein bisschen Strafe muss schließlich sein.«
»Wenn alles gut geht, dann müssten sie eigentlich in Kürze hier eintrudeln.«

Jolanda blickte auf ihre Armbanduhr.
Und wie auf Ansage klingelte es an der Haustür. Bei-

de schauten sich an und gingen zusammen um das Haus herum, damit sie ihre Gäste begrüßen konnten.

Dana übernahm sofort das Zepter und verhinderte damit von vorneherein mögliche Momente der Verlegenheit, die sich nach so langer Zeit auftun konnten.

»Helene, meine Beste!«, rief sie überschwänglich. »Lass dich drücken und anschauen. Ich freue mich so, dich zu sehen. Du siehst gut aus, die Landluft scheint dir zu bekommen.«

»Hallo Dana. Ja, mir bekommt die Schwarzwaldluft, und wenn ich sie jetzt noch mit ein bisschen sizilianischer Sonne anreichern könnte, wäre das perfekt.«

Dann ließ Helene ihre Schwägerin los und blickte zu Albano. Sofort begann ihr Herz zu hüpfen, als wäre sie immer noch die junge Frau von vor mehr als einem Vierteljahrhundert.

»Albano! Herzlich willkommen.«

Er trat auf sie zu und zog sie ganz sachte in seine Arme.

»Helene, ich danke dir sehr, dass wir kommen durften.«

Sie konnte nur nicken und sich langsam aus seinen Armen herauswinden. Es fühlte sich so gut und so vertraut an, dass es besser war, ein wenig Abstand zu halten.

Dann begrüßte sie Luigi, der sich geduldig im Hintergrund gehalten hatte.

Inzwischen hatten Dana und Jolanda einen lieben Willkommensgruß ausgetauscht, und Albano schob sich zu den beiden heran.

»Jolanda, bitte verzeih mir mein unmögliches Verhalten in Palermo.«

Jolanda reichte ihm die Hand.

»Das können wir die Tage alles in Ruhe besprechen. Kommt erst einmal herein und lasst euch nach der langen Reise bewirten. Ich habe im Haus den Tisch gedeckt.«

Alle nickten und folgten ihr.

Helene hatte sich selbst übertroffen. Sie hatte aus lauter heimischen Spezialitäten ein wunderbares Essen gezaubert, das auch die verwöhnten Gaumen von Sizilianern überzeugen konnte.

Es war ein wundervoller, harmonischer Tag, der die Vergangenheit aussparte, und am Abend, als es Zeit wurde, sich zurückzuziehen, wurden die beiden Brüder humorvoll auf ihre Unterkunft vorbereitet.

***

Am nächsten Tag nach dem Frühstück führte Jolanda ihre Gäste über den Hof und das gesamte Gelände.

An jedem Gebäude blieb sie stehen und erklärte, was die Familie sich für ihr Geschäftsmodell ausgedacht hatte und welches Gebäude welchem Zweck zugeführt werden sollte.

So war das Haupthaus als Frühstückspension geplant, der linke und der rechte Flügel für Ferienwohnungen. Die Scheune und der Innenhof würden tagsüber als Hofcafé und abends als Besenwirtschaft genutzt.

Einer der drei Ställe würde einen Hofladen beherbergen, in dem sie während der Saison frische Produkte aus der Region verkaufen wollten.

Der zweite Stall wurde als Laden für Helenes Taschen und Accessoires hergerichtet, und der größte, freistehende Stall etwas weiter hinten, der mit etwas Rasen und Blümchen umgeben war, könnte – ähnlich dem Altenhaus – Friedrich als Wohnhäuschen dienen.

Friedrichs Jungs schließlich könnten auf der rückwärtigen Seite des Anwesens in einem alten Heuschober zwei Einliegerwohnungen für sich ausbauen – aber nur wenn sie trocken zurückkämen und auch trocken blieben.

»Das ist eine grandiose Idee, mit diesem Businessplan den Hof zu retten«, sagte Luigi anerkennend.

Er drehte sich immer wieder nach allen Seiten und tastete mit den Augen das Gelände ab.

Dana fasste Helene am Arm.

»Das war einmal ein wirklich stolzer Hof, dein Elternhaus. Und ich rate euch, das alles umzusetzen. Es lohnt sich.«

»Ja, das wissen wir«, erklärte Jolanda.

»Das alles können wir aber nur machen, wenn ich einen vertrauenswürdigen Investor finde. Alleine kann ich das zusammen mit Jakob, Mamas Bruder, finanziell nicht auf die Beine stellen.«

Helene nickte.

»Und ich habe leider keine Ersparnisse, um sie zu unterstützen.«

Anschließend fuhren Jolanda, Dana und Luigi zu Jakob, der alle eingeladen hatte. Albano wollte sich hingegen mit Helene aussprechen und bat darum, dies unter vier Augen tun zu können.

So saßen die beiden, als die anderen zu Jakob unterwegs waren, in Helenes Wohnzimmer und erzählten sich gegenseitig die Einzelheiten, die Schuld hatten an dem, was damals geschah.

»Warum hast du mir nicht vertraut?«

Helene umschlang mit den Armen ihren Oberkörper, als würde sie frieren.

Albano zuckte mit der Achsel.

»Das kann ich dir heute nicht mehr beantworten. Ich kann mich jetzt, wo ich das alles weiß, selbst nicht mehr verstehen. Seit Tagen zermartere ich mir das Gehirn mit der Frage, warum ich das nicht klar erkannt habe.«

Helene huschten ein paar Tränen aus den Augen. »Auch wenn ich wusste, dass deine Mutter maßgeblich ihre Hände im Spiel hatte, schmerzte es doch sehr, dass du dich auf so eine harte Art von mir abgewandt hast.«

Albano musste sich nun auch über die Augen reiben, weil die Tränen ihren Weg suchten.

»Es tut mir entsetzlich weh, dass ich so viel Schuld auf mich geladen habe.«

Sie waren sich einig, dass daraus viele zum Teil

schlimme Lebenssituationen entstanden waren.

Albano griff nach Helenes Händen.

»Weißt du eigentlich, dass unser gemeinsames Leben mutwillig zerstört wurde? Und ich Dummkopf hätte es verhindern können, wenn ich dir einfach nur vertraut hätte.«

Helene fuhr sich mit der Hand über die Stirn.

»Ich weiß, aber so einfach war das nicht, Albano. Deine Eltern waren sehr mächtig.«

»Ja, trotzdem. Am schlimmsten ist, dass du so erbärmlich im Armenviertel leben und deine Tochter weggeben musstest. Das kann ich nie wieder gut machen. Ich habe unserer Tochter die Eltern weggenommen, das werde ich mir niemals verzeihen.«

»Hör auf, Albano, das bringt doch nichts. Sieh nicht auf etwas zurück, das du nicht mehr ändern kannst. Schau, dir geht es gut, mir geht es jetzt gut. Das ist doch alles prima. Kümmere dich um deine Tochter, zeige ihr, dass du sie liebst, und unterstütze sie bei dem, was sie macht. Sie hat übrigens gerade ihren alten Job aufgegeben und sucht einen Einstieg in ein neues Leben. Wir sollten sie stärken und ihr unser Vertrauen aussprechen, was immer sie auch tut.«

Sie lächelte ihn an und nickte ihm aufmunternd zu.

Seine Hände waren vor Aufregung ganz feucht.

Er hatte eine Heidenangst davor, nicht die richtigen Worte zu finden, aber er musste da durch. Er würde nun alles daransetzen, ausschließlich sein Herz und nicht seinen Verstand sprechen zu lassen.

»Helene, ich… ich habe dich ein halbes Leben lang vermisst und war immer überzeugt, dass es daran liegt, dass ich dich immer noch liebe. Wahrscheinlich konnte ich mich deshalb nie einer anderen Frau zuwenden. In den letzten Tagen fragte ich mich stets, ob ich nach der langen Zeit meinen Gefühlen noch trauen kann oder ob das alles nur ein alter Traum ist. Ich wollte wissen, wie es ist, wenn wir uns wiedersehen.«

»Und wie ist es jetzt für dich?«

»Du bist noch genauso schön wie damals, und meine Gefühle sind kein Traum, sie sind echt. Meine Liebe ist noch genauso groß wie damals. Ich wünsche mir, das alles wiedergutmachen zu können, indem ich jetzt gemeinsam mit dir die Jahre verbringen darf, die uns die Zeit noch schenkt. Entschuldige, dass ich damit so spontan und schnell herausplatze, aber es ist so viel Zeit verloren gegangen, dass es jetzt keinen Sinn mehr macht, weitere Zeit zu vertrödeln – es sei denn, du willst mit mir nichts mehr zu tun haben.«

Helene stand auf und trat zum Fenster. Auch sie war die letzten Tage unsicher gewesen, was sie fühlen würde, wenn sie ihn wiedersah.

Schließlich drehte sie sich um und schaute ihn lange an.

»Ich habe mein ganzes Leben gewusst, dass ich dich liebe, und ich war mir sicher, dass du nicht im Entferntesten geahnt hast, was hinter deinem Rücken gespielt wurde. Ich würde gerne mein restliches Leben mit dir verbringen, aber im Moment weiß ich nicht, wie das gehen soll. Schau, hier ist mein neues Haus, das mir meine Familie umgebaut und bezahlt hat. Da drüben ist mein Atelier, wo ich viel Freude habe, mein Taschen-Label zu kreieren. Und dann ist hier der Hof, der es verdient, wieder zum Leben zu erwachen. Doch auf der anderen Seite bist du und ist mein geliebtes Sizilien. Wie soll das zusammengehen, ohne dass jemand darunter leidet?«

Albano fasste sich ans Herz, und seine Augen strahlten.

»Lass mich dich doch erst einmal küssen und festhalten. Alles andere werden wir organisieren und regeln.«

Er öffnete seine Arme, damit sie nur noch hineinlaufen musste, was sie auch sofort tat.

»Ich liebe dich, Helene, und verzeih mir, was ich dir und Jolanda angetan habe. Ich verspreche dir, dass ich dich ab heute auf Händen tragen werde.«

»Ich liebe dich auch und freue mich auf die Zukunft.«

Am Abend war eine Art Familienfest fällig. Alle freuten sich, dass Helene und Albano wieder zueinandergefunden hatten.

***

Einen Tag später gab es noch eine lange Aussprache zwischen Vater und Tochter.

Jolanda wusch Albano ordentlich den Kopf und hielt ihm den Spiegel vor. Sie stand vor ihm und stemmte die

Hände in die Hüften.

»Ich muss dir ehrlich sagen, dass ich ein Problem habe. Nach allem, was du Mama und mir angetan hast, kann ich doch nicht einfach so tun, als wäre nichts geschehen.«

Albano senkte den Kopf. Er verstand seine Tochter.

Das war ja auch alles nicht mit rationalem Verstand zu erklären.

»Jolanda, ich möchte dir jetzt keine Floskeln zumuten. Ich kann dich nur bitten, mir die Möglichkeit zu geben, ganz langsam ein Vertrauensverhältnis zwischen uns aufzubauen.«

Jolanda nickte zwar, aber seine Bitte hielt sie nicht davon ab, wie eine aufgezogene Puppe alles herauszurufen, was in mehr als dreißig Jahren aus ihrer Sicht falsch gelaufen war.

Nichts wurde ausgespart, alles kam auf den Tisch, um tatsächlich einen vertrauensvollen Neuanfang wagen zu können.

Und dann saß man schließlich wieder gemeinsam im Wohnzimmer. Es ging noch um die Fabrik in Berlin.

»Jolanda, was wolltest du uns denn schon in Palermo sagen?«, fragte Luigi.

»Ich weiß, dass mein früherer Chef und mein Kollege, also mein ehemaliger Freund, gemeinsame Sache machen. Grosso Berlin soll langsam kaputtgehen und dann zerschlagen werden. Im Moment suchen sie offiziell Investoren. Sie werden demjenigen den Zuschlag geben, der am ehesten in die neue Pleite geschoben werden kann. Und ich habe mich jetzt als schwacher, williger Investor ausgegeben und einen Köder ausgelegt. Wenn ich den Zuschlag bekomme, dann können wir sie angreifen. Aber dafür brauche ich Hilfe, denn meine Finanzkraft könnte anschließend für die Rettung und Neustrukturierung nicht ausreichen.«

Luigi pfiff durch die Zähne.

»Warum hilfst du uns, obwohl wir dir gegenüber nicht gerade nett waren?«

»Ja, das ist so. Ich hatte vor ein paar Monaten die Information, dass die Firma vielleicht mir gehören soll – aber nur dann, wenn der Inhaber auch mein Vater ist.

Aus Neugier habe ich dann recherchiert, zumal meine Adoptivmutter viele Zeitungsausschnitte aufbewahrt hatte. Und da ich zufällig in der Firma arbeitete, die den Insolvenzverwalter stellte, lag es nahe, nachzufragen.

Erst als die beiden mauerten, wurde ich misstrauisch und habe mein großes Netzwerk in der Branche bemüht, zumal sie mich auch nicht mehr im Unternehmen haben wollten. Morgen gibt es übrigens den Zuschlag – oder auch nicht.«

Dana erhob sich.

»Dann könnt ihr beiden Grossos also zusammen mit Jolanda morgen Grosso Berlin retten.«

Jolanda hob die Hände und bedeutete den anderen, still zu sein.

»Aber nur, wenn Luigi weiterhin der Chef in Berlin bleibt. Ich möchte beruflich etwas völlig Neues machen, weiß aber noch nicht, was.«

»Einverstanden.«

Luigi nickte.

»Ich danke dir sehr. Berlin ist meine große Liebe. Aber versprich mir, dass du mir bei der Sanierung mit Rat und Tat zur Seite stehst.«

Jolanda musste schmunzeln.

»Das mache ich, Onkel Luigi, falls wir den Zuschlag bekommen.«

»Onkel, Onkel – das hört sich aber komisch an«, stellte er trocken fest, und alle lachten.

»Dann kommen wir zu den Plänen bezüglich des Hofes.«

Dana blickte in die Runde.

»Ich habe mich mit Albano abgesprochen. Wenn es euch recht ist, würden wir gerne die Investoren sein. Wir finden, dass das Konzept perfekt ausgearbeitet ist und Erfolg bringen wird. Es ist die richtige Lösung, weil so Helene und Jolanda die meisten Anteile erhalten und damit das Sagen haben. Und weil es euer beider Erbe ist, bestimmt ihr, was damit gemacht wird.«

»Das ist sehr nett«, antwortete Helene, »aber wir machen ordentliche Verträge, durch die ihr als Investoren beteiligt werdet.«

Dana stellte sich neben Jolandas Stuhl.

»Jetzt komme ich noch zu dir, Jolanda. Da du noch nicht weißt, was du in Zukunft tun willst, würde ich dir gerne ein Angebot machen, über das du heute aber noch nicht entscheiden musst.«

Jolanda schaute sie fragend an.

»Was ist, Dana? Du bist so ernst.«

»Ja, das ist mir sehr ernst. Ich habe gesehen, wie du

auflebst und wie befreit du wirkst, wenn du in Palermo bist und auf das Meer schaust. Ich möchte dir gerne, wenn du willst, mein Lebenswerk schenken, also mein Gut und meinen Betrieb. Denk in Ruhe darüber nach.«

Dana strich ihr sachte über den Rücken.

»Und dann ist da noch etwas. Ich hatte Besuch von einem gewissen Restaurantbesitzer namens Leandro. Ich habe lange mit ihm gesprochen, und ich glaube, er wartet sehnsüchtig darauf, dass du wieder zurückkommst.«

Jolanda stand auf. Sie war rot angelaufen, als der Name Leandro fiel. Elegant versuchte sie, darüber hinwegzugehen.

»Das ist doch… das ist doch…«, stammelte sie.

»Du traust mir etwas zu, von dem ich keinen blassen Schimmer habe?«

Jolanda sah das Gut und die Terrasse vor sich. Wie in einem Film liefen die Bilder der gesamten Produktion vor ihrem geistigen Auge ab.

Sie sah das Meer und die Palmen, die Olivenbäume und die Oleanderbüsche.

Und dann schob sich Leandros Gesicht vor ihren Blick. Sie musste ganz tief Luft holen.

»Ich kann doch nicht mit gutem Gewissen zusichern, dass ich den Betrieb bewahren kann.«

»Natürlich kannst du. Ich würde dich ein Jahr lang einarbeiten und begleiten. Und über Geschäfte kann ich eher von dir lernen als du von mir.«

»Gut. Ich denke darüber nach.«

»Setz dich bitte, Dana«, sagte Albano.

»Jetzt müssen Helene und ich noch unser Leben organisieren.«

Er drehte sich zur Seite und ergriff Helenes Hände.

»Ich habe mir über unser Leben Gedanken gemacht. Wir beide werden hier und in Palermo leben können. In meinem Haus kannst du dir auch ein Atelier einrichten. So kannst du überall arbeiten, und für das Internet und den Laden stellen wir hier jemanden ein, der verkauft, das Büro macht und verschickt. So können wir immer da sein, wo wir möchten oder wo wir gebraucht werden.«

Helene strich ihm zärtlich über die Wange.

»Mein Albano, so kenne ich dich. Das ist die perfekte Idee.«

***

Zwei Tage später fuhr Jolanda mit Albano und Luigi nach Frankfurt. Sie hatte mit ihrer Briefkastenfirma tatsächlich den Zuschlag bekommen, und ihr Mittelsmann hatte den Vertrag bereits gestern unterzeichnet.

Heute würde sie Elias und Alexander ihr wahres Gesicht zeigen.

In Jolandas Dachgeschosswohnung besprachen sie nun ihre Strategie.

Luigi allerdings behielt ein wichtiges Detail für sich. Er hatte sich vorgenommen, nicht nur die Firma zu retten, sondern auch die beiden Übeltäter wirtschaftlich und beruflich auszuschalten. Dazu hatte er zwei erfahrene Männer der Cosa Nostra einfliegen lassen, die ihm zur Seite standen.

Jolanda zog ein dunkles Businesskostüm und passende High Heels an und schlang ihre schwarzen Haare zu einem strengen Knoten. Als sie mit ihrem Aussehen zufrieden war, ging sie zurück ins Wohnzimmer.

»So, dann mache ich jetzt den Anfang«, sagte sie zu ihrem Vater und Luigi.

»Wow, ich erkenne dich ja gar nicht wieder.«

Albano kam aus dem Staunen nicht mehr heraus.

Jolanda war in diesem geschäftsmäßigen Outfit ein völlig anderer Mensch, als die Frau, die er kennengelernt hatte.

Luigi nickte.

»Ich finde das auch voll krass, wie du dich verändert hast. Mit dir würde ich nicht am Verhandlungstisch sitzen wollen.«

Jolanda winkte ab.

»Hört jetzt auf, es ist doch normal, dass ich da nicht in Jeans hingehen kann. Die beiden kennen mich übrigens so und werden deswegen nicht vor Ehrfurcht erstarren.«

»Aber Respekt werden sie haben, wenn meine Tochter ihnen so gegenübersitzt«, meinte Albano schmunzelnd.

»Ja, vielleicht. Also denkt bitte daran: Wir treffen uns in einer Stunde im Glaspalast, und wenn ich noch nicht unten in der Lobby bin, dann kommt ihr bitte hoch, damit wir zu dritt eventuellen Diskussionen ein Ende setzen können.«

Dann verließ sie die Wohnung.

Im Glaspalast angekommen fuhr sie mit dem Fahrstuhl in die vierte Etage. Ihr war, als hätte sie vor sehr
langer Zeit einmal hier gearbeitet – oder besser noch, als
wäre es in einem anderen Leben gewesen.

Sie fühlte sich völlig fremd und musste sich sehr an-
strengen, wieder diese eiskalte, geschäftsmäßige Jolanda
zu werden, die jetzt unbedingt gebraucht wurde.

Sie klopfte im Sekretariat an und trat ein. Dieses war
aber nicht besetzt, also ging sie auf Alexanders Bürotür
zu, klopfte kurz und öffnete, ohne abzuwarten, ob sie
jemand hereinbat.

Und da saßen sie – gleich alle beide, als hätten sie auf
sie gewartet.

Elias sprang auf.

»Jolanda, du hier?«

»Ja, ich hier. Ist ja prima, dass ihr beide da seid. Dann
spare ich mir einen Weg.«

»Und was willst du?«, bohrte Elias.

Sie aber schaute gar nicht zu ihm hin, sondern trat
zum Schreibtisch, hinter dem ihr Chef, den sie damals als
so nett empfunden hatte, thronte.

»Hallo Alexander, ich bin gekommen, weil ich mich
persönlich dafür bedanken wollte, dass ich den Zuschlag
für Grosso Berlin bekommen habe.«

Elias raste um den Schreibtisch herum.

»Was hast du?«, schrie er völlig unkontrolliert.

»Ich habe von euch den Zuschlag für Grosso Berlin
bekommen«, wiederholte sie noch einmal in aller Ruhe.

Nun war auch Alexander hinter seinem Schreibtisch

hervorgekommen.

»Und was willst du mit der Klitsche?«

»Aber ihr wisst doch, dass sie meiner Familie gehört. Ihr habt hoffentlich nicht gedacht, dass ihr sie einfach mal so zerschlagen könnt und ich das zulasse.«

»Das kann ja nicht wahr sein!«
Elias fuhr sich mit der Hand über das Gesicht.
Jolanda hob den Zeigefinger.

»Passt gut auf, ihr beiden! Mein Netzwerk funktioniert prächtig. Ich weiß ganz genau, was ihr vorhabt, und ich werde es verhindern.«

»Das wirst du nicht«, gab Elias grinsend zurück.
»Du fährst jetzt mit mir für vierundzwanzig Stunden in den Urlaub. Das ist genau die Zeit, die wir brauchen, um den Zuschlag widerrufen zu dürfen.«

»Nein, so einfach kannst du mich nicht ausschalten! Meine Familie verständigt die Polizei!«

Er rief seinen Bodyguard herbei und beauftragte ihn flüsternd, Jolanda wegzubringen.
»Bis gleich, Süße«, rief er ihr noch hinterher.

Jolanda schrie und schlug um sich, was aber angesichts der Muskelmasse von Elias' Helfershelfer reine Kraftvergeudung war. Er schob sie in der Tiefgarage in ein Auto, dann setzte sich Elias neben sie, und sie fuhren ins Bahnhofsviertel.

Dort führten die beiden sie durch den Nebeneingang einer Pension in ein Zimmer im ersten Stock.

»Und du glaubst, dass du damit durchkommst, Elias?«
»Halt den Mund. Ich weiß schon, was ich tue.«

»Wie tief muss man gefallen sein, wenn ein so erfolgreicher Unternehmensberater eine Entführung im Rotlichtviertel durchzieht.«

»Du blöde Kuh, du hast ja keine Ahnung.«
»Ne, davon verstehe ich wirklich nichts. So was hattest du, als wir zusammen waren, auf jeden Fall nicht nötig.«

»Wenn du nicht willst, dass ich dir ein paar K.-o.-Tropfen einflöße, dann bist du jetzt still. Wir müssen uns hier ruhig verhalten. Ich kann dir aber auch die Schnauze zukleben.«

Jolanda begriff, dass es im Moment besser war zu schweigen. Hinter ihrer Stirn arbeitete es. Sie wusste, dass ihr Vater in die Lobby kommen und dann feststellen würde, dass sie nicht da war. Anderseits konnte sie versuchen, hinter ihrem Rücken heimlich seine Handynummer zu wählen, dann würde er hören, dass sie in Schwierigkeiten war.

Aber sie konnte im Moment nicht riskieren zu sprechen, sondern musste sich in Geduld üben.

Ein paar Minuten später fing sie doch an, ganz langsam das Handy aus ihrer Jackentasche zu ziehen, und um Elias von ihren Bewegungen abzulenken, versuchte sie, ihn in ein Gespräch zu verwickeln.

»Elias, warum machst du das alles?«

»Schnauze, habe ich gesagt!«, fuhr er sie an.

»Lass uns reden, damit ich dich verstehen kann. Das ist strafbar, was du tust.«

Elias griff in seine Jackentasche, zog eine kleine Rolle mit Klebeband heraus, riss ein Stück ab und presste es Jolanda auf den Mund.

»Du konntest noch nie auf mich hören!«, schrie er sie an.

Ihre Augen blickten gehetzt. Dieser Mistkerl hatte nichts mehr gemein mit dem Mann, den sie einmal kannte.

»Ich gehe nach unten und hole uns was zu trinken.«

Dann trat er noch einmal mit seiner Rolle an sie heran und klebte ihr die Beine erst an den Fesseln zusammen und fixierte sie dann am Stuhlbein.

Zum Glück hatte er ihre Arme übersehen, denn als er die Tür hinter sich geschlossen hatte, griff sie sofort in ihre Jackentasche. Sie drückte die Wahltaste und rief ihren Vater an.

Luigi und Albano waren wie verabredet zum Glaspalast gefahren. In der Lobby setzten sie sich in ein Ledersofa und warteten.

Nach der vereinbarten Zeit war Jolanda nicht aufgetaucht, und Albano begann, im Minutentakt auf seine Uhr zu schauen.

»Warum kommt sie denn nicht?«, fragte er seinen Bruder.

»Warte noch einen Moment. In wenigen Minuten gehen wir hoch.«

Albano schüttelte den Kopf.

»Ich möchte aber nicht mehr warten. Bis wir oben sind, ist die Stunde um.«

»Ja, aber ich möchte noch schnell telefonieren.«

Luigi nahm sein Handy und wählte einen Kontakt aus.

»Luigi hier«, sprach er ins Telefon, »ich glaube, ich brauche euch gleich. Stellt euch vor den Eingang des Glashauses.«

»Wer war das?«

»Zwei Leute von der Cosa Nostra, die ich herbestellt habe.«

»Was hast du vor?«

»Ich hatte das sowieso schon organisiert, weil ich der Meinung bin, dass diese Kerle nicht so leicht davonkommen sollten.

Sie haben mich gelinkt, als sie mir diesen Geschäftsführer vor die Nase setzten.«

»Ich verstehe. Hätte ich auch gemacht.«

»Aber inzwischen weiß ich viel mehr, der Clan hat für uns recherchiert. Die beiden brauchen unsere Firma, um ihren Hals zu retten.

Sie haben sich verspekuliert. Und wenn das Geld nicht in den Fonds gepackt wird, gehen sie in den Knast.«

Albano erhob sich.

»Oh, daher weht also der Wind. Komm jetzt!«

Während sie auf den Fahrstuhl warteten, klingelte Albanos Handy. Er sah, dass es Jolanda war.

»Jolanda, ich mache mir Sorgen«, sagte er ohne Begrüßung. »Wo steckst du?«

Luigi trat ganz nah an ihn heran.

»Mmmm, mmmmm, mmmmm«, hörte er nur und dazu ein leises Atmen. Schnell hielt er Luigi das Telefon ans Ohr. »Mmmmm, mmmmm.«

»Jolanda, hat man dich entführt?«, rief Luigi.

»Ich höre, dass du nicht sprechen kannst. Lass das Handy bitte an, damit dein Vater mitbekommt, wenn etwas gesprochen wird, und bleib ganz ruhig. Wir holen dich da raus, versprochen. Diese Schweine. Na warte!«

Er nahm sein eigenes Handy und wählte die Nummer seiner beiden Leute.

»Kommt rein. Wir müssen aktiv werden.«

Zwei Männer betraten die Lobby und gesellten sich zu ihnen.

Während sie zusammen in die vierte Etage fuhren, erklärte Luigi den beiden, was passiert war, was er vorhatte und wie das Ergebnis aussehen musste.

Oben angekommen riss Albano die Bürotür auf und rannte auf Alexander zu, der immer noch an seinem

Schreibtisch saß.

Einer der beiden Mafiosi zog ihn am Kragen aus seinem Sessel. Sein Griff war so hart, dass er jeden Versuch, sich zu wehren, im Keim erstickte.

»Wo ist Jolanda?«, schrie Albano.

»Das weiß ich doch nicht. Elias hat sie mitgenommen.«

Schweißperlen der Angst bildeten sich auf Alexanders Stirn, und seine Augen blickten gehetzt.

»Lassen Sie mich los. Sie tun mir weh.«

Aber der Mann hörte nicht.

Luigi trat ebenfalls zu Alexander.

»Wir haben uns noch nicht kennengelernt. Ich bin Luigi Grosso. Sie wollten meine und Jolandas Firma zerschlagen.«

»Nein, das haben Sie selbst gemacht, indem Sie schlecht gewirtschaftet haben.«

»Hören Sie auf, die Tatsachen zu verdrehen«, knurrte Luigi ihn an.

»Es soll Firmen geben, die gerettet und neu aufgestellt werden können. Aber nur, wenn das Unternehmen nicht irgendwelchen Gaunern mit miserablen Geschäftsmodellen in die Hände fällt. So wie Ihnen zum Beispiel.«

Albano deutete mit dem Kopf auf die beiden Männer, die sie mitgebracht hatten.

»Wissen Sie, was das für Männer sind?«

»Nein, wie sollte ich?«, antwortete Alexander gepresst.

»Aber wenn der hier mich loslassen würde, wäre das gut.«

Albano lachte.

»Das fände ich nicht gut. Ich fürchte eher, er wird gleich weiterzudrehen. Darf ich vorstellen, das sind zwei waschechte Mafiosi der Cosa Nostra aus Sizilien.«

Luigi nickte den beiden zu.

»Ihr bekommt gleich freie Hand. Ich sage ihm nur noch, was er tun muss, um zu überleben.«

Er wandte sich an die Männer.

»Habt ihr seine Familie schon eingeplant?«

Beide nickten.

Alexander wurde ganz blass.

»Was hat meine Familie damit zu tun? Lasst sie in Ruhe.«

Albano grinste.

»Mafiosi interessiert das nicht. Wenn die zuschlagen, dann richtig.«

Und Luigi fügte hinzu: »Also jetzt zur Sache. Ihr wolltet Jolanda die Firma wieder wegnehmen. Jolanda wird aber stattdessen in wenigen Minuten freigelassen und mit einem Taxi wohlbehalten hierhergebracht. Wir bekommen von jedem von euch zwei Millionen Entschädigung, das ist genau das Geld, das Jolanda für den Zuschlag hinterlegt hat. Und ihr macht eine Selbstanzeige bei der Polizei wegen Betrugs. Ich weiß, dass ihr Gelder von einem Fonds abgezogen habt.«

»Was, wenn nicht?«, fragte Alexander ängstlich.

»Dann geben wir euch und eure Familien zum Abschuss durch die Mafia frei. Ich würde das an eurer Stelle aber nicht riskieren. Dagegen ist das deutsche Gefängnis ein Luxushotel.«

Eine halbe Stunde später betrat Jolanda mit Elias das Büro. Albano zog sie in seine Arme und strich ihr über den Kopf.

»Alles gut, mein Kind, alles gut.«

Luigi trat noch einmal auf Alexander zu, der wie ein nasser Pudel in seinem Sessel hing.

»Morgen ist das Geld auf dem Konto von Jolandas Firma, die Grosso gekauft hat, sonst kommen die beiden netten Herren hier hinter mir vorbei und machen Hackfleisch aus euch.«

Als sie etwas später in Jolandas Wohnung bei einem Cognac beisammensaßen, besprachen sie noch einmal, was geschehen war.

Jolanda war sprachlos.

Weder Alexander noch Elias hatte sie zugetraut, dass sie so betrügerisch unterwegs sein könnten.

»Jetzt muss ich auch noch dankbar sein, dass alles so gekommen ist. Stellt euch vor, ich würde noch da arbeiten, dann wäre ich in der Schweinerei voll mit drin und würde jetzt im Gefängnis landen.«

»Ja, alles Schlimme hat auch einen guten Aspekt«, philosophierte Luigi und lächelte.

296

Das neue Leben

In den nächsten Monaten gab es bei der Familie Abele und natürlich auch bei der Familie Grosso viele Veränderungen und Neuausrichtungen.

Im Schwarzwald wurde gewerkelt, gebaut, saniert und organisiert.

Pünktlich zur Rückkehr von Friedrich und Greta war ihr kleines Häuschen fertig geworden. Glückselig standen die beiden in ihrem neuen Wohnzimmer, denn Helene hatte auch ihre alten Möbel aufarbeiten lassen, sodass sie wirklich das Gefühl hatten, nach Hause zu kommen.

Friedrich umarmte seine Schwester voller Dankbarkeit.

»Ich glaube daran, dass wir es gemeinsam schaffen«, sagte Greta voller Optimismus.

»Das ist so schön.«

Sie konnte gar nicht genug bekommen und schaute alles immer wieder an.

Jakob war auch mit dabei und drückte seinem Bruder fest die Hand.

»Ja, ihr schafft das jetzt mit unserer Hilfe. Arbeiten könnt ihr beide bei uns hier auf dem Hof, so viel ihr euch zutraut.«

»Eure Jungs haben wir aber in einer betreuten Unterkunft angemeldet und ihnen eine Arbeit besorgt. Die sind noch nicht so gefestigt und müssen sich erst bewähren, ehe wir ihnen hier Arbeit und Wohnung geben«, erklärte Helene.

»Wisst ihr, das ist schon eine schwere Krankheit, die ihr hattet und habt. Deshalb alles Schritt für Schritt.«

»Aber das ist doch jetzt ganz viel Arbeit hier«, meinte Friedrich.

Helene schüttelte lächelnd den Kopf.

»Nein, nicht für uns ältere Herrschaften in der Familie. Wir machen nur, was wir noch wollen und können. Unsere Kinder werden das organisieren und verantworten müssen, sofern sie das mögen. Wenn nicht alle mitmachen, stellt Jolanda einen Geschäftsführer ein. Aber wir hoffen, dass das Familienerbe weitergeführt wird. Eröffnung feiern wir im nächsten Frühling zum Saisonbeginn.«

***

In Berlin arbeitete Jolanda fast ein halbes Jahr mit Luigi zusammen.

Sie stellten die Firma neu auf und konnten mit vielen neuen Produkten und der Erschließung neuer Märkte sogar Entlassungen verhindern.

Als Jolanda sich aus Berlin verabschiedete, drückte ihr Luigi die Hand.

»Ich bin dir so dankbar für das, was du hier geleistet hast.«

»Keine Ursache, Luigi. Das lag mir sehr am Herzen.

Meine verstorbene Adoptivmutter hat nicht umsonst die Zeitungsausschnitte aufbewahrt. Dieses Unternehmen ist ein Schmuckstück. Pflege es mit deinen Kindern, und wenn ihr Fragen habt, bin ich immer für euch da.«

Alexander und Elias saßen in U-Haft und warteten auf ihren Prozess. Jolanda hatte noch vorher ihre vier Millionen bekommen und durfte sie auch behalten, weil diese nichts mit den Betrügereien zu tun hatten.

Dann flog sie nach Palermo. Ihre Eltern waren zurzeit auch auf Sizilien.

Helene richtete Albanos Villa nach ihrem Geschmack ein – na ja, nicht ganz so schlimm, es bedurfte einfach nur der Hand einer Frau, damit es gemütlich wurde.

In einem Nebengebäude wurde ihr Atelier vorbereitet. Sie hatte sich schon Material bestellt und das Büro eingerichtet.

Heute saßen sie gemütlich auf der Terrasse und blickten auf das tiefblaue Meer, dessen Wellen sachte hin und her wogen.

In der Ferne leuchteten weiße Segel, und die großen Passagierschiffe zogen vorbei.

Albano streichelte Helenes Hand.

»Was ist los, mein Schatz? Du bist ja so still.«

»Ach Albano, ich habe gerade überlegt, was alles passiert ist im letzten Jahr. Niemals hätte ich gedacht, dass es das geben könnte. Und nun sitze ich hier an dem für mich schönsten Flecken Erde – neben dem Schwarzwald – und habe meinen Liebsten und meine Tochter um mich.«

»Ja, das stimmt. Ich hätte mir das auch nicht träumen lassen. Wir werden jetzt immer zwischen den Bergen und dem Meer hin und her pendeln und unser Leben genießen.«

»Heute ist hier auf Sizilien ein wichtiger Tag für mich. Meinst du, dass alles gut geht?«

Helene verschlang die Finger ineinander.

»Ganz bestimmt, ich bin mir sicher. Nur keine Aufregung.«

Albano legte ihr den Arm um die Schultern und drückte ihr einen Kuss auf die Wange.

Das Personal deckte einen großen Tisch auf der Terrasse ein. Helene stand tatenlos daneben.

Sie hatte sich noch immer nicht daran gewöhnt, dass man sie bediente und sie nicht mehr selbst Hand anlegen musste.

Dann trudelten nach und nach ihre Gäste ein: Luigi mit seiner Familie, Albanos Schwester Stella mit ihrer Familie, Dana zusammen mit Jolanda und schließlich Teresa, die Mutter der Grossos.

Nachdem sie zusammen gegessen hatten, erhob sich Teresa als Erste von ihrem Stuhl und richtete das Wort an ihre Familie.

»Meine Lieben, ich bin hier zwar nicht die Hausherrin, aber ich möchte trotzdem als eure Mutter ein paar Worte sagen, denn ich habe große Schuld auf mich geladen.«

Alle sahen, wie schwer es dieser stolzen Frau fiel, als Bittstellerin hier vor ihren Kindern zu stehen.

»Helene und Jolanda, es ist eigentlich unverzeihlich, was ich euch angetan habe, und ich werde eines Tages vor meinem ganz persönlichen Richter stehen. Bis dahin bitte ich euch, mir zu verzeihen und mich in eurer Mitte aufzunehmen. Ich will alles tun, damit wir noch eine schöne gemeinsame Zeit haben.«

Helene erhob sich und ging zu ihr hin. Sie wusste, was es für diese italienische Mamma bedeutete, um Aussöhnung zu bitten.

»Liebe Schwiegermama, Jolanda und ich verzeihen dir die Vergangenheit. Lasst uns gemeinsam in die Zukunft schauen. Die Grossos und die Abeles haben genug gelitten.«

Alle klatschten und prosteten sich gegenseitig zu.

Dann erhob sich auch Jolanda und klopfte an ihr Glas.

»Ich habe auch noch etwas zu sagen. Nach reiflicher Überlegung habe ich mich entschieden, Danas Angebot, ihren Gutshof und die Firma zu übernehmen, anzunehmen. Meine Liebe zu Sizilien ist so groß, dass ich denke, es ist das Richtige für mich.«

Dana nickte mit leuchtenden Augen.

»Ja, wir haben das beide schon besiegelt und waren

auch bereits beim Notar. Ich ziehe ins Stadthaus und helfe Jolanda aber noch ein Jahr lang bei der Arbeit, damit sie den landwirtschaftlichen Teil in Ruhe lernen kann.«

Daraufhin lag sich die ganze Familie in den Armen.

***

Am Tag danach fuhr Jolanda in die Stadt, direkt zur Villa Leandro. Sie setzte sich in den Garten, der um diese Zeit noch leer war und bestellte sich einen Espresso.

Und da sah sie ihn auch schon. Er kam gerade mit einem Ordner unter dem Arm aus dem Haus. Als er an ihrem Tisch vorbeigehen wollte, sprach sie ihn an.
»Hallo Leandro.«

Er schaute hoch und blieb stehen, als er sie erkannte. Sein Herz schlug Purzelbäume, und ihre Ausstrahlung nahm ihn sofort aufs Neue gefangen.

»Jolanda? Oh, wieder hier?«
»Ja, ich bin wieder da.«
Sie lächelte ihn fast verlegen an. Ihre Augen versanken in seinem Blick und konnten sich nicht mehr von ihm lösen.

Schnell setzte er sich ungefragt an den Tisch.
»Machst du Urlaub?«
Während sie aus den Augenwinkeln dem Muskelspiel

seiner Oberarme zuschaute, hatte sie alle Mühe, ihre Gedanken beisammenzuhalten.

»Nein. Ich bleibe für immer hier und übernehme das Gut meiner Tante.«
Leandros Augen leuchteten vor Freude auf.
»Dana, nicht wahr? Ich habe mich mit ihr unterhalten, weil ich deine Adresse haben wollte.«

»Ja, ich weiß. Sie hat mir davon erzählt.«

Leandro konnte sich nun nicht mehr zurückhalten.
Er nahm ihre Hände und streichelte mit den Daumen darüber.
»Du bist ja doch eine halbe Sizilianerin, wie sie mir erzählt hat.«

Jolanda musste lachen.
»Ja, das weiß ich mittlerweile auch.«

Ihre Hände spürten die Wärme und die Zärtlichkeit, die von dort aus durch ihren ganzen Körper strömte.

»Und wie fühlt man sich als eine Grosso?«

»Ich fühle mich gut, weil sich meine Eltern auch versöhnt haben, aber ich muss mich erst noch an diese neuen richtigen Eltern gewöhnen.«
»Ein Gefühlschaos, das du da bewältigen musst?«
»So ungefähr.«
Er zog sie an den Händen hoch und setzte sie auf

seinen Schoß.

»Kann ich denn deine Gefühle noch ein bisschen mehr durcheinanderbringen? Ich habe mich damals auf den ersten Blick in dich verliebt.«

Sein Atem ging heftig, und sein Körper reagierte auf die Nähe der Frau, an die er an einem einzigen Abend am Strand von Palermo im Licht des Mondes sein Herz verloren hatte.

Jolanda lief rot an.

Sie spürte seine Erregtheit und konnte nicht anders, als sich an ihn zu schmiegen.

»Wenn ich ehrlich bin, ich auch. Aber ich habe die ganze Zeit gedacht, dass ich einer bildlichen Vorstellung zu viel Bedeutung beimesse.«

Leandro blickte sie fragend an.

Sie erzählte ihm, dass ihre Mutter damals am Strand dem Mann begegnet war, der ein Leben lang ihre große Liebe ausmachte und der genauso seinen Schatten verbreitet hatte wie Leandro an diesem Abend, an dem sie sich ebenso spontan in ihn verliebte.

»Weißt du, ich wusste nicht, wie sich das anfühlt, wenn man verliebt ist. Ich kannte das nicht.«

Erneut verlor sie sich in seinen blauen Augen.

Er schlang seine Arme um ihre Hüften.

»Nimm die Geschichte deiner Eltern damals am Strand als gutes Omen für uns. Auch unsere Liebe wird ein Leben lang halten.«

Dann küsste er sie, und sie schmiegte sich in seine Arme. Es fühlte sich an, als wäre sie zu Hause angekommen. Alles war richtig und gut.

»Ja, das mache ich. Wir haben auch alle Zeit der Welt. Wir müssen uns ja erst noch näher kennenlernen. Und wir müssen unsere Berufe zusammenbringen.«

Leandro legte seine Lippen auf ihren Mund.

»Das werden wir, Jolanda. Da bin ich mir ganz sicher«, flüsterte er nach einer gefühlten Ewigkeit.

***

Im Frühling stand das große Eröffnungsfest im Schwarzwald an.

Dazu fanden sich alle Grossos in dem kleinen Hertenbach ein.

Dieses Mal mussten sie die Zimmer in einem Hotel in der Kreisstadt buchen, weil der Hof nicht ausreichte und die Zimmer in der neuen Frühstückspension erst eine Woche später zum ersten Mal von Urlaubsgästen bezogen wurden.

Jakob hatte auf einer Wiese hinter dem Grundstück ein Zelt aufstellen und mit Tischen und Bänken bestücken lassen.

Den ganzen Nachmittag würde es Aktivitäten für die Kinder und Dorfbewohner geben. Dazu hatte Jakob ein kleines Kinderkarussell, eine Losbude und andere Kirmesstände aufstellen lassen.

Am Vormittag aber war erst noch ein privates Frühstück der Familien mit ihren engsten Freunden eingeplant.

Jolanda begrüßte die Gäste, die alle eine Rolle im Leben der beiden Familien gespielt hatten, und stellte sie einander vor. Es kannte ja nicht jeder jeden.

Florentines Familienmitglieder waren gekommen: Onkel Helmut sowie ihre ehemalige Liebe Franco, dessen Söhne, Francos und Florentines gemeinsame Tochter Alida und Mama Carlotta, außerdem Francos Bruder Alfredo mit seiner Familie, die in Wiesbaden lebte.

Auch Helenes ehemaliger Freund Giovanni durfte dabei sein. Ihm wurde ebenso verziehen wie allen anderen.

Friedrich und seine Frau Greta mit ihren beiden Söhnen waren anwesend, sowie Tante Ida, Jakob, Edith und ihre Kinder.

Und die Familie Grosso war genauso vollzählig aus Italien angereist mit Mama Teresa, Bruder Luigi und Schwester Stella mit ihren Familien und natürlich Dana.

Helene, Albano und Leandro standen Jolanda zur Seite und halfen ihr, dass es den Gästen an nichts fehlte.

Es war ein wunderschöner Tag. Voller Stolz hatten sie den Hof in seiner neuen Gestalt bewundert.

Jeder redete an diesem Tag mit jedem. Die größte Freude erlebte Tante Ida, die mit ihren nunmehr vierundneunzig Jahren etwas erleben durfte, das sie sich immer gewünscht hatte: Sie bestand darauf, heute neben Friedrich sitzen zu dürfen, und dieser wiederum wollte seinen Bruder Jakob neben sich wissen.

Sie brauchten keine Worte mehr. Ihre Blicke sprachen Bände und drückten ein Versprechen aus.

Ansonsten lernte man sich untereinander kennen und schätzen und versprach sich, immer in Kontakt zu bleiben.

Auch wurden an diesem Tag die Aufgaben an die Jugend übertragen.

Jolanda erhob sich und bat um etwas Ruhe.

»Liebe Familie, vor etwas mehr als zwei Jahren saß ich in dem guten Glauben, Jolanda Mayer zu sein, in Wiesbaden am Wohnzimmertisch meiner Mutter und hatte eine Schatulle vor mir stehen, die sie mir vermacht hatte und die mich von einer Sekunde auf die andere aus der vermeintlich sicheren Bahn meines Lebens warf.«

Jolanda musste Luft holen, als sie daran dachte.

»Ich wusste nicht mehr, wer ich war und woher ich kam, und ich hatte keinen Boden mehr unter den Füßen.

Mir war klar, dass ich so nicht weiterleben konnte, dass ich mich auf die Suche machen musste.«

Mit dem Handrücken wischte sie sich eine kleine Träne aus dem Augenwinkel.

»Von da an begann eine aufregende Reise in die Vergangenheit. Ich pendelte mehrmals zwischen dem Schwarzwald und Sizilien hin und her.

Heute nun, nach vielen Erlebnissen, vielen menschlichen Hochs und Tiefs, sitze ich hier mit einem großen Herzen voller Liebe zu meinen richtigen Eltern, meinen Großeltern, meinen Onkeln und Tanten, zu meiner Heimat, dem Schwarzwald und zu der wunderschönen Insel Sizilien.«

Jolanda blieben vor Rührung die Worte im Hals stecken.

Leandro sah es und stellte sich neben sie. Er fasste nach ihrer Hand und drückte sie, damit sie weitersprechen konnte.

»Ich danke trotz allem auch meinen Adoptiveltern Florentine und Lorenz Mayer, die mich zu dem Menschen erzogen haben, der ich heute bin. Ich hoffe sehr, dass Florentine ihren Seelenfrieden gefunden hat. Und ich danke meiner großen Liebe Leandro, der mich auf Händen trägt und jetzt mit mir durch ein neues Leben geht.«

Leandro legte ihr den Arm um die Schulter, und Jolanda nickte ihm dankbar zu.

»Und so schließt sich für mich der Kreis, und ich wünsche unserem Hof hier im Schwarzwald und unseren Lebensmittelpunkten auf Sizilien alles Gute. Wir werden hoffentlich immer zwischen diesen beiden Welten unterwegs sein und gemeinsam Zeit verbringen.

Noch ein Wort, ehe ich den Hof für das Dorf freigebe: An einem wieder einmal schwierigen Tag damals in Taormina kam mir die Idee, die Erlebnisse meiner Suche in einem Tagebuch zusammenzutragen. Ich habe mich aber kurz danach selbst für verrückt erklärt.«

Der Gedanke an den Tag in Taormina zauberte ihr ein verschmitztes Lächeln ins Gesicht.

»Ich möchte nur sagen, dass die Aufzeichnungen alle da sind, und wenn ausreichend Zeit ins Land gezogen ist, dann werde ich aus diesem Tagebuch ein richtiges Buch machen.«

Jolanda machte eine kleine Pause.
»Die Geschichte unserer Familie und
    „*Der Schatten im Mond*"
wird für uns und unsere Nachkommen eine wichtige und eine schöne Reise in die Vergangenheit.«

Großer Beifall brandete auf, und dann öffneten sich die Türen für die offizielle Einweihungsfeier.

ENDE

»Jolandas Reise in die Vergangenheit« hat Ihnen gefallen?

Dann möchte ich Ihnen noch weitere Romane aus meiner Feder empfehlen:

Das Obstgut – Schwere Zeiten

Mitte der 60er Jahre heiratet Gerhard Glotz, der größte Obstbauer im Bühlertal, die achtzehnjährige Jutta. Anstatt aber eine stolze Bäuerin sein zu dürfen, wartet auf sie ein mühsames und hartes Leben.

Ihr Ehemann tyrannisiert seine Familie und seine Landarbeiter mit seiner unbeugsamen Härte. Sein ältester Sohn Tobias verlässt als junger Mann nach einem heftigen Streit und der Uneinsichtigkeit des Vaters das Gut. Den jüngsten Sohn Klaus, den Gerhard ohnehin nicht leiden kann, weil er das Klavier der Landwirtschaft vorzieht, verjagt er erbarmungslos. Auch die Bäuerin lässt Gerhard einfach im Stich, als diese schwer erkrankt.

Eine Familie zwischen dem Schwarzwald und dem Bodensee, die trotz vieler Turbulenzen einen Weg zwischen Tradition und Moderne suchen und finden muss.

Die Obstgut-Saga Band 1

Mehr Infos in Barbaras & Heides Bücherwelt heidezimmermann.de

Das Obstgut – Die Erben

Band 2

Seit dem Tod des Obstbauern sind fünfundzwanzig Jahre vergangen. Tobias hat den Betrieb seiner Vorfahren gerettet und erfolgreich weitergeführt. Sein Bruder Klaus ist ein berühmter Musiker.

Mittlerweile haben die Brüder die Aufgaben des Obstgutes im Bühlertal und dem am Bodensee, teilweise an ihre Söhne weitergegeben. Doch einige Familienmitglieder bekämpfen sich gegenseitig, schädigen den Betrieb und ergehen sich in Machenschaften.

Als das Obstgut im Bühlertal erneut kurz vor dem Ruin steht, hat Tobias das Gefühl, zum zweiten Mal eine ähnlich schlimme Situation durchleben zu müssen, wie damals. Seine Eltern und auch sein Bruder, mussten vor langer Zeit einen hohen Preis bezahlen. Er versucht, das Gut erneut zu retten.

Ob es gelingt? Und ob der erneut brüchige Familienfrieden wiederhergestellt werden kann?

Der zweite Teil einer spannenden Familiengeschichte, zwischen dem Bühlertal und dem Bodensee.

Mehr Infos in Barbaras & Heides Bücherwelt
heidezimmermann.de

Ich schreib mich in dein Leben

Regina, eine junge, hübsche Frau aus reichem Hause, überzeugt mehr oder weniger energisch ihre Eltern mit ihrem Wunsch nach persönlicher und finanzieller Unabhängigkeit. Sie beharrt darauf, ihren eigenen Weg gehen zu wollen, und sucht sich ihre Zukunft ausgerechnet über die Abendschule und die harte Arbeit in einem Callcenter. Dabei stolpert sie immer wieder über die Hindernisse und Unebenheiten zwischen den Aufgaben einer reichen Fabrikantentochter und dem holprigen Alltag einer arbeitenden und lernenden jungen Frau.

Zwischen diesen beiden Welten lernt sie auch den Bestsellerautor Viktor Tillmann kennen, einen Mann mit einer leidvollen und schweren Kindheit, die in seinem Wesen auch die eine oder andere Eigenart hinterlassen hat.
Das Durcheinander im Leben von Regina und Viktor spielt Schicksal und sorgt dafür, dass sich die beiden immer wieder begegnen.

**Mehr Infos in Barbaras & Heides Bücherwelt
heidezimmermann.de**